양자

양

자

Yangja
Project

조나연 SF 스릴러

고즈넉
이엔티

양자

1쇄 발행 2022년 1월 15일

지은이 조나연
펴낸이 배선아
편 집 정수정
디자인 엄인경
펴낸곳 (주)고즈넉이엔티

출판등록 2017년 3월 13일 제2021-000008호
주소 서울특별시 중구 청계천로 40, 1203호
대표전화 02-6269-8166 **팩스** 02-6166-9199
이메일 gozknockent@gozknock.com
홈페이지 www.gozknock.com
블로그 blog.naver.com/gozknock
페이스북 www.facebook.com/gozknock
인스타그램 www.instagram.com/gozknock

ⓒ 조나연, 2022
ISBN 979-11-6316-231-5   03810

차례

1부

양자
Yangja

모든 것은 양자에게 달려 있었다.

철퍽, 하고 단면이 엉망진창으로 잘린 남편의 오른발이 피 웅덩이에 떨어졌다. 양자는 끄응, 하는 추임새와 함께 뻐근해진 허리를 폈다. 같은 자세로 오래 일하는 덴 이골이 났다고 생각했는데, 막상 해보니 톱질 쪽으론 영 소질이 없었다.

새파랗게 질린 발을 끙끙거리며 들어올려 대차 위에 얹었다. 그리고 남편이 실린 대차를 가스 가마 속으로 밀어 넣었다.

죽이지 않고 해결할 수도 있었을지 모른다. 어쩌면 대화로 해결하는 것도 가능했을지 모른다. 하지만 이미 벌어진 일에 대해서 양자는 더 이상 고민하지 않기로 했다.

양자는 가마의 문을 닫고 각 모서리에 달린 핸들을 돌렸다. 까드득, 소리가 날 때까지 단단히 잠그고 가마 하단의 버너 구멍으로 연결되는 여섯 개의 가스 밸브를 모두 열었다.

달칵, 달칵.

정작 토치의 가스가 다 되었는지 아무리 흔들고 다시 켜봐도 불이
붙지 않았다.

"끝까지 안 도와주는구나."

푸념을 터트리곤 양자는 더욱 힘을 주어 토치 스위치를 당겼다. 여러
번 시도 끝에 겨우 불이 붙었다. 쉭쉭 뱀 소리를 내며 새어 나오는 가스
에 토치를 가져다 댔다. 순식간에 가마 속으로 불 회오리가 일었다.

양자는 습관처럼 압력계를 톡톡 두드리고 허리를 폈다. 쉴 틈이 없
었다. 경찰이 오기 전에 유혈이 낭자한 바닥을 닦아야 했다.

대걸레와 살점이 붙은 줄톱을 들고 밖으로 나왔다. 가마실의 환풍
기 소리가 귀찮은 날벌레 소리처럼 귓가에 맴돌았다. 잔디밭 중앙을
가로지르는 검은색 판석을 밟으며 담벼락 옆 수돗가로 다가갔다. 아
직 8월 중순인데도 공기가 제법 쌀쌀하게 느껴졌다.

해발 백 미터도 채 되지 않는 이름 없는 산속에 지어진 가마터 정요.

이곳은 유독 한여름에도 서늘했다. 양자는 문득 뒤돌아 야트막한
언덕 위에 놓인 이백 년도 훨씬 넘은 고택을 올려다보았다. 고작 반
세기도 안 되는 인생을 살아온 것도 이렇게 벅찬데, 고택이 품은 이
백 년이라는 숫자는 양자에게 까마득하게 다가왔다.

담벼락 근처 수돗가에 이르자 가마실 뒤로 뿜어져 나오는 매캐한
냄새가 바람을 타고 코를 찔렀다. 미간을 찌푸릴 법한 역한 냄새였지

만 양자는 자신도 모르게 코를 씰룩였다.

'예전에 맡아본 냄샌데…….'

아주 깊은 곳에 묻혀 있던 기억의 냄새였다. 내내 분홍빛이었던 밤 하늘과 귀가 먹먹해질 정도로 소란했던 그날의 소음이 거짓말처럼 이 순간 생생하게 떠올랐다.

그날은 가진 옷을 죄다 껴입고도 턱이 저절로 딱딱 부딪히도록 지 독하게 추웠다. 그 겨울밤 숙모는 간신히 재운 갓난쟁이를 업은 채 창문의 틈새로 찢은 달력을 접어 끼우며, 없는 불알도 쪼그라들 정도 라고 내내 불평했다. 얼마 지나지 않아 밖에서 괴성이 들려왔다.

"불이다, 불! 공장에 불!"

돌연한 바깥의 소동에 모든 판자촌 사람들이 뛰쳐나갔다. 그중엔 숙모와 삼촌, 그들의 다섯 남매와 여섯 살 된 양자도 있었다.

서두르는 사람들을 쫓아 도착한 곳은 작은 개천의 둑방 위였다.

개천 너머를 보니 흉물스럽게 자리 잡고 있던 커다란 스테인리스 공장이 시뻘겋게 불타고 있었다. 먹구름 같은 까만 연기 위로 밤하늘 이 훤하게 밝았다. 어찌나 큰 불인지 훈훈한 온기가 바람을 타고 둑 위의 사람들을 휘감을 정도였다.

모두가 그 광경에 황망한 표정을 지었지만, 어린 양자의 눈은 졸음 으로 끔뻑끔뻑 감겼다. 이대로 화마의 따스한 품에 안겨 잠들고 싶다 고 생각하던 그때, 우악스러운 손이 양자를 잡아챘다.

"야! 지금 니는 부모 다 뒤져가는데 시방 잠이 오나?"

술에 취한 삼촌이 격양된 목소리로 양자의 멱살을 쥐고 흔들었다.

불길은 야간 업무를 하던 공원들을 집어삼켜 지독한 악취를 내뿜었다. 그러나 그 무엇도 어린 양자의 졸음을 쫓아내지는 못했다. 삼촌은 반쯤 잠든 양자를 바닥에 내팽개치고 무릎을 꿇은 채 하늘을 향해 빌었다.

"아이고, 성님! 제발 살아만 계쇼. 이 아가지 난 책임 못 진당께. 하느님 아부지, 제발……."

그러나 야속하게도, 신은 삼촌의 말을 들어주지 않았다.

양자는 추억에 잠긴 채 줄톱에 낀 살점들을 일일이 손으로 긁어내다, 그만 검지 손톱을 뎅겅 날려 먹었다.

입으로 피가 난 손가락을 빨며 양자는 축축하게 젖어 묵직해진 대걸레를 들고 굽혔던 허리를 바로잡았다.

머리 위로 보름달이 밝았다. 그리고 양자의 머릿속도 하얗게 비었다.

'뭘 하려고 했더라.'

한밤중에 왜 수돗가에 서 있는지 영문을 알 수 없었다. 요즘 부쩍 건망증이 심해지긴 했지만 이 정도까지는 아니었다. 핸드폰을 열어 시간을 확인했다. 8월 22일 22시 22분.

시계의 연속된 숫자를 보면 재수가 없다고 하던데. 고개를 떨구니 가마실로 향하는 판석 위에 선명하게 붉은 발자국이 찍혀 있었다. 짙은 붉은색이 달빛에 찐득하게 번뜩이는 걸 보며 양자는 멍하니 자국을 따라 걸었다.

가마실에 도착해 미닫이문을 열어젖히자 환풍기의 굉음과 함께 열기가 쏟아졌다. 바닥에 고인 피 웅덩이를 보자 그제야 다시 생각이 났다.

나는 남편을 죽였다. 하지만 왜? 양자는 기억을 더듬듯 뜨거운 가마 앞으로 다가갔다.

가스 가마 위에 표시된 빨간 LED 숫자가 500도를 웃도는 것을 확인하고, 불구멍으로 가마 내부를 들여다봤다. 남편의 새파랗던 몸은 새빨갛게 익다 못해 활활 타오르고 있었다.

양자는 불구멍에서 눈을 떼고 다시 대걸레를 붙들었다. 죽인 이유가 아무리 해도 기억나지 않았지만, 그렇다고 이대로 가만히 있을 순 없었다.

붉은 웅덩이를 대걸레로 슥슥 문질렀다. 뒤늦게 대차 아래 양동이를 받쳐두고 잘랐어야 했단 생각이 들었다. 하지만 이미 엎질러진 일이다. 양자는 뻘겋게 물든 대걸레를 들고 서서 길게 한숨을 쉬었다.

문득 등 뒤에서 가스 가마의 압력계가 덜그럭거리며 불안한 소리를 냈다. 양자는 서둘러 대걸레를 내던지고 가마로 뛰었다. 내부에서부터 갑작스럽게 치솟은 열기가 두꺼운 철판 너머로도 느껴졌다. 쉭쉭 소리와 함께 압력계의 눈금이 제멋대로 움직이더니 순식간에 적색 범위로 넘어섰다.

'안 돼!'

양자가 가스 밸브를 다시 잠그기 위해 가마 아래로 몸을 던졌다.

하지만 그녀의 손이 채 닿기도 전에 가스 가마는 쾅! 커다란 굉음과 함께 폭발했다.

잠에서 깬 양자는 벌떡 상반신을 일으켰다. 목 뒤로 식은땀이 흐르고, 한 박자 늦게 숨이 헉, 터졌다. 정신이 얼얼했다. 꿈에서 받은 맹렬한 충격과 열기가 아직도 몸에 남아 있는 것만 같았다.

"괜찮아요?"

잠이 덜 깬 듯 갈라진 목소리가 옆에서 들려왔다. 따뜻한 손길이 잔뜩 신경이 곤두선 그녀의 등에 닿았다. 양자는 화들짝 놀라다, 손의 주인을 확인하곤 긴장을 풀며 보일 듯 말 듯 고개를 끄덕였다.

화상 흉터로 우둘투둘한 양자의 등을 몇 번이고 쓸어내리던 최선묵은 누운 채로 슬그머니 그녀의 허리를 끌어안았다.

"씻어야겠어요."

양자는 그를 밀어내고 이불을 끌어 올려 헐벗은 제 몸을 가렸다. 악몽 때문인지 머리가 지끈거리며 무거웠다. 쌀쌀맞은 양자의 태도에도 선묵은 다정하게 굴었다.

"몸은 어떻습니까? 어제 과음하시던데."

양자의 큰 눈이 길게 가늘어졌다. 술이라니? 가만 생각해보니 필름이 끊긴 것처럼 어제 일이 정확하게 기억나지 않았다. 뒤늦게 숙취가 밀려오는지 속이 메스꺼웠다.

"괜찮아요."

양자가 시큰둥하게 대답하며 양손으로 관자놀이를 누르자, 선묵은 의도를 알아차리고 기지개와 함께 반대편으로 몸을 일으켰다. 양자는 얼굴을 가린 손가락 사이로 그의 뒷모습을 슬쩍 훑었다.

널찍한 어깨에 곧게 뻗은 등. 50대 중반의 나이에도 선묵의 몸은 근육으로 탄탄했다. 흠이 하나 있다면 그의 오른 정강이가 있어야 할 곳이 텅 비어 있다는 거였다.

양자는 남편의 잘린 발을 들었던 꿈이 생각나 작게 몸서리쳤다. 선묵은 그 자리에 의족을 단단히 채우고 영어로 'SECURITY'라고 적힌 검은 티셔츠를 입었다.

"최 선생님, 이 일은……."

뒷말을 채 잇지 못하는 양자를 대신해 선묵이 대답했다.

"없던 걸로 하겠습니다."

양자는 말없이 고개를 끄덕였다.

"그럼 대표님, 준비하고 내려오세요. 먼저 나가보겠습니다."

선묵은 사무적인 태도로 문을 닫고 나갔다. 발소리가 멀어지는 걸 들으며 양자는 다시 침대에 벌렁 누웠다.

'다른 날도 아니고 하필 오늘……. 아무리 술김이라도 단단히 미쳤구나, 박양자.'

양자는 자책하며 숙취로 무거운 몸을 뒤척였다.

여름의 아침 햇살이 창호지 발린 나무 창을 지나 그녀의 위로 드리워지고 있었다. 머리맡 탁상에 있는 전자시계로 날짜를 확인했다.

8월 22일. 오늘은 공식적으로 남편이 죽은 지 28년째 되는 날이었다.

어느 정도 메스꺼움이 가라앉고 나서야 양자는 다시 몸을 일으켰다. 욕실로 가 샤워기를 틀고, 찬물로 머리를 식히며 간밤에 무슨 일이 있었는지 기억하기 위해 노력했다. 하지만 머릿속이 안개가 낀 것처럼 뿌옇기만 했다. 실마리라도 찾으려 기억을 더듬어봤지만, 노력이 무색하게 아무것도 기억나지 않았다.

이렇게 필름이 끊겼던 적은 살면서 손에 꼽을 정도였다. 혹시 어제 실수한 건 없었을까 걱정이 먼저 앞섰다. 누가 선묵과 단둘이 있었던 걸 보기라도 했다면 골치 아파지는데. 양자는 어느 때보다 샤워를 공들여 오래 했다. 단 하룻밤의 실수로 지금껏 쌓아온 이미지를 날려버릴 순 없었다.

4대째 맥을 이어온 전통 가마터 '정요'의 대표이자, 죽은 남편을 잊지 못해 평생을 독수공방해온 순정의 아내. 홀로 미국에 유학 보낸 아들을 뒷바라지하는 헌신적인 어머니이자, 당뇨에 풍까지 맞은 시아버지를 임종까지 약 삼 년을 살뜰하게 보살핀 위대한 며느리가 바로 박양자라는 인물이어야 했다.

그렇게 버틴 시간이 자그마치 29년이었다. 양자는 긴 샤워를 마치고 나와 수건으로 젖은 머리를 틀어 올리며 화장대 거울 속 얼굴을 바라봤다. 스무 살의 파릇파릇하던 소녀가 어느새 눈가에 주름이 자글자글한 중년이 됐다. 이곳 정요에서 청춘을 다 바친 셈이었다. 여기서 1년만 더 버텨 30년의 경력이 인정되면 도예가 명장 타이틀 심사도 받을 수 있었다. 이렇게 중요한 시점이니, 보안요원과 정분이 났다는 추문 같은 것에 결코 휩싸여서는 안 되었다.

한편으로는 여자로서 아직 죽지 않았다는 생각에 어깨를 으쓱였다. 요가와 식이조절로 꾸준히 관리한 몸매와 또래에 비해 젊어 보이는 동안의 얼굴이 양자의 자부심이었다. 거울을 향해 야릇한 미소를 지어보며, 양자는 기초 화장품을 꺼냈다.

"이건 또 왜 이렇게 말썽이야."

꽉 잠긴 화장품 뚜껑이 꿈쩍도 안 했다. 온몸을 비틀어 간신히 열었지만, 마지막에 손가락에서 미끄러진 뚜껑이 바닥에 떨어져 침대 밑으로 도르륵 굴러갔다.

뚜껑은 중간에 걸리는 것도 없이 벽과 침대 사이로 쏙 들어갔다. 양자는 구시렁거리며 침대 틈새로 손을 뻗었다.

손목까지만 겨우 들어갈 만한 좁은 틈을 더듬는데, 손가락 끝에 물컹하고 만져지는 게 있었다. 이물감에 본능적으로 등의 솜털이 쭈뼛 솟는 걸 느끼며 양자는 얼른 손을 뺐다.

"뭐야?"

양자는 스마트폰을 가져와 플래시를 켜고 침대 아래를 들여다봤다. 긴 꼬리에 검은 털, 두 주먹을 합친 것만큼 커다란 시궁쥐 한 마리가 틈새에 끼어 죽어 있었다. 플래시 빛이 닿자 툭 불거진 시커먼 눈알이 마치 살아있는 것처럼 번뜩여, 양자는 꽥 비명을 질렀다.

득달같이 화장실로 달려가 비누를 먼저 집었다. 뒤숭숭한 꿈부터 재수가 없으려니. 오늘은 기필코 천안댁에게 한 소리 해야겠다 다짐하며 몇 번이고 손을 벅벅 닦았다.

"제가 몇 번이나 말해요!"

양자는 안채에서 사랑채로 내려가는 계단에 서서 천안댁을 몰아세웠다.

"쥐약은 쓰지 말라고 했잖아요!"

예순이 훌쩍 넘은 천안댁의 얼굴 주름이 꿈틀거렸다.

"그럼 쥐새끼를 어떻게 쪼까낸대유?"

"퇴치제 같은 거 있잖아요. 죽이지 말고 그냥 쫓아내시라고요. 네?"

"하이고, 내가 증말루 환장혀."

천안댁이 투덜거리며 사랑채 부엌으로 냉큼 들어갔다.

양자는 고개를 저으며 마저 계단을 내려왔다. 팔랑거리는 개량 한복의 치맛자락을 그러모으며 우아하게 사랑채 앞 테라스에 놓인 의자에 앉았다.

판자촌에서 살 때부터 익히 봐왔어도 시커먼 쥐들은 볼 때마다 소름이 끼쳤다. 여기저기 들쑤시며 닥치는 대로 먹어 치우는 습성도, 밤마다 천장을 뛰어다니는 소리도 참을 수가 없었다. 쥐란 쥐는 그저 존재하는 것만으로도 전부 끔찍하게 싫었다.

죽은 쥐를 만졌던 느낌을 애서 지워내며 양자는 챙겨온 태블릿을 들고 오늘의 일정을 확인했다.

성당에서 만난 율리아나 자매가 오전에 방문하기로 했다. 시아버지인 정광복 명장의 작품 구매 건으로 얘기를 나눌 것이다.

오후엔 영어 회화 수업이 있었다. 그리고 남은 일정은 도자기 기능 대회에 제출할 새로운 작품 구상뿐이었다.

"좋은 아침입니다, 대표님."

선묵이 가마실 방향에서 사랑채로 올라오다 그녀를 발견하고는 그 자리에서 꾸벅 인사했다.

양자는 일부러 태블릿에서 고개를 떼지 않았다.

"최 선생! 아침 먹었슈?"

선묵의 목소리를 들었는지 천안댁이 부엌에서 얼굴을 빠끔 내밀었다.

"한술 뜨고 가유. 오늘 같은 날은 여럿이 기도해야 기도빨도 받쥬."

선묵은 멋쩍게 웃으며 사양하지 않고 양자의 맞은편에 자리를 잡았다.

천안댁이 느릿하게 테이블 위에 음식을 차렸다. 뭇국에 삼색나물과 고기반찬 그리고 예쁘게 깎은 복숭아까지 올려진 소박한 아침상이자 제사상이었다.

"하늘에 계신 우리 아부지! 우리 작은 어르신, 정이수 브루노가 하루라도 빨리 안온한 집으로 돌아올 수 있도록 굽어살펴주시옵시구······."

두 손을 가지런히 모으고 기도를 올리던 천안댁의 눈가가 점점 촉촉해졌다.

28년 전 산에서 실종된 남편은 시신을 찾지 못해 이미 사망신고를 한 상태였지만, 천안댁은 지금까지도 그가 어딘가에 살아있을 거라 믿고 있었다.

"그리고 천국에 계신 그의 아버지 정광복 베드로에게도 자비를 베풀어 영원한 안식을 주시길 바라옵나이다, 아멘."

천안댁의 아멘 소리에 맞춰 양자와 선묵은 가슴에 성호를 그었다.

양자는 천안댁이 아무리 오랜 시간 정요에 몸을 담았다고 해도 가끔은 너무 유난 떠는 게 아닌가 싶었다. 시아버지 정광복의 첩이었다는 소문이 혹시 사실이었을까 싶어 양자는 천안댁의 얼굴을 찬찬히 뜯어봤다. 하지만 아무리 봐도 투박한 이목구비에 천성이 느릿한 태도는 남자에게 호감을 사기 어려워 보였다.

곧 있을 미팅을 생각하면 제대로 식사를 해야 했지만, 이래저래 입맛이 돌지 않아 양자는 깨작거리다 숟가락을 놓았다. 대신 젓가락으로 잘 익은 복숭아를 찍어 크게 한 입 베어 물었다. 입안에 퍼지는 달콤한 과즙과 잇속으로 파고드는 물컹한 과육이 혀뿌리에 닿으며 기분 좋은 것도 잠시. 섬광처럼 지난 밤 악몽이 선명하게 떠올랐다.

경직된 피부 아래로 수분이 채 마르지 않아 아직 물컹하던 남편의 허벅지를 단단히 잡았다. 오른손에 든 줄톱의 날은 작은 송곳니들이 다닥다닥 붙은 것처럼 날카로웠다. 양자는 주저하지 않고 관절 속으로 톱날을 밀어 넣었다. 살점이 갈리며 손잡이를 쥔 손에 진동이 전해졌다. 짓이겨진 피부 틈새로 검붉은 피가 꿀렁꿀렁 쏟아지며 손가락 사이사이로 스며들었다.

손을 타고 흐르는 복숭아 과즙의 검질긴 느낌이 악몽 속 피가 찐득하게 손바닥으로 파고들던 감각과 똑 닮아 있었다. 과육은 마치 질은 살덩이처럼 느껴졌다. 양자는 외마디 비명을 지르며 발작적으로 베어 문 복숭아를 바닥에 내던졌다. 복숭아가 철픽, 뭉개지며 흙바닥에 나뒹굴었다.

"대표님!"

선묵이 벌떡 일어나 다가왔다. 천안댁도 놀란 눈을 하고 바라봤다.

양자는 입 안에 남은 복숭아를 접시 위에 그대로 뱉어냈다. 도저히 삼킬 수가 없었다.

"죄송해요. 속이 안 좋아서."

양자는 자리에서 일어나 안채로 나섰다. 선묵이 따라 나와 양자의 팔을 부축했다.

"이러지 마세요."

양자가 그의 손을 밀어내며 노려보았다. 선을 넘지 말라는 암묵적인 경고였다. 선묵은 멋쩍은 표정으로 순순히 물러섰다.

"괜찮아요?"

"이따 율리아나 자매님 오면 안내나 해주세요."

"알겠습니다."

양자는 쌀쌀맞게 돌아서 성큼성큼 계단을 올라갔다.

다 올라서니 치마 주머니에서 스마트폰이 울렸다. 미국에 있는 아들 동민의 전화였다.

양자는 화면에 뜬 이름을 확인하곤 스피커를 귀에 가져다 대며 반가운 목소리를 냈다.

"그래, 동민아."

"네, 어머니. 한국은 별일 없죠?"

"여기야 늘 똑같지 뭘."

양자는 안채 마당에 서서 정요의 사랑채와 그 밑의 가스 가마실을 내려다보았다. 평소와 다름없는 풍경을 바라보며 구두 앞코로 마당의 흙을 걷어냈다.

남편의 기일인 이맘때면 하는 의례적인 통화였다. 오늘따라 유난히 아들의 목소리가 낯설게 느껴졌다.

"다행이네요."

수화기 너머 아들도 다른 때보다 서먹하긴 마찬가지였다.

양자의 남편, 그러니까 동민의 아버지는 동민이 갓난쟁이일 적에 죽었다. 얼굴도 모르는 아버지 기일을 매해 그것도 전화로 엉성하게 챙기려니 아무리 해도 익숙해지지 않는 것이다.

양자는 동민의 심정을 눈치채곤 얼른 화제를 돌렸다.

"올겨울은 보스턴에서 보낼 생각에 설레네. 비행기 표도 미리 사두길 잘했어. 벌써 가격이 이십만 원은 더 올랐더라."

그녀의 말에도 반대편에선 이렇다 할 반응이 없었다. 침묵이 이어질세라 양자는 말을 덧붙였다.

"호텔도 내가 직접 예약할 거야. 영어 선생님이 내가 실력이 금방 금방 는다고 얼마나 칭찬했는데. 아! 그리고 음식 같은 거 걱정 안 해도 된다. 얼른 가서 먹어보고 싶어. 피자, 파스타, 햄버거 같은 걸 먹어본 게 언젠지 기억도 안 난다니까."

점점 들뜨는 양자의 목소리와 달리 수화기 너머에선 여전히 응답이 없었다.

양자의 미국 여행은 몇 달 전부터 준비된 것이었다. 어색한 모자 관계를 어떻게든 회복해 보고자 양자가 계획했지만, 동민은 어머니가 미국에 오는 걸 영 달가워하지 않는 눈치였다. 처음 미국 여행을 넌지시 꺼냈을 때 아들이 보인 난감해하는 반응이 문득 떠올랐다. 양자는 초조한 기색을 감추며 물었다.

"내일 오전 미사 드리러 가니? 고모랑 고모부도?"

일상적인 물음이건만 동민의 답이 평소보다 유난히 늦었다. 이쯤 되면 핸드폰에 이상이 있는 게 아닐까 싶을 정도로 긴 침묵이었다. 의아하다고 생각할 즈음, 천천히 동민의 입이 떨어졌다.

"어머니, 저 사실 지금 공항이에요."

마당 흙을 긁던 구두코가 멈췄다. 양자는 동민의 입에서 나온 '공항'이라는 단어가 유난히 어색하게 느껴져 되물었다.

"공항이라니?"

"이미 티켓 끊었어요. 이틀 뒤에 빅토리아랑 한국에 도착할 거예요."

양자는 갑작스러운 소식에 마른침을 삼켰다. 이번엔 양자가 조용해지자 수화기 너머로 동민이 되물었다.

"여보세요?"

"무슨 일 있니?"

"가서 말씀드릴게요. 한국에서 봬요."

서둘러 전화를 끊고 싶어 하는 눈치에 양자는 애써 아무렇지 않은 척 받아쳤다.

"그래 알았다. 조심해서 오고, 비행기 도착 시간 문자로 알려줘. 최 선생님이 마중 나갈 거야."

"네."

짧은 대답을 마지막으로 전화는 일방적으로 끊겼다.

양자는 불안한 표정으로 팔짱을 꼈다. 매해 한 번, 그것도 할아버지 기일에만 맞춰 한국에 오던 아들이 갑작스럽게 예고도 없이 온다니 이상한 일이었다.

하지만 오래 사귄 미국인 여자친구 빅토리아와 함께 온다는 건 희소식이었다. 어쩌면 여자친구를 어머니에게 정식으로 소개하기 위해 오는 것일지도 몰랐다. 아직 결혼하기엔 이른 나이긴 했지만, 만약 그대로 둘이 결혼해 동민이 미국 영주권을 취득하게 되면 앞으로도 안정적으로 미국에서 생활하게 될 테니 이는 양자에게도 반가운 일이었다. 그때가 되면 그녀도 이 지긋지긋한 계단들과도 작별할 터였다.

양자는 몸을 돌려 다시 사랑채로 내려갔다. 어쨌든 천안댁에게 동민의 귀국 소식을 미리 알려야 했다.

동민이 온다는 말을 꺼내자마자 천안댁 안색이 몰라보게 환해졌다.

"도련님이 오신대유? 별채는 진즉 준비돼 있으니까 걱정 없구. 이참에 김칫국 새로 담가야겠네! 아직도 달달한 불고기가 입에 맞으실까나."

천안댁은 엉덩이를 흔들고 콧노래를 흥얼거리며 시장갈 채비로 분주하게 굴었다. 신이 나 펄펄 날아다니는 천안댁의 얼굴을 보자 양자는 문득 모든 것이 다 지겨워졌다. 까닭 없이 그런 생각이 들었다. 전부 다 사라졌으면 좋겠단 생각을 하며, 손님 맞을 준비를 위해 계단으로 몸을 돌렸다.

"박 대표님!"

정문에 서서 기다리고 있자니 중년 여자 둘이 하이힐을 또각거리며 산비탈을 올라왔다.

한 명은 키가 크고 호리호리한 체형이었으며, 다른 한 명은 오동통하고 작았다. 코미디 영화에서나 볼 법한 조합이었다. 양자가 만나기로 한 쪽은 오동통한 쪽이었다.

"어서 오세요, 율리아나 자매님. 차로 못 올라와서 힘드시죠?"

"이 정도 수고로움이야 충분히 감수할 수 있지. 요즘 박 대표 얼굴 보기가 하늘의 별 따기야!"

율리아나가 살갑게 대답했다. 성당에서 만난 인연치고는 세속적인 관계였지만, 비즈니스가 늘 그렇듯 아쉬운 쪽이 먼저 움직이게 되어 있었다.

오동통한 여자는 땀을 훔치며 양자에게 너스레를 떨었지만, 그에 반해 키 큰 여자의 얼굴엔 짜증이 잔뜩 묻어났다.

"여기 길쭉한 아가씨는 우리 성당에 새로 온 클라라. 이쪽은 박양자 미리암. 그 유명한 정광복 명장님의 며느리자 여기 정요의 대표셔."

양자는 소개받은 키 큰 여자의 옷차림을 훑었다. 모르는 사람에겐 무채색의 단아한 원피스와 검은 핸드백이 평범해 보이겠지만, 그녀 가 들고 있는 카프스킨의 샤넬 플랩백은 천만 원이 넘는 것이었다.

"반갑습니다. 성당 안 간 지 너무 오래라 어색하네요."

"근데 진짜 여기 대표 맞아요?"

"……."

클라라가 의심스럽다는 눈길로 양자를 위아래로 훑었다. 율리아나 가 당황하며 팔을 휘저었다. 굴하지 않고 클라라는 대꾸를 이었다.

"아니, 올라오는데 주차장에서 어떤 할아버지가 이상한 소리를 해 대서."

"아냐, 머리만 백발이지 할아버지까진 아닌 것 같았는데……."

율리아나는 애먼 지점에서 딴지를 걸었다. 양자가 미간을 찌푸렸다.

"동네에 정신이 오락가락하는 사람이 있는 모양이네요. 가뜩이나 흉흉한 세상인데 근처에 얼씬도 하지 못하게 해야지, 원."

"그냥 미친 사람이었을 거예요. 아, 하느님도 참 무심하시지."

양자가 단언하자 율리아나가 곧장 맞장구쳤다. 하지만 클라라의 의심 어린 시선은 더욱 짙어졌다.

"오래 자리를 비웠다고 하던데요. 자기가 박양자 남편이라면서."

박양자 남편……. 순간 양자의 온몸이 딱딱하게 굳었다. 모든 세포가 활동을 멈춘 것처럼 그대로 얼어붙었다.

"그러고 보니까 박 대표님 일찍 사별했다지 않았어?"

율리아나가 문득 의아해하며 양자를 쳐다봤다.

양자는 율리아나의 질문에 대답을 할 수 없었다. 그도 그럴 것이, 두 여자의 뒤로 클라라가 말한 백발이 성성한 남자가 언덕 아래서 천천히 올라오고 있는 것을 발견한 탓이었다.

남자는 양자와 시선이 마주치자 환하게 웃으며 손을 흔들었다. 동시에 양자의 얼굴이 하얗게 질렸다.

"동민 엄마!"

검은색과 붉은색이 교차하는 상의와 카멜색의 등산바지 그리고 진흙이 묻은 등산화까지. 그날과 완벽하게 똑같은 옷차림이었다. 크고 둥글게 처진 눈 사이로 높은 콧대는 여전했다. 얇은 입술 사이로 가지런하고 하얀 이를 드러내며 보이는 다정한 미소는 여전히 양자의 가슴을 살짝 뛰게 할 정도로 자상하고 부드러웠다.

박양자의 남편, 정이수가 정요로 돌아왔다. 죽은 지 28년 만에.

정이수가 양자를 향해 한 걸음 두 걸음 다가올 때마다 양자는 본능적으로 뒷걸음질 치려는 다리를 정신력으로 붙들었다. 손님들이 와 있는 곳에서 비명을 지르거나 도망갈 수는 없었다.

그녀의 낯빛은 걷잡을 수 없는 경악과 두려움에서 서서히 그리움과 슬픔, 마지막에 안도로 이어졌다. 곧 양자는 떨어지지 않는 발을 움직여 남편의 가냘픈 품속으로 뛰어들었다.

하얀 뭉게구름이 피어난 푸른 하늘 아래로 온통 초록색인 여름 한복판, 두 남녀의 극적인 상봉은 보는 사람의 마음에 전율을 일으킬 정도였다. 그 누구도 두 사람 앞에서 감히 입을 열지 못했다. 침묵을 깬 건 정이수였다.

"나 보고 싶었어?"

하나도 변하지 않은 남편의 음성을 듣자 양자는 뱃속에 벌레가 기어 다니는 양 울렁거렸다. 보는 눈이 많아 연기를 했다지만, 그녀는 지금 앙상하게 마른 남편의 몸뚱이를 당장이라도 비탈길로 밀어버리고 싶었다.

고개를 들어 올려다본 그의 얼굴은 주름 하나 없이 매끈했다. 정말 그날 모습에서 변한 것이 없었다. 유일하게 다른 점이라면 머리카락이 새하얗게 세어 제 나이보다 훨씬 더 늙어 보인다는 것이었다.

"작은 으르신!"

장을 보러 나서던 천안댁이 장바구니를 들고 헐레벌떡 달려왔다. 아이구, 아이구, 하며 한참 정이수를 살피더니 단춧구멍만 한 눈이 거의 없어지다시피 작아졌다. 자글자글한 주름 사이로 뜨거운 눈물이 뚝뚝 흐르고 미처 다물지 못한 입에서 끈적한 침이 흘렀다. 천안댁이 양자와 정이수 사이를 파고들자 양자는 그제야 남편에게서 떨어졌다.

"아이고오, 지는 믿고 있었슈. 돌아오실 줄 알고 있었슈. 참말로, 아휴, 아이고……."

천안댁은 정이수의 바짓가랑이를 붙잡으며 곡소리를 냈다.

"잘 계셨어요? 아유, 여전히 고우시네, 우리 여사님."

정이수는 씨익 웃으며 천안댁의 눈물을 닦아주었다.

천안댁은 보기에 부담스러울 정도로 온몸을 떨며 정이수의 귀환에 격정적으로 굴었다.

"우리 작은 으르신 마른 것 좀 봐. 식사는 했슈? 얼른 장 봐와야 하는디. 도련님도 곧 있으면 미국에서 온다는 거 아뉴."

"동민이가 미국에 있어요?"

정이수는 전혀 몰랐다는 얼굴로 양자를 바라봤다. 동민은 남편이 실종되고 6년 뒤 미국행 비행기에 올랐었다.

"하이고오, 그간 일이 좀 많았던 게 아뉴. 어르신도 돌아가시고."

아버지의 사망 소식에 정이수의 얼굴에서 웃음기가 싹 가셨다.

주절주절 이야기를 늘어놓는 천안댁을 따라 정이수는 계단을 올랐다. 그의 뒷모습을 지켜보다 양자는 고개를 돌렸다. 그리고 어안이 벙벙해진 두 여자를 보며 입꼬리를 끌어 올렸다.

"급한 집안 사정 때문에 오늘은 미팅하기 어렵겠네요. 제가 나중에 따로 날 잡아서 연락드릴게요."

"복잡한 사정 같은데 나중에 꼭 어떻게 된 건지 말해줘요, 응?"

"이게 뭐야, 사람 오라 가라."

클라라가 볼멘소리를 내자 율리아나가 눈치껏 그녀의 팔을 잡아챘다.

하이힐 때문에 두 여자는 비틀거리며 아스팔트 비탈길을 내려갔다. 한동안 저들의 입방아에 이름이 오르내릴 것을 생각하니 절로 골치가 아팠다. 하지만 지금은 눈앞에 닥친 상황을 수습하는 것이 우선이었다.

돌아보니 천안댁과 정이수는 정요로 오르다 말고 얘기를 나누고 있었다. 둘이 다시 느리게 계단을 올라가는 걸 보며 양자는 천천히 그 뒤를 따랐다.

두 사람은 바로 별채로 향했다. 별채는 시아버지가 돌아가시기 직전까지 썼던 곳으로, 정요의 가장 꼭대기에 있었다. 그간 천안댁이 분명 정이수가 돌아올 거라면서 언제든 별채를 사용할 수 있도록 매일같이 쓸고 닦았는데, 설마 그게 정말로 이루어질 줄이야.

양자는 정요로 들어서는 계단을 하나하나 밟으며 혼란스러운 심정을 억눌렀다. 남편과 마주하기는 끔찍이도 싫었지만, 그가 돌아온 이상 확인해야 할 것이 있었기에 어쩔 수 없이 그를 만나야 했다.

"정이수가 돌아왔다니요?"

선묵의 목소리가 별채 계단 앞에서 그녀를 붙잡았다. 소식을 듣고 뛰어왔는지, 땀으로 흠뻑 젖어 있었다.

"모르겠어요. 저 남자가……."

양자는 천안댁의 어깨를 감싸 안고 허허, 웃으며 별채로 오르는 정이수를 바라보았다. 호리호리하게 마른 몸과 큰 키, 둥글게 처진 눈과 높은 콧대를 가진 그는 틀림없는 남편이었다.

"정신 차려요! 정이수는 죽었잖습니까!"

선묵이 양자의 어깨를 잡아 흔들었다. 양자는 벌써 넋이 나간 얼굴이었다.

"생각해보세요, 저렇게 젊은 남자가 정이수일 리가 없잖아요. 안 그래요?"

양자는 깊게 파인 선묵의 팔자주름을 보고 그제야 정신을 차렸다.

그의 말이 맞다. 28년 만에 나타난 남편이 어제 만난 것처럼 익숙했던 이유가 거기에 있었다. 양자의 앳되던 얼굴에도 주름이 잡히고 세월의 흐름이 고스란히 담겼는데, 돌아온 남편은 비정상적일 정도로 변한 게 없었다. 백발이 성성한 머리 외에는 모든 것이 너무나도 옛날 모습 그대로였다.

"저 사람은 가짜입니다!"

선묵이 뒤춤에서 검은 물건을 꺼냈다. 양자가 경악하며 물러섰다.

"지금 뭐 하는 거예요?"

그가 꺼낸 건 38구경 리볼버 권총이었다. 흉흉한 물건을 보자 양자의 심장이 벌떡거렸다. 선묵은 권총에 안전장치를 걸고 그녀의 손에 단단히 쥐여주었다.

"명심하세요. 이 총은 어디까지나 당신이 위험할 때를 대비한 위협용입니다. 경찰이 올 때까지 붙잡아두세요."

"경찰은 안 돼요!"

양자가 다급하게 외쳤다. 경찰이 와서 이것저것 캐묻기 시작하면 골치 아파진다. 정이수가 경찰에게 무슨 말을 지껄일지 모를 일이었다.

"그럼 일단 저놈이 무슨 짓을 할지 모르니 수갑을 챙겨올게요."

선묵은 꼭 기다리라는 말을 남기고 서둘러 자신이 묵는 컨테이너로 내려갔다.

양자는 얼떨결에 받아든 권총을 손에 쥔 채로 멀뚱히 서 있었다. 언젠가 이 총에 대해 들은 적이 있었다. 군인들에게 지급되던 총 중에서도 가장 살상력이 좋은 것이었다. 크기에 비해 생각보다 묵직했다. 이렇게 무거운 걸 들고 조준이나 제대로 할 수 있을까 싶었다.

계단 밑으로 순식간에 사라진 선묵의 빈자리를 보다가 양자는 권총을 치마 허리춤 뒤에 찔러 넣었다. 맨살에 차가운 감촉이 닿자 정신이 번쩍 들었다.

별채로 다가가며 양자는 자신이 마주한 그, 아니 '그것'을 떠올렸다. 정이수와 똑같은 얼굴을 하고 갑자기 나타난 존재는 양자에게 큰 혼란을 일으켰다. 남편은 분명히 죽었다. 죽는 모습을 두 눈으로 직접 보지는 못했지만, 그가 죽었음을 누구보다도 양자만은 분명히 알고 있었다. 그러니 '저것'은 남편일 리 없다. 사람일 리 없다. 그렇다면 대체 무엇인가. 귀신인가? 보고 느끼고 만질 수 있는 존재를 과연 귀신이라고 할 수 있을까? 만약 그렇다면 그런 존재에게 인간의 물리적인 무기가 과연 도움이 될까?

떠오르는 생각과 반대로 양자는 겉옷에 가려진 등허리의 권총을

매만졌다. 어쩌면, 단순한 위협만으로 쓰지 않을 수도 있겠다는 생각
이 들었다.

별채로 가는 내내 양자는 온몸이 후들거렸다. 한 계단, 한 계단이
지옥을 오르는 기분이었다. 불현듯 그것이 그날의 일을 어디까지 기
억하고 있을지 궁금했다. 귓가를 스치는 바람에서 시아버지의 호통
같은 환청이 들리는 듯했다.

'이년, 부끄러운 줄 알아라! 사악하고 부정하고 이기적인 악마야.
내 살아생전 널 막지 못한 것이 죽어서도 한이 되는구나!'

양자는 머릿속에서 울리는 환청을 떨치기 위해 세차게 머리를 흔
들었다. 그래도 시아버지 정광복의 목소리는 끈덕지게 달라붙었다.
양자는 계단을 오르는 발에 집중하며 별채에 다다를 때까지 몇 번이
나 심호흡을 했다.

별채는 작은 툇마루와 연결된 방문을 모두 미닫이로 바꿔 달았기
때문에 문을 열어두면 내부가 훤히 보이는 구조였다. 거동이 불편했
던 시아버지를 모시느라 유일하게 신식으로 개조했던 곳인데, 그가
없는 지금까지도 별채만은 바뀐 그대로 남아 있었다.

양자는 미닫이를 지나 안에 들어서자마자 가슴이 철렁 내려앉았
다. 남편의 탈을 쓴 정체불명의 '그것'은 의자가 아닌 테이블 위에 양
반다리를 하고 앉아 있었다. 거기다 배가 임신한 사람처럼 터질 듯이
부풀어 있어 가뜩이나 얇은 팔다리가 더욱 앙상하게 보였다.

무엇보다 그의 앞에 놓인 것들이 양자의 얼굴을 찌푸리게 만들었다. 접시도, 쟁반도 없이 전혀 조리되지 않은 날고기와 생선들이 반쯤 물어뜯긴 상태로 여기저기 흩어져 있었다.

그것은 이제 가느다란 열 손가락으로 흙이 묻은 생감자를 꼭 쥐더니 껍질째 앞니로 갈아 먹기 시작했다. 까드득 까드득, 하는 소리에 양자는 손끝에 닿았던 아침의 역겨운 감촉이 떠올랐다.

기괴한 풍경에 양자는 머리가 지끈거리고 어지러웠다. 먹은 것도 없는 속이 뒤집히려는 것을 간신히 억누르며 주위를 살폈다. 막 천안댁이 계란 한 판을 그대로 그에게 가져가려 하기에 간신히 그녀를 붙잡고 물었다.

"안 여사님, 이게 지금 무슨 일이에요?"

"한사코 조리된 음식은 못 드시겠다구 해서."

천안댁은 한쪽 구석을 눈으로 가리켰다. 그녀의 시선이 닿은 곳엔 깨진 국그릇과 밥그릇이 한데 뒤엉켜 있었다. 차려온 상을 그대로 엎은 모양이었다.

이것도 어이없는데, 더 기가 막히는 건 천안댁의 태도였다. 천안댁은 마치 '애가 이것밖에 안 먹겠다는데 어쩌겠냐'며 얄미우면서도 사랑스러운 아이를 대하는 투였다. 그녀는 눈앞의 이 기괴한 형상을 인지하지 못하는 것 같았다. 오히려 그녀를 붙잡은 양자가 방해물인 양 어서 놓으라는 눈으로 노려보았다.

생감자를 껍질째 씹던 그가 계란을 보더니 먹던 것을 내팽개치고 아이처럼 해맑게 웃으며 양손을 내밀었다.

"가유, 가."

천안댁이 양자를 뿌리치고 종종걸음으로 계란을 그의 앞에다 바쳤다.

천안댁은 날계란을 꿀떡꿀떡 삼키는 남편을 보며 황홀한 표정을 지었다. 양자는 그런 천안댁의 얼굴이 남편의 모습보다 더 거북했다.

'제정신이 아니야.'

양자는 스마트폰을 들고 112를 눌렀다. 경찰이 달갑진 않아도 이런 비정상적인 상황에선 달리 방법이 없었다. 날계란으로 번들거리는 입가를 핥는 남편을 보며 간신히 입을 열었다.

"거기 경찰서죠?"

"뭐여."

천안댁이 눈도 깜빡이지 않고 턱 밑에서 양자를 올려다보았다. 순간 소스라치게 놀라 비명을 지를 뻔했다. 분명 테이블 앞에 있었는데! 천안댁은 큰 손을 휘둘러 양자의 핸드폰을 낚아챘다.

"뭐 하시는 거예요!"

"내가 할 말이유. 경찰?"

양자는 생쌀을 집어 입에 쑤셔 넣는 남편을 손가락으로 가리켰다.

"안 여사님, 저게 지금 정상으로 보이세요?"

"어디 감히 하늘 같은 남편한테 저게라니!"

천안댁이 괴성을 질러대는 바람에 양자는 주춤 뒤로 물러섰다.

"자그만치 28년 만이유. 어서 무슨 고생을 하다 왔는지 바깥양반이 저렇게 빼짝 말라서 왔는디 안쓰럽지도 않슈?"

양자는 정이수를 흘끗 바라보았다. 그는 두 여자의 실랑이엔 관심이 없어 보였다. 음식을 입에 처넣고 있으면서도 다른 널브러진 음식만을 탐욕스레 보고 있었다. 금방이라도 터질 것 같은 배가 피를 잔뜩 빤 빈대처럼 계속 부풀어 올랐다. 뾰족하게 부러진 앞니와 시뻘겋게 충혈된 눈 때문에 남편의 얼굴은 악마라도 씐 것처럼 보였다. 그야말로 괴물이나 다름없었다.

"물러서세요. 저 사람은 정이수가 아닙니다. 내 남편도 아니고 안여사님의 작은 어르신도 아니에요. 경찰에 신고해야겠어요. 핸드폰이리 주세요."

양자의 말이 끝나기 무섭게 천안댁이 핸드폰을 가슴에 품은 채 밖으로 달아났다. 몇십 년을 정요에서 함께 지내며 천안댁이 그렇게 재빠르게 움직이는 걸 본 적이 없었다.

그녀를 쫓아갈 새도 없이 남편, 아니 괴물의 목소리가 등 뒤에서 양자를 붙들었다.

"양자야, 왜 날 두고 그냥 갔어?"

척수를 타고 소름이 온몸으로 퍼져나갔다. 그 자리에 우뚝 굳어버리고 말았다. 괴물은 씹다 만 생쌀과 함께 평생 양자가 가슴에 묻고 살았던 문장을 징그럽게 쏟아냈다.

"그냥 갔어?"

괴물이 손에 쥐고 있던 쌀을 후드득 내려놓았다. 양자는 뻣뻣해진 손을 애써 뒤로 감췄다.

"왜?"

그것은 빵빵하게 부른 배를 뒤뚱이며 식탁에서 어기적어기적 내려왔다. 그의 목소리가 신경 곳곳에 비수처럼 박혀왔다.

"두고?"

무거운 몸을 이끌고 그것이 마침내 양자에게 가까이 섰다. 양자는 빠르게 몸을 돌려 그것의 이마에 총구를 가져다 댔다.

"물러서요. 이거 진짜야."

"날?"

그것은 아랑곳하지 않고 마지막 말을 내뱉었다. 기괴하게 어그러진 턱이 당장이고 양자를 삼킬 것처럼 점점 더 벌어졌다. 양자의 동공이 커지고, 총을 쥔 손이 덜덜 떨렸다.

양자는 그것의 이마 쪽에서 그의 벌어진 입안으로 총구를 옮겼다. 토사물처럼 침과 섞인 음식 찌꺼기들이 턱을 타고 줄줄 흐르는 걸 보자 도저히 참을 수 없었다. 선묵이 올 때까지 기다릴 수 없었다. 혐오감과 불쾌감이 한계를 넘어섰다.

양자는 엄지손가락 끝에 안전장치가 만져지는 것을 느꼈다. 그와 동시에 순식간에 총구에서 불꽃이 피어올랐다. 굉음과 동시에 정이수의 뇌수와 머리뼈가 사방으로 흩어졌다.

총소리에 놀란 새들이 푸드덕거리며 연쇄적으로 날아가는 소리가 파도처럼 정요에 울려 퍼졌다.

정작 양자는 총소리로 인한 이명 탓에 아무것도 듣지 못했다. 그저 얼굴이 날아간 괴물이 비틀거리며 뒤로 쓰러지는 모습만 눈에 들어올 뿐이었다.

풀썩, 몸이 바닥에 나뒹굴자 그가 쥐고 있던 하얀 쌀알들 사이로 붉은 피가 스며들었다. 양자는 그것이 움직이지 않는 것까지 확인한 뒤에야, 후들거리는 손으로 연기가 나는 권총을 바닥에 내려놓았다.

본능적으로 사건 현장을 은폐하기 위해 미닫이문에 손을 뻗었다. 문을 고정해두던 바닥 걸쇠를 풀어냈다. 동시에 쭈글쭈글한 손이 턱, 문을 붙잡았다.

"뭐여."

천안댁의 살기 어린 목소리에 양자가 고개를 들었다.

천안댁이 양자의 가슴을 다른 손으로 세게 밀치며 별채 안으로 밀어 넣었다.

"뭐여."

양자는 힘이 풀린 다리로 겨우 넘어지지 않고 버티며 섰다.

"안 여사님. 지금 저기 있는 사람, 아니 괴물은 우리가 알고 있던……."

"뭐여?"

그러나 부질없는 짓이었다. 바닥의 시체를 보고 눈이 뒤집힌 천안댁이 양자를 향해 득달같이 달려들었다.

양자는 피하려고 몸을 훅 뒤로 물렸지만, 바닥에 흩어진 피 웅덩이를 밟고 그대로 나자빠졌다. 그 틈에 천안댁이 양자의 몸을 거미처럼 타고 올랐다.

늙고 작은 천안댁의 악력이 어찌나 억센지, 양자는 밀어낼 틈도 없이 가느다란 목덜미를 콱 잡혔다. 온 힘을 다해 발버둥쳤지만 제 힘만으로는 천안댁을 떨쳐낼 수 없었다. 탄력이라고는 찾아볼 수 없는 불린 명태 껍질 같은 팔뚝에 있는 힘껏 손톱을 박아 넣기도 했다. 그러나 아무리 할퀴고 애써봐도 목을 옥죄는 손아귀 힘은 풀리지 않았다.

목구멍에선 컥컥대는 신음조차 나오질 않았다. 기도가 막혀 어떠한 말도 할 수 없게 된 양자는 점점 의식이 점멸되고 있는 걸 느꼈다. 새하얗게 질린 얼굴로 천안댁을 올려다보았다.

"성님 면을 봐서라도 이라고 싶진 않았는디. 맥일 입이 여섯이여. 양자야, 미안허다. 미안혀. 미안혀. 미안혀……."

환청인지 귓가에 언젠가 들었던 말이 맴돌고, 환각인지 천안댁의 얼굴에 어릴 적 삼촌의 얼굴이 겹쳐 보였다.

죽을 때가 되면 인생이 주마등처럼 스친다던데…….

심지어 삼촌의 역한 입 냄새와 코가 마비될 것 같던 독한 술 냄새마저 의식이 끊기는 이 순간 생생하게 느껴졌다.

"죽어!"

천안댁의 쇳소리와 함께, 양자의 숨이 멎었다.

"흐읍!"

신선한 공기가 폐 사이사이로 파고드는 것이 느껴졌다. 양자는 퍼뜩 눈을 떴다. 동시에 갑자기 감당할 수 없이 많은 공기가 순식간에 폐로 밀려들었다. 숨을 내뱉는 양보다 들이켜는 양이 더 많아지면서 일시적으로 몸이 경직되었다.

"하악, 하악, 허억! 헉……!"

가빠진 숨소리에 놀란 선묵이 급하게 몸을 일으켰다. 양자의 몸을 주무르며 상태를 살폈다. 그녀의 열 손가락이 고사리처럼 안으로 말리고 있었다. 선묵은 응급처치할 물건을 찾다가 자신의 손을 모아 양자의 입에 가져다 댔다.

"자, 천천히. 쓰읍, 후우우. 쓰읍, 후우우. 저하고 호흡 맞춰봐요."

양자는 선묵의 호흡 패턴을 따라 숨을 천천히 들이마셨다가 다시 내뱉기를 반복했다. 어느 정도 숨소리가 안정되자 선묵은 곱아든 손을 열심히 주물러 폈다.

"괜찮아요?"

차가워진 양자의 손과 팔을 주무르며 선묵은 가만히 그녀의 얼굴을 쓰다듬었다. 하얗게 질렸던 얼굴에 생기가 돌 즈음 선묵이 물컵을 내밀었다.

천천히 유리컵 물을 전부 비우더니 양자가 신경질적으로 쏘아붙였다.

"대체 나한테 총을 왜 준 거예요?"

"네?"

선묵이 흠칫 놀라며 양자의 몸에서 손을 뗐다.

양자는 벌떡 일어나 화장대 거울 앞에 서서 목을 더듬고 살폈다. 아무리 들여다봐도 흰 목에는 별다른 이상이 없었다.

꼼짝없이 죽은 줄 알았는데, 살아난 건가? 섬뜩할 정도로 생생한 느낌 때문에 몇 번이고 멀쩡한 목을 쓸어내렸다. 그 정도로 목이 졸리면 한 며칠은 손자국이 멍울져 남던데. 양자는 선묵을 돌아보며 물었다.

"오늘 며칠이죠?"

선묵은 머뭇거리다 대답했다.

"8월 22일입니다."

양자는 눈썹을 비틀어 올렸다. 표정이 굳는 걸 보고 선묵은 눈치껏 바닥에 흩어진 옷을 주워 입었다. 마지막으로 그가 영어로 'SECURITY'라고 적힌 검은 티셔츠를 입었을 때 양자는 자기도 모르게 말을 내뱉었다.

"최 선생님, 이 일은."

별생각 없이 말하던 양자가 기겁하며 제 입을 틀어막았다. 너무도 강력하게 느껴지는 기시감에 헛구역질이 나올 것 같았다.

"없던 걸로 하겠습니다."

무뚝뚝한 선묵의 얼굴 속에서 묘한 서운함과 쓸쓸함이 배어났다. 양자는 기시감에 혼란스러워 그를 빤히 쳐다보았다.

"그럼 대표님, 준비하고 내려오세요. 먼저 나가보겠습니다."

선묵이 문을 닫고 나가기 무섭게 양자는 화장실로 달려갔다. 변기통을 붙잡고 속에 있는 것들을 토해내기 위해 고개를 처박았다. 하지만 아무리 목구멍에 힘을 줘도 위는 꼼짝도 하지 않았다. 억지로 손가락을 넣어 게워봐도 헛수고였다. 한참 헛구역질하던 양자는 속을 달래기 위해 대신 샤워기를 틀었다.

물줄기에 머리가 식고 나니 차차 정신이 돌아왔다. 지독히도 생생한 꿈이었다. 차가운 물방울이 피부에 닿을 때마다 언뜻언뜻 걸신들린 괴물 같은 남편의 모습과 제게 올라타 목을 조르는 천안댁의 도끼눈이 자꾸만 눈앞에 스쳤다.

씻고 나와 옷을 걸쳐 입은 양자는 한참을 침대에 앉아 관자놀이를 눌렀다. 그러다 문득 떠오른 기억에 벌떡 일어났다. 스마트폰으로 플래시를 켜고 천천히 침대 밑을 살폈다. 똑같이 꼬리가 길고 시커먼 쥐의 사체가 침대 구석에 끼어 있었다.

입에서 쌍욕이 튀어나왔다. 그나마 만지지는 않았으니 다행이라고 자위해봤지만, 여전히 기분은 시궁창에 들어갔다 나온 것처럼 더러웠다.

양자는 옷맵시를 다듬으며 곧장 넓은 대청마루에 나와 섰다. 불현듯 의문에 빠졌다. 어떻게 지난밤 꿈과 똑같이 하루가 시작될 수 있을까?

단순한 예지몽이라고 치부하자니 흡사 괴물 같았던 정이수의 모습까지 실제처럼 생생했다는 게 찝찝하게 다가왔다. 꿈이니까 그런 말도 안 되는 일이 생겼던 거겠지. 죽은 사람이 돌아오고, 괴물처럼 변하고……. 양자는 애써 스스로를 설득했다.

안채는 넓은 대청마루를 중심으로 디귿자 형태의 구조였다. 대청마루 중앙에 놓인 원목 테이블에는 빈 와인병들과 잔 두 개가 놓여 있었다. 그것들을 치우고 나서 양자는 머리를 다시 한번 단단히 틀어 올렸다.

내려가는 계단 너머를 바라보니 사랑채 마당에서 천안댁이 부엌과 테이블을 특유의 느릿한 걸음으로 오가며 상을 차리고 있었다.

지난밤 꿈속에서 천안댁은 저 나무토막 같은 손가락으로 우악스럽게 제 목을 비틀었다. 움키던 손가락 마디마디가 아직도 느껴지는 듯해 양자는 무의식적으로 목을 계속 쓸어내렸다.

"침대 밑에 쥐가 죽어 있어요. 손님 오시기 전에 치워주세요."

상차림이 끝날 즈음 양자는 사랑채로 향하는 계단에 서서 덤덤한 말투로 말했다.

"역시 쥐약이 효과가 직빵이유."

고놈 잘 죽었다는 말투에 양자의 입이 절로 움직였다.

"제가 몇 번이나 말해요! 쥐약은 쓰지 말라고 했잖아요!"

"그럼 쥐를 어떻게 쪼까낸대유?"

다시 어제의 꿈처럼 돌아가는 대화에 양자는 입을 꾹 닫고 손톱으로 손바닥을 긁었다.

어떻게 이렇게 토씨 하나 틀리지 않고 똑같은 꿈일 수 있나.

"좋은 아침입니다, 대표님."

"최 선생! 한술 뜨고 가유. 오늘 같은 날은 여럿이 기도해야 기도빨도 받쥬."

가마실 쪽에서 올라온 선묵은 이번에도 천안댁의 제안을 마다하지 않았다. 그러고는 멋쩍은 표정으로 양자의 맞은편에 앉았다. 김이 모락모락 나는 뭇국을 앞에 두고 천안댁은 자리에 앉아 두 손을 가지런히 모은 뒤 기도를 시작했다.

"하늘에 계신 우리 아부지! 우리 작은 어르신, 정이수 브루노가 하루라도 빨리 안온한 집으로……."

양자는 기도 중간에 자리에서 일어났다. 놀란 두 사람을 뒤로한 채 양자는 안채 계단으로 향했다.

"대표님?"

그 모습이 이상했는지 선묵이 얼른 일어나 양자를 따라왔다. 양자는 선묵의 팔을 잡고 단단히 일렀다.

"지금 바로 정문으로 가세요. 백발의 남자가 자신이 정이수라고 우길 거예요. 그 사람을 절대 정요 안으로 들여서는 안 됩니다. 아시겠어요?"

선묵의 눈동자가 흔들렸다. 양자는 목소리를 낮춰 덧붙였다.

"특히 천안댁하고 절대 마주치지 않게 해요."

"네……."

선묵의 대답이 미덥지 못했는지 양자는 다시 한번 그의 팔을 움켜쥐며 강조했다.

"내 말 명심해요. 절대, 절대 안 됩니다."

"명심하겠습니다."

확답을 듣고 나서야 양자는 손을 풀었다.

곧장 정문으로 내달리는 선묵을 보고 양자도 바로 돌아섰다. 안채로 향하는 계단을 오르려다 문득 멈춰 섰다. 계단 밑에서 황당한 눈을 한 천안댁이 자신을 바라보고 있었다. 시선을 피하지 않은 채 양자는 스마트폰을 손에 꼭 쥐었다.

곧 전화벨 소리가 울렸다. 양자는 화면을 확인하지도 않고 받았다.

"어, 동민아."

"네, 어머니. 한국은 별일 없죠?"

꿈에서 그랬던 것처럼 똑같은 톤으로 똑같은 말이 이어졌다. 양자는 잠시 넋을 놓았다.

"어머니?"

"……어, 그래. 여긴 늘 똑같지."

유독 멀리서 들려오는 것 같은 목소리였다. 양자는 이상한 꿈 얘기를 꺼내려던 걸 꾹 눌러 참았다. 의대를 나온 아들에게 비현실적인 꿈 얘기를 늘어놓다간 귀찮게 이런저런 검사를 받아보라고 할 게 뻔했다. 지난번 통화에선 전날 먹은 저녁밥 메뉴를 기억하지 못했다는 이유로 대학병원 치매센터에 가보라는 성화에 며칠씩 시달려야 했다. 군이 센터 전화번호까지 찾아 짚어주던 것을 떠올리니 나오려던 말도 쏙 들어갔다. 다른 이야기를 해야 한단 생각으로 입을 열었다.

"올겨울은 보스턴에서 보낼 생각에 설레네. 비행기 표도 미리 사두길 잘했어. 벌써 가격이 이십만 원은 더 올랐더라. 호텔도 내가 직접 예약할 거야. 영어 선생님이 내가 실력이 금방금방 는다고 얼마나 칭찬했는데. 아! 그리고 음식 같은 거 걱정 안 해도 된다. 얼른 가서 먹어보고 싶어. 피자, 파스타, 햄버거 같은 걸 먹어본 게 언젠지 기억도 안 난다니까."

거기까지 말한 뒤 양자는 뚝 말을 멈췄다. 인지하기도 전에 자신의 입에 누군가 녹음기를 틀어 놓은 것처럼 줄줄 대사가 읊어졌다. 놀라는 것도 잠시, 다시 그녀의 혀가 제멋대로 움직였다.

"내일 오전에 미사 드리러 가니? 고모랑 고모부도?"

"어머니, 저 사실 지금 공항이에요."

설마…… 아닐 거야. 이틀 뒤에 도착한다고 말하지 않을 거야.

"이미 티켓 끊었어요. 이틀 뒤에 빅토리아랑 한국에 도착할 거예요."

좀처럼 이 상황을 믿을 수가 없었다. 양자는 한동안 말을 잇지 못했다.

"여보세요?"

수화기 너머 목소리에 양자는 가까스로 정신을 붙들었다. 아이러니하게도 이렇게 되묻는 것마저 꿈에서와 똑같았다.

"그래, 알았다. 조심해서 오고."

어지럼증이 밀려왔다. 양자는 핸드폰을 끄고도 한참 이마를 짚어야 했다. 그러는 새에 천안댁이 눈을 반짝이며 다가왔다.

"도련님이 오신대유?"

"이틀 뒤에요."

"별채는 진즉 준비돼 있으니까 걱정 없구. 이참에 김칫국을 새로 담아야겠네! 아직도 달달한 불고기가 입에 맞으실까나."

"미국에서 이십 년 넘게 산 애가 그런 게 입에 맞겠어요?"

양자는 날카롭게 쏘아붙이고 돌아섰다.

안채로 올라가면서도 뒤숭숭한 생각들이 양자의 마음을 헤집었다. 소소한 부분이 꿈과 다르면서도, 또 많은 것들이 꿈과 일치했다. 괜히 꿈에서 겪은 걸로 너무 예민하게 구나 싶다가도, 천안댁 말이 꿈에서 들었던 것과 똑같으면 똑같을수록 자신의 목을 죄던 손가락의 감촉도 생생해지는 것 같았다. 절로 몸서리가 쳐지니 날이 서는 건 어쩔 수 없었다.

'만약'이라는 단어가 자꾸만 그녀의 발목을 잡았다. 어젯밤 꿈이 정말 예지몽이라면 죽은 남편이 정요로 찾아올 테고, 그랬다간 또 천안댁에게 죽을지도 모른다. 말도 안 되는 일이라고 생각하면서도 양자는 잠시 정문 쪽을 내려다봤다.

그래도 꿈과 달리 미리 선묵을 보내뒀으니까. 정이수가 있든 없든 선묵이 잘 처리해주길 바라며 다시 안채로 걸음을 옮겼다. 특전사 출신으로 외국 파견까지 다녀왔던 베테랑이니, 어련히 알아서 잘하겠지.

양자는 죽은 남편을 사칭하는 남자에 대한 걱정은 미뤄두고, 당장 눈앞에 닥친 비즈니스에 집중하기로 했다. 이번에는 정문까지 맞이하러 가지 않고 정문 계단 위 마당에서 그들을 기다렸다.

"박 대표님!"

예정대로 중년의 여자 둘이 하이힐을 또각거리며 계단을 올라왔다. 두 여자의 이마에 땀이 송골송골 맺혔다.

"어서 오세요, 율리아나 자매님. 차로 못 올라와서 힘드시죠?"

"이 정도 수고로움이야 충분히 감수할 수 있지. 요즘 박 대표 얼굴 보기가 하늘의 별 따기야!"

율리아나가 손부채질을 하며 옆에 선 키 큰 여자 클라라를 소개했다. 여자는 짜증이 잔뜩 묻은 얼굴로 양자와 인사를 나눴다. 양자는 잠시 뜸을 들여 두 사람의 반응을 살폈다.

별다른 얘기가 없는 걸 봐선 선묵이 남자를 잘 처리한 모양이었다. 양자는 그제야 둘을 안채로 안내했다.

"여기가 한옥이다 보니, 불편하시겠지만 신발은 벗고 들어와주세요. 이래 봬도 이백 년이 훨씬 넘은 고택이랍니다."

안채는 들창을 들어 올려 시원하게 개방된 구조였다. 클라라는 신을 벗고 마루에 오르는 동안 섬세하게 짜맞춰진 기둥과 들보를 눈으로 훑으며 손수건으로 땀을 찍어냈다.

"한여름에 에어컨도 없네. 생활하는 데 불편하지 않아요?"

퉁명스러운 말투로 클라라가 묻자 율리아나가 대신 대답했다.

"자기야, 여기는 돈 주고도 못 사는 곳이야. 문화재야 문화재."

"그럼 뭐해. 못 팔아서 돈도 안 되는 걸."

"아휴, 이 자매님은 하나만 알고 둘은 몰라. 나라에서 오까네가 나온다니까."

양자가 맞은편 미닫이문을 활짝 열자 시원한 산들바람이 세 여자가 앉은 커다란 원목 테이블까지 불어왔다. 양자는 준비해둔 찻물을 올리며 화제를 돌렸다.

"이곳이 제가 가장 좋아하는 공간이에요. 대청마루에 앉아 차 한 잔 마시며 정요의 멋진 경치를 바라보면 신선놀음하는 기분이 들지요. 홍차 괜찮으시죠?"

율리아나는 양자가 미리 꺼내둔 찻잔 세트를 보자마자 호들갑을 떨었다.

"이거 메리어트 썸머 시즈널 파티세리에 들어간 정광복 작가님의 '여로' 세트 아니에요?"

양자는 겸손한 미소만으로 답하며, 홍차를 우리는 동안 크림을 데우고 제비꽃 설탕을 꺼냈다.

"이 귀한 찻잔을 다 내주시고, 영광이네!"

수선스러운 율리아나와 달리 클라라는 시큰둥했다. 안채 내부를 고개만 내밀어 훑으며 길게 꼰 다리를 까딱거렸다.

율리아나는 연신 찻잔과 소서를 이리저리 훑어보며 감탄했다.

"한정판으로 국내랑 영국 메리어트 두 군데만 들어갔죠?"

"네, 각각 열 세트씩. 안타깝게도 국내에서는 한 세트가 깨졌다고 하더라고요."

양자는 진하게 우린 홍차를 따라 두 여자에게 대접했다.

"아이고 아까워라……. 이거 한 세트에만 거의 오백?"

"한정판이라 그새 몸값이 좀 뛰었어요."

율리아나의 입에서 숫자로 된 금액이 나오자 클라라가 관심을 가졌다. 힐끗 시선을 줬다가 몸을 스윽 앞으로 숙였다. 양자는 보라색 제비꽃 설탕을 자신의 홍차에 넣고 따뜻하게 데워둔 크림을 부으며 말했다.

"미술품은 베블런재죠. 가격이 오를수록 선호도가 높아지니까."

눈치 빠른 율리아나가 양자를 따라 잔에 설탕을 넣고 크림을 부었다.

"게다가 취득세도, 보유세도, 양도세도 적용되지 않아요."

"아이, 우린 미술의 미음도 모르는 문외한이라서."

율리아나는 홍차 맛을 한번 보곤 설탕을 하나 더 녹였다. 사실 말은 저렇게 해도 양자가 조사한 바에 의하면 율리아나는 상당한 눈썰미를 가진 미술품 애호가였다.

"그래서 작품 좀 사라고요?"

클라라가 코웃음 치며 홍차를 홀짝이더니, 인상을 찌푸리며 잔을 옆으로 치웠다.

양자는 클라라처럼 모든 걸 다 가지고 태어나 남들 눈치 한 번 본 적 없는 콧대만 높은 사람들을 싫어하다 못해 경멸했다. 하지만 그만큼 다루기 쉬운 캐릭터도 없었기에, 양자는 가만히 입꼬리를 당겼다.

"그냥 마시니까 떫죠?"

양자는 그녀가 옆으로 치워둔 찻잔을 제 쪽으로 끌어당겼다. 식어버린 차를 버리고 다시 따뜻한 홍차를 찻잔에 채웠다.

"퍼플, 보라색은 원래 귀족과 황제를 위한 권위적인 색이었어요. 염료의 재료가 워낙 비싸 고가였기 때문에 평범한 민중들은 감히 시도조차 할 수 없는 색이었죠."

양자는 자수정같이 짙은 보라색으로 반짝이는 제비꽃 설탕을 홍차에 넣고 크림을 부었다.

"하지만 기술의 발전으로 보라색은 민중에게 돌아왔습니다. 혁명과 변화의 색으로요. 최초의 여성 운동가의 깃발 색상이 보라색이었단 거 아세요?"

"빙빙 돌리지 말고 본론부터 말해요."

까칠하게 나오는 클라라 앞에다 양자가 연보랏빛 밀크티를 내밀었다.

"자, 이제 드셔보세요."

클라라는 찻잔을 받아들고 밀크티를 새 모이만큼 들이켰다. 이제는 입맛에 제법 맞는지 그러고도 한동안 잔을 입가에 두었다.

"정광복 명장님은 전통 도자기인 달항아리만 고집하셨던 분이었어요. 전통적인 방식으로 흙을 채취하고, 오름 가마에 직접 장작을 때고, 조금이라도 마음에 들지 않는 작품은 과감히 망치로 깨부수던 전형적인 한국의 도예 명장이셨죠."

클라라가 꼬았던 다리를 풀고 달콤쌉쌀한 밀크티를 즐기는 동안 양자는 설명을 덧붙였다.

"그랬던 분이 세상의 변화를 감지하고 만드신 게 여로예요. 찻잔, 티팟, 저그⋯⋯. 서양식 다기인 여로 세트는 그야말로 정요에 혁명을 일으킨 작품이랍니다. 정요가 본격적으로 유명세를 타게 만든 작품이었죠. 안타깝게도 오십 세트 한정판으로 제작이 그쳤지만, 또 그게 희소성 때문에 가치가 더 올라가게 됐지 뭐예요."

양자가 테이블 밑에 미리 준비해둔 두 개의 나무 상자를 꺼냈다. 열어보라며 손바닥을 내보이자 율리아나가 통통한 손가락을 바쁘게 움직였다. 견고하게 짠 상자의 뚜껑이 열리고, 여로 세트가 모습을 드러냈다.

"설마 이거 우리 주려고 가져온 거 아니죠?"

율리아나의 눈빛이 욕심으로 번들거렸다.

"다른 쪽도 열어보세요."

율리아나가 얼른 다른 상자를 열었다. 똑같이 여로 세트가 들어 있었다. 율리아나는 찻잔 손잡이, 소서의 밑바닥부터 밀크 저그 입구까지 한 점 한 점 샅샅이 살피더니 황홀한 미소를 지었다.

"같은 배에서 나와서 그런가 구분하기 어렵네요."

"가스 가마의 장점이죠."

"한정판을 이렇게 찍어내면 값어치가 떨어질 텐데요?"

클라라가 입술에 묻은 크림을 냅킨으로 조심스럽게 찍어내며 말했다.

"그 사실을 아는 건 여기 있는 세 사람뿐입니다. 즉⋯⋯."

양자는 한 템포 쉬고 말을 이었다.

"여러분께는 원하는 만큼 얼마든지 제작 가능하단 뜻입니다."

양자는 율리아나가 들여다보던 것 중 진짜 여로 세트를 포장해 클라라 앞으로 슥 밀었다. 클라라가 양자를 시험하듯 물었다.

"이 주 내로 스무 세트 가능해요?"

"물론이죠."

망설임 없는 대답에 클라라는 찻잔을 내려놓고 말했다.

"견적서는 율리아나 자매님 통해서 보내세요."

"알겠습니다."

양자는 깨끗하게 빈 그녀의 찻잔을 보고 피식 웃었다.

양자는 땀으로 흠뻑 젖은 옷을 바람에 말리기 위해 목깃을 앞뒤로 흔들었다. 선묵이 전화를 받지 않아 직접 여로 세트를 들고 주차장까지 내려갔다 오느라 온몸이 땀범벅이었다.

팔이 후들거렸지만, 성공적으로 마친 비즈니스에 양자는 콧노래가 나왔다. 스무 세트만 해도 순이익이 천만 원을 훌쩍 넘겼다. 입소문이 퍼지면 천 세트 이상 판매하는 건 일도 아닐 터였다. 양자는 가슴골로 흐르는 땀을 말리며 입가에 미소가 번지는 걸 참지 못했다.

아쉬운 것 하나 없이 자란 사람들은 어떤 것이든 자신이 다 통제할 수 있다고 생각한다. 그런 사람들에겐 통제권을 주는 척만 해도 쉽게 사람을 믿었다.

양자는 쉽게 사람을 믿는 작자들이 어리석다고 생각하면서도 한편으로는 그들이 부러웠다. 그들이 그렇게 사람을 믿을 수 있다는 건 설령 배신당해도 다시 일어설 수 있다는 자신감과 여유를 가졌단 뜻이었다. 양자는 평생 그런 여유를 가져본 적이 없었다.

하지만 그 덕에 누군가 다가와서 이것이 마지막 기회라느니, 놓치면 후회할 절호의 찬스라느니 하며 자신을 꾀려 들어도 절대로 넘어가지 않을 자신도 있었다. 남의 뒤통수를 먼저 치는 한이 있더라도 당하지는 않을 것이다. 지나온 그녀의 모든 삶이 그러했다. 그리고 그것에 대해 단 한 번도 양심의 가책을 느낀다거나 후회한 적 없었다.

계단을 오르며 양자는 앞으로의 계획을 떠올렸다. 클라라의 말대로 복제품을 계속 찍어내면 여로 시리즈의 가치뿐만 아니라 정요의 명예도 점점 떨어진다. 더 이상 정요의 대표라는 자리가, 정광복의 며느리라는 자리가 무색해지는 때가 오면 양자는 뒤도 돌아보지 않고 미국으로 떠날 생각이었다.

그 시기가 앞당겨질수록 좋았다. 동민이 빅토리아와 결혼해 미국의 시민권을 갖게 되면 가족 초청 이민이 가능해지니, 양자는 별 어려움 없이 미국으로 가 인생의 제2막을 펼치게 될 것이다. 이번에 동민이 갑작스레 한국에 오는 이유가 결혼 소식 때문이라면 조금 놀랍기는 해도 기꺼이 찬성하고 서둘러 도울 생각이었다. 그렇게만 된다면 이르면 내년, 늦어도 내후년에는 완전히 미국으로 건너가 자신만의 작은 도자기 공방을 열고, 외국인 학생들 앞에서 세라믹 클래스를 운영하고 있을지도 몰랐다. 밝은 미래를 생각하니 양자는 아예 웃음이 터져 나왔다.

상황이 정 여의치 않으면 동민의 고모네 한식당의 일을 돕는 것도 나쁘지 않을 것이다. 뭘 해도 이곳 정요에서 지내는 것보단 훨씬 행복하리란 건 분명했다.

양자는 햇볕이 강렬하게 내리쬐는 에메랄드빛 해변을 비키니 차림으로 거니는 자신을 상상했다. 아직도 머릿속엔 20대의 젊고 탱탱한 피부를 가진 제 모습이 선명했다.

하지만 욕실로 들어가 땀에 젖은 옷을 벗어 던지자 끔찍한 자태로 뻗어 있는 화상 흉터가 양자의 상상을 산산조각 냈다. 그나마 피부가 탱탱한 얼굴과 달리 제멋대로 엉겨 붙은 살덩이들은 엉덩이부터 등 전반을 뒤덮어 영화에 나오는 끔찍한 괴물의 피부 같았다.

순식간에 기분이 바닥으로 떨어졌다. 얼른 샤워기로 뜨거운 물을 틀어 거울에 김이 서리게 됐다. 이번 거래로 여윳돈이 생기면 미국 가기 전에 화상 흉터 성형수술을 받아야겠어. 그렇게 다짐하며 양자는 샤워기를 머리로 가져갔다.

그러나 바로 머리를 감지는 못했다. 물소리 사이로 안채의 대청마루가 삐걱대는 소리를 들었기 때문이다.

그 소음은 일정한 리듬으로 물소리를 파고들었다. 얼른 수도꼭지를 잠그고 양자가 소리쳤다.

"누구세요?"

양자는 젖다 만 머리를 대충 털어내고 샤워가운을 몸에 걸쳤다.

"밖에 누구예요?"

아무런 대답도 돌아오지 않았다. 이제 삐걱거리는 소리 대신 바닥을 스윽, 하고 끄는 소리가 들렸다. 마루를 지나 침실까지 들어온 듯했다. 양자는 본능적으로 욕실 플라스틱 청소 솔을 집어 들었다. 무기가 될 만한 건 그것뿐이었다.

"누구냐니까!"

끼익, 턱. 끼익, 턱. 묵직한 걸 끌고 오는 것 같은 소리에 양자는 양손으로 솔을 꽉 잡았다. 침실에 침입한 그것은 오히려 양자의 목소리를 따라 샤워실 문으로 다가오고 있었다. 사방이 막힌 곳이라 이대로는 양자가 불리했다. 차라리 먼저 급습하는 게 낫다. 양자는 조심스럽게 샤워실 문고리로 손을 뻗었다.

그리고 힘껏 샤워실 문을 당겨 열자, 얼굴 절반이 피떡이 된 선묵이 쏟아지듯 들어왔다.

"최 선생님!"

"오아여……."

양자는 엉망이 된 선묵의 얼굴을 보자마자 소스라치며 물러났다. 들고 있던 청소 솔도 엉겁결에 떨어트렸다. 선묵의 상태는 심각해 보였다. 왼쪽 눈썹뼈는 완전히 주저앉았고, 뒤틀린 코에선 검붉은 피가 줄줄 흐르고 있었다. 더 심각한 건 턱이었다. 완전히 빠져 덜렁거리는 아래턱에서 부서진 어금니의 하얀 조각들이 선묵이 소리를 낼 때마다 욕실 바닥으로 떨어졌다.

"오아여오……."

바닥에서 허우적대며 선묵은 해석할 수 없는 말을 내뱉었다. 양자는 급한 대로 수건으로 그의 얼굴을 감쌌다.

엉성하게 처치를 해두고 양자는 침실로 나와 스마트폰을 들었다. 119, 숫자 세 개를 누르고 나서 통화 버튼을 누르려다 양자는 우뚝 손가락을 멈췄다.

구급대원에게 이 상황을 어떻게 설명해야 하지? 죽은 남편이 괴물로 살아 돌아와 이 남자의 얼굴을 박살 낸 것 같다고 설명하면 과연 믿어줄까?

하지만 저대로 선묵을 내버려 둘 순 없었다. 양자는 욕실로 돌아가 그의 바지춤을 더듬었다. 찾는 것이 없었다. 아무래도 권총은 그의 컨테이너에 있는 모양이었다.

양자는 샤워가운을 걸친 채 안채를 나와 달렸다. 계단을 아슬아슬하게 두세 칸씩 뛰어내렸다. 사랑채를 지나 가마실 옆 선묵의 컨테이너로 가려는데, 와장창, 그릇 깨지는 소리가 들렸다. 반사적으로 고개가 돌아갔다. 가마실 쪽에서 나는 소리였다.

선반들이 쓰러진 것 같아 양자는 먼저 가마실로 걸음을 옮겼다.

문을 여니 앞이 보이지 않을 정도로 뿌연 흙가루가 연기처럼 피어올라 있었다. 콜록콜록, 입을 막았는데도 기침이 연신 터져 나왔다. 안개 속이 따로 없었다. 양자는 팔을 휘저으며 시야를 확보하려 했다.

그러던 중 연기 속에서 불쑥 튀어나온 한 손이 그녀의 팔을 붙들었다.

거친 손가락의 감촉에 양자의 몸이 굳었다.

"동민 엄마."

정이수의 목소리가 공허하게 울렸다. 차차 흙먼지가 가라앉으며 정이수의 실루엣이 드러났다. 그의 뒤로 이 주 뒤에 납품해야 하는 여로 세트가 바닥에 산산이 조각나 있는 것도 눈에 들어왔다. 하지만 이수의 목소리를 들은 양자의 마음은 그보다 더 무참하게 부서졌다.

양자는 잡힌 손을 빼내며 소리쳤다.

"이게 뭐 하는 짓이에요!"

"나 보고 싶지 않았어?"

그의 특유의 부드러운 미소는 여전했다. 이번에는 꿈에서처럼 하얗게 머리가 셌을 뿐 아니라 노인처럼 등허리도 완전히 굽어 있었다. 거기 어울리지 않게 여전히 어린 얼굴이 양자를 더욱 혼란스럽게 했다.

이게 현실일 리 없다. 어느 순간부터 꿈을 꾸고 있는 게 아닐까? 그렇지 않고서야 이 모습을 어떻게 설명한단 말인가. 양자의 몸이 부들부들 떨려왔다.

"대체 나한테 원하는 게 뭐예요. 왜 자꾸 내 꿈에 나타나는 건데!"

악에 받쳐 소리쳤지만, 정이수는 가볍게 무시하곤 비틀거리며 다시 몸을 움직였다. 다른 건조대를 넘어뜨리려는 게 분명했다.

화가 치민 양자는 그의 뒷덜미를 힘껏 낚아챘다. 예상과 달리 정이수는 양자가 당기는 대로 바닥에 맥없이 쓰러졌다. 양자는 흠칫 놀라

제 손을 내려다봤다. 그의 뒷덜미를 잡아당길 때의 무게감이 기이하리만치 가벼웠다.

"왜 이래, 당신?"

바닥에 우스꽝스러운 자세로 넘어진 정이수가 고개만 비틀어 어이없다는 투로 쏘아붙였다.

"이건 좀 아니잖아."

정이수는 쓰러진 채로 태연하게 말했다.

"이렇게 훔친다고 네 것이 되지 않아."

양자는 이를 악물었다. 아직 덜 마른 여로 세트의 카피본들이 건조대에 쌓여 있었다. 온전한 게 얼마나 남았는지 헤아리며 나직이 말했다.

"나라고 이렇게 살고 싶었겠어요?"

양자는 바닥에 나뒹구는 조각들 중 가장 날카로운 단면을 집어 들었다.

"아무리 나라도 처음부터 이렇게 살고 싶었겠냐고."

서서히 다가오는 양자를 보며 정이수는 가뜩이나 굽은 등을 쥐며 느리처럼 더 동그랗게 오므렸다. 바닥에서 꾸물거리는 모습을 보고 있자니 커다란 벌레 같기도, 쥐새끼 같기도 하다고 양자는 생각했다. 역겨움이 밀려들었다.

"이제 제발 그만 좀 나타나!"

양자는 날카로운 조각을 들고 그대로 정이수의 몸 위로 올라탔다. 어차피 꿈이라면 또 죽이면 그만이다. 죽여버리고서, 천안댁이 발견하기 전에 어디로든 치워버리자.

"지긋지긋한 악몽 좀 끝내자고!"

양자가 소리치며 바닥에서 버둥거리는 정이수의 어깨를 한 손으로 붙잡아 돌렸다. 날카로운 조각을 든 손을 높게 치켜들었다.

동시에 뿌드득, 근육 다발들이 끊어지는 소리가 들렸다. 조각을 내리찍으려던 양자의 팔이 우뚝 멈췄다.

양자가 그 소리의 근원이 자신의 목이란 걸 깨달았을 땐 이미 늦었다. 어디다 감추고 있었는지 모를 조각칼이 정이수의 손에 쥐어져 있었다. 그가 양자의 목에서 손쉽게 칼을 뽑아냈다. 한 번 더 빠르고 정확하게 양자의 왼쪽 목을 우둑, 찔렀다 뺐다.

찢어진 양자의 경동맥에서부터 시뻘건 피가 뚫린 살 틈으로 왈칵왈칵 쏟아졌다. 심장이 멎을 것 같은 고통에 양자의 목 아래 모든 신경이 차단되었다. 그녀의 팔이 실 끊긴 인형처럼 도자기 조각과 함께 바닥에 떨어지자, 정이수가 다시 조각칼을 고쳐 잡으며 말했다.

"단 한순간이라도 내 앞에서 솔직해져봐. 내 마지막 소원이야."

양자는 콸콸 쏟아지는 피를 막기 위해 더듬거리며 손으로 목을 막았다. 하지만 정이수는 망설이지 않았다. 두 번째로 조각칼이 뽑혀 나가고, 그러고도 날카로운 칼날은 또 한 차례 양자의 목을 겨냥했다.

무표정한 그의 얼굴을 보며 양자는 대체 자신의 인생이 어디서부터 잘못된 건지 알고 싶었다. 이번엔 목을 가린 손등뼈를 부수며 뚫고 들어오는 조각칼 소리를 마지막으로 양자의 의식은 사라졌다.

사실 양자는 여섯 살 때 한 번 죽은 것이나 마찬가지였다.

양자가 바닥에 주저앉아 작은 개천 너머로 불타던 공장을 보며 꿈뻑꿈뻑 졸고 있던 때, 우악스러운 손이 그녀를 일으켜 세우더니 사람들 사이를 비집고 나갔다.

불구경으로 텅 빈 어두운 골목으로 끌려간 양자는 구석에서 그 손에 의해 걸치고 있던 모든 옷을 빼앗겼다. 말이 옷이지, 천 쪼가리에 가까웠던 티셔츠와 단추가 몇 개 남지 않은 체크 남방 그리고 겨드랑이 터진 외투가 어린 양자가 입고 있던 전부였다.

목이 늘어날 대로 늘어난 어른용 러닝셔츠 하나만 달랑 남았을 때, 양자는 꽁꽁 언 손을 불며 앞에 선 커다란 그림자에게 말했다.

"삼촌, 추워요."

"내가 왜 니 삼촌이여."

"삼촌……."

"아니랑께!"

소리치는 삼촌의 눈동자는 시뻘겋게 불타고 있는 것만 같았다.

그때는 몰랐으나, 머지않아 알게 된 삼촌의 사연은 이러했다. 시골에서 아버지와 함께 소작농 노릇을 하던 삼촌 박 씨는 아버지와 성씨만 같을 뿐 피 한 방울 섞이지 않은 남이었다. 그런데도 두 사람은 통하는 구석이 있었는지 친형제나 다름없이 우애를 다졌다.

그러다 우연한 계기로 먼저 상경한 아버지가 돈 벌 기회를 줄 테니 서울로 오라며 삼촌을 부추겼다. 별다른 기술도 돈도 없이 판자촌에 정착한 삼촌은 그때부터 하릴없이 아버지의 그 '기회'만 기다려야 했다. 아무런 소식 없이 허송세월만 하는 동안 아버지는 미안하다며 종종 삼촌에게 술을 샀다.

"여서 돈 오지게 벌면 나주 가가꼬 배 농사나 짓자. 아그들 좋아 뒤지는 똥개 두어 마리도 키우고. 잉? 개똥도 비료로 써블문 되니께!"

웃어넘기려는 아버지와 달리 삼촌은 오만상을 찌푸렸다. 그 기회라는 놈을 끝끝내 가지지 못한 삼촌은 결국 똥 푸는 일을 해야 했다. 온종일 지독한 냄새에 시달렸고, 자꾸만 기다리라는 아버지를 욕하는 대신 독한 소주를 입에 달고 살았다.

"쬠만 더 기다려봐라잉. 쫌 있으믄 공장에 한 자리 날 것 같응게. 우리 양자 오늘 하루만 잘 부탁헌다."

그리고 아버지가 말하던 기회는 불타는 공장 속으로 영영 사라져버렸다.

"신발도 안 벗고 뭐 허냐."

"삼촌, 추워요. 너무 추워요."

어떻게든 낡은 운동화만큼은 빼앗기지 않으려 발을 동동 굴렀지만 커다란 손을 피할 수 없었다.

양자는 엉엉 울며 삼촌의 바짓가랑이에 매달렸다. 지독한 술 냄새와 하수구 냄새로 코가 마비될 지경이었다. 하지만 얼음같이 차가운 땅에 디딘 맨발의 감각이 점점 없어지는 것에 비하면 아무것도 아니었다.

"죄, 죄송해요. 제, 제가 다 잘못했어요."

일단은 싹싹 빌고 보자. 살고 보자는 마음에 양자는 손바닥에 불이 나도록 필사적으로 빌었다.

그대로 두고 가려는 삼촌의 외투 자락을 붙잡고 늘어졌다.

"아, 아프로 진철이 기, 기저기도 제가 가께오. 제성해요. 제성해요."

입술이 얼어 말도 제대로 나오지 않았다. 어떻게든 살아 돌아가려고 작은 손가락으로 억세게 제 옷을 틀어쥐는 양자 때문에 삼촌은 다시 그녀를 어둠 속으로 끌고 들어가야 했다.

"제성해요."

자꾸만 죄송하다는 양자의 입을 틀어막고 삼촌은 그녀의 작은 목을 움켜쥐었다.

"성님 면을 봐서라도 이라고 싶진 않았는디. 맥일 입이 여섯이여. 양자야, 미안허다. 미안혀. 미안혀. 미안혀⋯⋯."

어린 몸으로 저항하기에는 너무도 억센 힘이었다. 숨이 점점 막혀 그 이상 말을 할 수 없게 되자 양자의 발버둥치던 작은 발에서 점차 힘이 빠져나갔다. 이제 다 끝났구나 싶었을 때, 목을 죄던 손의 힘이 훅 빠지는 걸 느꼈다.

"워메⋯⋯."

삼촌은 축 늘어진 양자를 벌레 털어내듯 놔버렸다. 그 바람에 차가운 바닥에 쓰러진 양자는 한기가 등짝을 파고들어도 꼼짝할 수 없었다. 콘크리트는 어린 양자의 여린 살뿐 아니라 영혼까지 갈아버렸다.

그 사실을 아는지 모르는지 삼촌은 걸치고 있던 외투를 벗어 양자를 둘둘 말아 안았다.

집으로 돌아가는 내내 삼촌의 어깨에서 늘어진 제 몸이 규칙적으로 들썩이는 걸 느끼며 양자는 자신만의 첫 번째 원칙을 세웠다.

'절대로 살아남으리라.'

양자는 본능적으로 그날 일을 아무에게도 말하지 않았다. 삼촌도 아무 일 없었던 양 묵묵히 양자를 제집으로 들였다.

갑자기 업둥이가 생긴 숙모만 진짜 조카도 아닌데 데리고 있어야 하냐며 격렬하게 반대했다. 하지만 얼마 지나지 않아 숙모도 함께 사는 것에 동의하게 되었다. 아무래도 삼촌에게 생긴 신형 자동차 때문에 마음이 누그러진 듯했다.

차가 생기면서 삼촌의 직업은 택시기사로 바뀌었다. 술도 완전히 끊고 새사람이 됐다. 숙모도 입에 달고 살던 불평 대신 출장 미용이라는 부업을 시작해, 일곱 가족은 판자촌에서 단칸방으로, 나중엔 전원주택으로 입성하게 되었다.

업둥이가 재물을 불러들인다더니 진짜라면서 삼촌은 예전과 달리 양자를 챙겨주었다. 그렇게 양자는 삼촌 내외, 그들의 다섯 자식들과 함께 가족처럼 살게 됐다.

다섯 사촌들의 이름은 하나 같이 다 예뻤다. 동갑내기 예진과 막내 진철이. 위로는 세 명의 언니 진서, 진희, 진아가 있었다. 양자는 '양자'라는 이름이 박 씨라는 성과 어울려 더 촌스럽게 느껴졌지만, 단

한 번도 자신의 이름이 부끄럽다고 생각하지 않았다. 얼굴도 기억나지 않는 부모에게 받은 유산이라곤 그 이름 석 자뿐이었으므로.

숙모는 동갑내기 예진을 생일이 20일 빠르다는 핑계로 언니라 부르게 했다. 하지만 두 사람은 가족들 몰래 친구처럼 지냈고, 누구보다 쉽사리 친해졌다. 위로 나이 차가 좀 나는 언니들은 일찍 시집을 가거나 타지로 일하러 가 양자에게 별 관심이 없었고, 집에는 주로 양자와 예진이가 막내 진철이를 돌보며 함께 지냈다.

양자와 예진은 자매이자 절친이었다. 함께 등하교하며 시시콜콜한 도시 괴담을 나누기도 하고, 좋아하는 남자아이의 이름을 행여 누가 들을까 귓속말로 속닥이고 부끄러움에 몸을 비틀기도 했다. 늘 술에 취해 사는 삼촌, 돈만 밝히는 숙모, 데면데면한 언니들과 어딘가 좀 모자란 진철이에게는 어떻게 해도 정이 붙지 않았지만, 예진만은 달랐다. 양자는 예진만이 유일한 자신의 진짜 가족이라고 생각했다.

하지만 정이수의 손을 잡고 신부님 앞에서 혼인 성사를 올리던 그날. 자신의 증인으로 선 예진을 바라보며 양자는 가슴속에 두 번째 원칙을 새겼다.

'아무도 믿지 않을 것.'

"헉······."

양자는 목덜미를 부여잡은 채 눈을 떴다.

여름 아침의 이른 햇살이 커튼 사이로 하얗게 들어와 방 안을 밝히고 있었다.

"괜찮아요?"

잠이 덜 깬 선묵의 목소리가 귀에 얹혔다. 양자는 그에게 날짜를 확인하지 않아도 알 것 같았다. 오늘은 8월 22일이었다.

선묵의 얼굴을 살폈다. 멀쩡했다. 원래대로 돌아온 각진 턱선과 살짝 꺾인 콧대를 보자 안도의 한숨이 절로 나왔다.

양자는 가만히 눈을 감고 8월 21일의 일을 기억하기 위해 노력했다. 하지만 먼 옛날의 기억만 떠오를 뿐 어제 일은 털끝만큼도 기억나지 않았다. 오로지 반복되는 8월 22일 속에서 과거의 잊고 싶었던 기억들만 역류했다. 게다가 반복되는 죽음까지. 지독한 악몽에 갇힌 게 분명했다.

양자는 도로 나른하게 눈을 감은 선묵을 바라봤다. 이마에 가로로 옅게 패인 주름이 그의 나이를 실감케 했다. 그가 정요에 온 지도 어느새 이십 년이 훌쩍 넘었다.

기본적인 경비 업무 외에도 그가 해내는 일은 다양했다. 세 개가 넘는 마당의 정원 일을 보거나, 정요의 낡은 시설물들을 직접 수리하기도 했고, 정요 내부의 CCTV 관리와 산짐승들이 내려오지 못하게 철책을 치는 것까지. 정요의 곳곳에 그의 손이 닿지 않은 데가 없었다. 심지어 선묵은 양자의 운전기사 일도 마다하지 않았다.

이렇듯 정요를 달달 꿰고 있던 그였는데도, 지난밤 꿈에서는 정이수를 막지 못했다. 그뿐 아니라 피투성이로 쓰러지기까지 했으니.

그렇다고 그의 무능함만 탓하고 있을 때가 아니었다. 새로운 계획을 실행하기로 마음먹고, 제 몸 위에 올려진 선묵의 투박한 손을 치웠다.

"최 선생님."

양자가 부르자 선묵은 부스스 몸을 돌려 잠긴 목을 가다듬고 대답했다.

"네, 대표님."

"오늘부터 정요를 폐쇄할 거예요."

갑작스러운 선언에 선묵은 상체를 벌떡 일으켰다.

"갑자기 그게 무슨……."

양자는 어디서부터 설명할까 고민하다가 입을 닫았다. 제 말이라면 철석같이 믿어주는 선묵이라 해도 똑같이 반복되는 하루에 갇혀 있다고 하면 분명 미친 사람 취급할 게 뻔했다.

"미안하지만 이제 최 선생님도 다른 일자리를 알아보세요."

"안 됩니다, 대표님. 저는…… 아시잖아요."

황당한 해고 통보에 선묵은 양자의 팔뚝을 살짝 그러쥐었다. 그가 양자에게 할 수 있는 최선의 반항이었다. 양자는 그의 팔을 뿌리치며 좀 더 독하게 말했다.

"당신은 이제 쓸모가 없어요. 그러니 나가세요."

"미리암, 대체 왜……."

"그 이름으로 부르지 마세요!"

양자가 신경질적으로 소리쳤다. 선묵은 입을 꾹 닫은 채로 양자를 빤히 바라봤다.

"다신 그렇게 부르지 말라고요."

양자의 단호한 말투에 그는 결국 고개를 돌렸다.

바닥에 떨어진 옷을 주워 입는 그의 뒷모습을 지켜보다가 양자는 스마트폰을 꺼냈다. 율리아나에게 오늘 일정을 다음으로 미루자는 문자를 남겼다.

문이 닫히는 소리가 들리자 양자는 길게 한숨을 내쉬며 얼굴을 쓸어내렸다. 가운 차림 그대로 안채에서 나와 사랑채 마당을 내려다봤다. 지그재그 형태로 이어지는 계단의 끝에 아직 선묵이 서 있었다. 그는 정요에서 가장 시끄럽고 빛도 들지 않는 가마실 옆 컨테이너로 들어갔다.

양자는 약간의 가책을 느꼈지만, 그뿐이었다. 오히려 해고당하는 순간에도 반발 없이 순응하는 그의 모습이 한심해 보였다.

피할 수 없다면 차라리 정면으로 마주해야지. 양자는 선묵이 사라진 뒤 계단을 따라 내려왔다. 마침 사랑채 부엌에서 나온 천안댁과 맞닥뜨렸다.

"사모, 기도 드려야쥬."

양자는 천안댁을 무시하고 그대로 지나쳤다.

"오늘 무슨 날인지 몰라유?"

정문 계단으로 내려가는 양자의 뒤에 대고 천안댁이 소리쳤다.

그녀는 뒤도 돌아보지 않았다. 다리에 힘을 주고 계단을 한 칸 한 칸 내려섰다. 정이수를 만나면 어디서부터 얘기를 꺼내야 할까…… 막막한 심정이었다.

늦여름에 발악하는 햇빛이 양자의 이마를 데웠다. 스마트폰을 쥔 손으로 손차양을 만들었다. 그리고 동민의 전화가 이어졌다.

"저녁 먹었니?"

전화를 받자마자 갑작스럽게 물으니 수화기 너머가 일순 조용해졌다.

"저녁, 먹었죠."

"그래, 이유나 듣자."

"네?"

"갑자기 한국에 오겠다는 이유가 뭐니?"

동민은 한참이나 대답하지 않았다. 양자는 재촉하지 않고 가만히 대답을 기다렸다.

"그걸 어떻게……?"

동민은 말을 잇지 못했다. 양자는 대충 둘러댔다.

"꿈에 네가 나왔어. 한국에 온다고 하더라."

"요즘 스트레스 많이 받으세요? 꿈과 현실을 구분 못 하는 건 검진을 받아봐야 할 문제예요."

동민의 잔소리에도 양자는 오로지 한 곳만 응시했다. 저 너머에서 산비탈을 따라 정문을 향해 걸어오는 정이수의 실루엣이 보였다. 양자는 실루엣에 시선을 고정한 채 정문으로 내려가는 계단을 밟았다.

"저번에 검사지 보여줬잖니, 아무 이상 없다고. 됐고, 자세한 건 한국에 오면 얘기하자꾸나."

"어머니!"

양자는 종료 버튼을 누르고 정이수를 노려봤다. 어느새 이목구비를 알아볼 정도로 가까이 다가오자 양자는 크게 심호흡했다.

"동민 엄마!"

양자가 정문 앞에 서자 정이수가 손을 흔들었다. 양자는 꼿꼿한 자세로 그를 맞았다.

"나 보고 싶었어?"

이번에 보는 정이수는 머리가 하얗게 세지도, 등이 굽지도 않았다. 스물여덟 살 건장한 청년이 양자를 향해 손을 흔들며 웃었다.

양자는 긴장을 늦추지 않았다. 멀쩡해 보여도 틈을 보이면 분명 기괴한 모습으로 변할 것이다. 정문에 다다른 정이수를 막아서고 양자가 물었다.

"당신, 뭐야."

그날에서 조금도 늙지 않은 정이수의 얼굴이 대답했다.

"나? 당신 남편이잖아."

"내 남편 이름이 뭔데?"

정이수는 어이없단 눈으로 위아래를 훑더니 헛웃음을 켰다.

"이 사람이 뭘 잘못 먹었나. 나 67년 정미생 양띠 정이수. 됐나?"

이 남자는 남편이 맞았다. 하지만 양자는 대답을 듣고도 물러서지 않았다.

"그럼 지금이 몇 년도인데?"

"참나, 무슨 간첩 심문도 아니고 말이야……."

"어서 말해봐요. 지금이 몇 년도인지."

"94년도잖아."

싱겁다는 투로 대답하더니 정이수는 정요로 들어가려 했다. 양자는 다시 그를 막아섰다. 정이수가 입꼬리를 비틀었다.

"지금 뭐 하자는 거야? 왜 내 집에도 못 들어가게 해?"

정이수는 양자를 밀치며 정문을 넘어섰다. 양자가 그의 팔을 붙잡으려고 했지만 소용없었다.

"당신이 날 두고 가는 바람에 아주 개고생했어."

계단을 오르며 그가 투덜거렸다. 양자는 그 한마디에 하얗게 질려 손으로 입을 막았다. 누구에게도, 단 한 번도 그날의 일을 입 밖으로 꺼내본 적 없었는데.

그의 입에서 묻어둔 이야기가 파헤쳐지자 양자는 얼어붙었다.

"굴에서 차를 세워둔 곳까지는 어떻게 기어 나왔는데 말야. 나와보니 아무도 없더라고? 내가 그 먼 길을 걸어오느라 얼마나 힘들었는지 알아?"

"다시 찾아갔었어요! 정말로!"

양자가 항변하듯 소리쳤다.

"거짓말."

정이수는 차가운 표정으로 양자를 내려다봤다.

"진짜예요. 아버님하고 인부들하고 포크레인까지 동원해서 찾아갔었어요!"

양자는 그를 올려다보며 거의 빌 듯이 외쳤다.

"당신 그렇게 되고 며칠 동안 비가 너무 많이 와서 포크레인도 못 올라가지, 흙은 계속 무너지지……. 난 정말로 당신을 꺼내주고 싶었는데 상황이 안 도와줬어요. 믿어줘요!"

변명 따윈 듣고 싶지 않다는 건지 정이수는 휙 고개를 돌렸다.

"됐고, 아버지한테 다 말씀드려야겠어."

양자는 떨리는 몸을 주체할 수 없었다. 28년 전 그날이 다시금 이곳에서 재현되는 것만 같았다. 진짜 정이수가 아니고서야 그날 둘이 겪었던 일을 저렇게 자세히 알 리 없었다.

더구나 지금 정이수가 맞닥뜨리면 안 될 사람이 정요엔 둘이나 있었다. 이토록 기억이 선명하다면 이제는 천안댁만이 아니라 선묵을 만나는 것도 위험했다. 그와 마주치면 불에 기름을 붓는 꼴이 될 터였다.

그리고 지금까지의 양자 인생이 그러했듯, 생각하는 순간 제발 일어나지 않았으면 하는 일이 필연적으로 벌어졌다.

"정이수?"

계단에 짐 가방을 싸들고 선 선묵이 놀란 눈으로 두 사람을 내려다봤다.

"알렉시오!"

정이수는 선묵을 보자마자 종종걸음으로 다가섰다. 찬란하게 햇살이 내리쬐는 정요의 열두 계단 위 두 남자의 극적인 재회가 양자에겐 그 어떤 공포영화의 클라이맥스보다 끔찍했다.

"대표님, 이게 대체 무슨……."

선묵은 자신을 부둥켜안는 정이수를 어쩌지 못하고 양자만 바라봤다. 정이수도 갑자기 멈칫했다. 선묵의 입에서 나온 '대표님'이라는 단어에 고개를 돌렸다.

"지금 누구한테 대표님이라고 한 거야?"

정이수의 시선이 하얗게 질린 양자의 얼굴에 닿았다.

"너 설마 지금 박양자보고 대표님이라고 한 거야?"

정이수가 기가 막히는지 코웃음을 쳤다.

"대표님."

선묵은 아랑곳하지 않고 양자만 쳐다봤다. 양자의 머릿속이 하얗게 비었다.

"근데 너 여기서 뭐 해?"

정이수의 얼굴에서 반가움이 가시고, 날 선 의심이 자리 잡았다. 눈이 희번덕였다.

선묵에게서 대답이 없자 이번엔 양자를 돌아보았다.

"박양자."

양자는 머리가 지끈거렸다. 어디서부터 설명을 해야 할까. 설명을 군이 해야 할 필요가 있을까? 머릿속에서 물음들이 꼬리에 꼬리를 물고 쏟아졌다.

"박양자!"

양자는 결국 그가 가장 받아들이기 힘들 것부터 말하기로 했다.

"당신은 죽었어요. 28년 전에."

정이수의 미간이 참담하게 구겨졌다.

"지금은 2022년이에요."

"……너 지금 이 상황에서 벗어나 보려고 아무 말이나 내뱉는 것 같은데."

"정말이에요. 내 얼굴을 봐요! 더 이상 스무 살의 박양자가 아니잖 아요! 저기 저 선묵 오빠 얼굴도 보라고요!"

양자가 정이수의 시선을 끌면서 동시에 선묵에게 눈짓을 했다. 양 자는 일부러 정이수가 충격을 받을 이야기들만 골라냈다.

"당신 아버지도 돌아가셨어요."

"그럴 리 없어."

정이수는 믿을 수 없다는 듯 세차게 고개를 저었다.

양자는 황망해하는 정이수가 보지 못하도록 손을 아래로 내려 검 지로 방아쇠 당기는 시늉을 했다. 검지가 여러 번 까딱거렸다.

"오름 가마 옆에 아버님을 모셨어요. 원하면 가봐도 좋아요."

"네 거짓말은 이제 지긋지긋해!"

선묵이 양자의 사인을 읽고 소리 없이 뒤춤에 찼던 권총을 꺼냈다.

곧장 정이수의 뒤통수에 총구를 겨눴다.

"지금이에요!"

양자가 정이수에게서 멀어지며 소리쳤다. 하지만 선묵이 잠깐 망설인 사이 눈치를 챘는지 그가 양자를 따라 옆으로 뛰었다. 타앙! 첫 발은 빗나갔다.

정이수는 잡아챈 양자의 몸 뒤로 돌아가 팔뚝으로 그녀의 목을 옭아맸다. 뼈와 가죽뿐인 팔이 힘껏 양자의 목을 졸랐다.

"처음부터 이러려고 했던 거지? 날 죽이고 둘이서, 어?"

양자는 숨이 막혀 아무런 말도 할 수 없었다. 선묵은 당황했다. 총구는 여전히 정이수를 겨누고 있었다.

"정이수, 네가 뭔가 오해하고 있는 것 같은데."

"오해?"

"난 여기 보안요원이야. 직원이라고. 네가 생각하는 그런 게 아니다."

양자는 발버둥쳤지만 그의 가느다란 팔에서 벗어날 수 없었다. 대체 어디서 그런 힘이 나오는지 꿈쩍하질 않았다.

"미리암, 아니 박 대표님이 불구가 된 나를 정요에 취직시켜줬어. 내겐 은인일 뿐이야."

오른쪽 바짓단을 살짝 들어 의족을 보여주자 정이수의 표정이 조금 누그러졌다. 대신 비웃는 소리가 한쪽 입꼬리에서 비어져 나왔다.

"너, 아무것도 모르는구나? 박양자가 왜 받아준 건지?"

정이수는 채 뒷말을 잇지 못했다. 양자가 정이수의 팔을 물어뜯었기 때문이다. 양자는 이 상황을 견딜 수 없었다. 더는 말하게 둬선 안 되었다.

비명이 터지고 정이수의 팔이 풀어지자, 양자는 앞으로 튀어나와 선묵의 손에서 총을 낚아챘다. 그리고는 한 치의 망설임도 없이 정이수의 이마에 대고 방아쇠를 당겼다. 총구에서 뿜어져 나온 화염과 동시에 거대한 총성이 정요에 울려 퍼졌다.

얼굴이 날아간 몸은 잠시 비틀거리는가 싶더니 곧 계단 아래로 굴러떨어졌다.

"이미 죽은 사람 말 같은 거 들을 필요 없어요."

양자는 꿈틀거리던 움직임이 완전히 멎을 때까지 시체를 지켜본 다음 선묵에게 총을 돌려주었다. 선묵도 함께 시신을 보고 있었지만, 그는 악 소리를 내다 굳어버린 것 같은 얼굴이었다.

"제가 뭘 모른다는 거죠?"

선묵은 총을 든 채 양자를 바라보며 물었다. 양자는 대답 대신 두 눈을 질끈 감았다.

"누가 보기 전에 시체부터 치워요."

"갑자기 정요를 폐쇄한다고 하시더니 죽은 이수가 나타나고. 이게 다 뭔지……."

"나도 몰라요, 나도!"

양자가 신경질적으로 제 가슴을 치며 외쳤다.

"대체 왜 이런 일이 나한테 일어나는 건지 나도 궁금하다고요!"

"뭐여."

짧고 서늘한 한마디가 들려왔다. 계단 위에서 천안댁이 싸늘한 표정을 하고 내려다보았다. 양자는 금세 사색이 됐다.

이 상황은 마치 박양자 인생의 축소판 같았다. 망할 세상은 양자에게 늘 두 가지 선택지만 건넸다. 죽지 않으려면, 죽여야 했다.

"총 내놔요."

양자는 손을 내밀었다. 선묵은 의중을 파악했는지 얼굴을 일그러뜨렸다. 흔들리는 시선에 어렴풋이 경멸이 담겨 있었다. 뭔가 결심했는지 그는 장전된 총에서 나머지 탄알을 빼내 전부 바닥에 던져버렸다.

"지금 뭐 하는 짓이에요?"

양자가 선묵을 향해 날카롭게 소리쳤다. 얼마 안 가 절대 들려서는 안 될 목소리가 그녀의 귀에 들려왔다.

"동민 엄마!"

순식간에 그녀의 얼굴에서 핏기가 가셨다. 돌아보니 정문에 손을 흔드는 젊은 정이수가 서 있었다. 양자는 입을 다물지 못했다. 바닥에 쓰러진 얼굴 없는 시체와 똑같은 옷차림, 똑같은 모습을 한 정이수였다.

다시 고개를 틀면 어느새 천안댁이 양자의 눈앞에 다가서 있었다. 시퍼렇게 홉뜬 눈이 양자를 노려보았다.

"이게 다 뭐여."

"……젠장."

결국 세상이 원하는 건 그녀의 죽음이었다. 양자는 도끼눈을 뜬 천안댁과 자신의 시체를 발견하고 놀라는 정이수와 괴로운 표정으로 저에게 총구를 겨누는 선묵을 보며 죽음을 직감하고, 체념했다.

엄마는 아빠를 죽였다.

동민은 고등학생이 될 때까지 그게 사실인 줄 알았다. 그렇지 않다면 엄마라는 사람이 장애를 가진 일곱 살짜리 아들 혼자 일면식도 없는 미국 고모 집에 보낼 이유가 없다고 생각했다.

그 여파인지 서른이 다 된 나이에도 동민은 어머니가 혹시 정말 아버지를 죽인 게 아닐까 특별한 근거 없이 의심하고 있었다.

곧 인천공항에 착륙할 예정이라는 기내 안내방송이 흘러나왔다. 동민은 머릿속에 떠오르는 잡념들을 떨치기 위해 비행기 창문 덮개를 열었다. 밝은 빛이 쏟아지자 동민의 어깨에 기대어 잠든 빅토리아가 눈을 감은 채 인상을 찌푸렸다. 그녀의 얼굴에 손차양을 만들어주며 동민은 서서히 가까워지는 지상을 내려다봤다.

비행기가 이상 없이 착륙하고, 우르르 내리는 사람들을 따라 두 사람도 공항으로 들어섰다.

입국 심사를 받기 위해 금속탐지기를 통과하는데 갑작스레 경고음이 삐이이, 울렸다. 동민은 인천공항의 보안검색대 직원의 안내에 따라 옆으로 비켜섰다.

"시계나 주머니에 동전 가지고 있나요?"

동민은 이런 절차가 익숙한지 인공와우 사용자 ID카드를 제시하며 덥수룩한 왼쪽 머리카락을 들어 올렸다.

"인공와우예요. 어음처리기는 껐는데."

직원은 ID카드에 있는 사진과 동민의 얼굴을 대조해보더니 휴대용 금속탐지기로 동민의 몸을 수색했다. 주머니 부분에서 또다시 경고음이 떴다. 동민은 아차 싶은 얼굴로 번호판이 달린 USB를 꺼내 검색대 위에 올려두었다.

미안하다는 제스처를 취하고 다시 팔을 벌리자 보안직원은 이번엔 더 신경 써서 수색했다. 그제야 별다른 반응이 나오지 않았다.

"한국 직원들은 정말 꼼꼼하구나. 자국민도 쉽게 보내주지 않네."

금발에 푸른 눈을 가진 약혼녀 빅토리아는 공항 보안직원을 흘겨 보며 그의 팔에 손을 올렸다. 뒤늦게 어음처리기를 켠 동민이 못 알 아들었단 손짓을 해 보이자 빅토리아가 눈을 맞추며 천천히 말했다.

"한국 사람들, 꼼꼼하다고."

동민은 알아들었다는 듯 빅토리아의 손을 맞잡았다.

"빨리빨리에도 익숙해져야 할 거야."

"빨리빨리가 뭔데?"

한국어에 서툰 빅토리아가 어색한 발음으로 되물었다.

"우리 곁을 지나가는 사람들이 지금 하고 있는 거."

빅토리아가 두리번거리며 주변을 둘러봤다. 느긋하게 무빙워크에 서 있는 둘과 달리 다들 앞질러 가며 바쁘게 움직이고 있었다. 빅토리아가 이해했다는 표정으로 탄성을 터트렸다.

"뭐든 서두르는 거구나."

동민은 고개를 끄덕이며 무빙워크 손잡이에 몸을 기댔다. 맞은편 시원하게 뚫린 커다란 통유리창 너머로 거대한 비행기가 천천히 굴러가고 있었다. 동민은 바다 속에서 거대한 고래를 마주하고 있단 상상을 해보며 가볍게 미소 지었다.

"와, 저 비행기 꼭 커다란 흰수염고래 같다."

같은 생각이라도 한 건지 빅토리아가 해맑게 웃으며 비행기를 향해 손을 흔들었다.

그녀의 어깨를 감싸 안으며 동민이 장난스레 이마를 맞댔다.

"내 머릿속에서 나가."

"싫어, 안 나갈 거야."

빅토리아의 새침한 대답에 동민은 씨익 웃고 말았다.

빅토리아와 동민은 5년째 동거 중으로 사실상 부부나 다름없었다. 그간 단 한 번도 결혼에 대한 진지한 얘기가 오간 적 없었는데, 불과 지난 일주일 사이에 많은 것들이 결정되었다.

"나 프로젝트 전부 접고 한국으로 완전히 돌아갈 거야. 여기 더 있다간 내가 그 자식을 죽이겠어."

지난주 잔뜩 지친 얼굴을 한 동민은 집에 도착하자마자 빅토리아에게 폭탄선언을 했다. 그녀는 침착하게 동민을 의자에 앉히고 왜 그런 선택을 했는지 들어주었다.

긴 설명을 다 듣고 빅토리아가 꺼낸 대답은 전혀 예상하지 못한 것이었다.

"그럼 결혼하자."

그녀의 무덤덤한 프러포즈를 받고 동민은 당황했다.

"내 말 제대로 들은 거 맞아? 한국 산골짜기로 영원히 들어가 살 거라니까?"

"그래."

"당신은 무슨 결혼을 자판기에서 과자 뽑듯이 쉽게 생각하는 것 같은데……."

"나 임신했어."

동민은 화를 내려다 뒤통수를 세게 맞은 표정을 지었다.

빅토리아는 동민의 손을 부드럽게 잡았다.

"오늘 아침에 알았어."

"몸이 안 좋다고 안 나온 이유가……."

"나도 이 프로젝트가 중요해. 하지만 내게 더 중요한 건 우리야."

얼굴을 가린 채 고민하는 동민을 끌어안으며 빅토리아는 말을 이었다.

"난 어디로 떠나도 상관없어. 당신만 내 곁에 있어 주면 돼."

동민은 빅토리아를 꼭 끌어안았다. 그녀는 오래 생각한 다짐을 그에게 속삭였다.

"언제나 당신 곁에 있을 거야."

"데이빗이 우리 둘 다 사라진 걸 알면 난리 칠 텐데."

"뭘 어쩌겠어, 프로젝트의 주인은 당신인데. 그리고 나 한국 음식 좋아해. 이안이 해주는 음식들 다 너무 맛있었어."

"우리 고모 음식 솜씨가 유난히 좋아서 그래. 한국에 그 정도로 잘하는 식당은 찾기 힘들걸."

"흠, 그러면 다시 고려해봐야겠는데."

빅토리아의 농담에도 동민은 웃지 못했다. 예상치 못한 변수를 맞닥뜨린 동민은 그저 빅토리아를 안고만 있었다. 그리고 이제 돌이킬 수 없다는 생각에 다다르자 몸이 먼저 움직였다. 그렇게 두 사람은 곧바로 한국행 비행기 티켓을 끊었다.

빅토리아가 상념에 빠진 동민을 흔들며 말했다.

"어머니한테 전화해야 하지 않아?"

"해봐야지."

커다란 캐리어 두 개를 카트에 싣고 나서 동민이 핸드폰을 꺼내 들었다. 잠시 귀에 대고 있더니 금방 내려놓았다.

"전화 안 받으시는데."

"오늘 자기 도착하는 건 알고 계시고?"

"아마도. 도착하면 사람을 보낸다고 하셨으니까."

"직접 마중 나오시는 것도 아니고? 거의 십 년 만에 보는 아들인데?"

"바쁘시겠지. 이제 가업인 정요는 어머니가 직접 다 관리하시니까."

그런 덴 별 미련이 없는지 동민의 반응은 무덤덤했다. 오히려 빅토리아가 이해하기 어렵다는 표정이었다.

"전에도 생각한 거지만 당신 어머니는 이안하고 정말 다른 것 같아. 자기 고모는 따뜻하잖아. 나까지도 신경 써주시고. 아마 자기보다 나랑 더 통화를 많이 할걸? 아, 이안이 해준 불고기 쌈밥 또 먹고 싶다."

동민은 한국어를 서툴게 발음하는 빅토리아를 사랑스럽게 쳐다봤다.

"그래서 이안을 보면 당신 아버지도 꽤 다정한 분이었을 것 같단 생각이 들어."

동민은 아버지라는 단어에 씁쓸하게 웃었다.

"너무 어릴 때라 기억이 아무것도 없어. 차라리 다행이다 싶지."

동민은 주머니 속 USB를 만지작거리며 자신을 길러준 고모 부부를 떠올렸다. 텍사스 댈러스에서 소박한 한식당을 운영하는 고모 정이안, 멋진 턱수염을 가진 그녀의 멕시칸 남편 까를로와 검은 털의 영리한 리트리버 올리버. 그들이 함께 있는 가정집 거실의 풍경이 자연스레 머릿속에 그려졌다. 그 풍경 속 푹신한 소파 가운데 자신도 앉아 있었다. 윤기 나는 리트리버의 검은 털을 만지던 감촉이 떠올랐다.

한국어로 가득한 소음 속에서 동민은 처음 미국행 비행기에 오르던 그때가 생각났다.

동민을 데려가기 위해 인천으로 직접 온 고모의 손을 잡고, 할아버지와 천안댁의 배웅을 받던 그날. 그 자리에도 어머니는 없었던 걸 확실히 기억하고 있었다.

"도련님, 사모는 지금 몸도 마음도 많이 아픈 상태유. 그니께 미국에서 공부 열심히 하고 오믄 다시 만날 수 있을 거유."

울며불며 엄마를 찾는 어린 동민을 달래며 천안댁이 대신 변명해 주었다. 그러나 동민은 그 뒤로도 어머니에 대한 배신감을 떨쳐내기 어려웠다.

처음엔 장애가 있어 내놓기 부끄러운 자식이라서 버렸다고 생각했다. 물론 그것만으로도 어머니를 향한 미움은 크디컸다. 그러나 한국에 한 번씩 들를 때마다 아버지의 부재가 화두에 오르면 모두가 어머니 양자를 향해 한마디씩 하는 걸 들을 수 있었다. 그 말들은 어머니가 자신을 버린 또 다른 이유를 추측할 수 있게 해주었다.

팔자가 드세다는 표현을 그 당시엔 이해할 수 없었다. 남편을 잡아먹었다는 표현도 마찬가지였다. 그저 나만 아빠가 없는 이유는 엄마 때문이라는 것만 알 수 있었다.

어린 아들을 미국에 보내놓고서도 양자는 아들과 직접 통화하는 일이 별로 없었다. 가끔 목소리를 듣게 되더라도 그저 의례적인 안부만 조금 나오다 말았다. 시간 내 만나러 오는 일은 한 번도 없었다. 그렇게 점차 어머니란 존재는 입안의 껄끄러운 모래 같은 존재가 되었다.

부정적인 인식이 하나씩 쌓이면서 뭣 모르는 나이에도 어머니를 향한 평가에 어떤 확신이 생겼다. 그래서인지 동민은 지금까지도 늘 양자에게 날이 서 있었다.

하지만 어머니를 욕하고 비난한다고 해서 마음이 편해지는 건 아니었다. 그렇기에 동민은 자신의 해소되지 못한 에너지를 공부에 바쳤고, 당당하게 열여섯에 하버드에 조기입학, 스무 살에 하버드 의대 최연소 입학이라는 기록을 성취했다. 졸업 이후 쏟아진 수많은 기업과 연구기관의 러브콜 중에선 워싱턴에서 전폭적인 지지를 받는 뇌 연구소 '브레인맵'을 선택했다.

최연소, 장애인, 동양인. 여러 수식어를 앞에 두고도 동민이 타지에서 꿋꿋할 수 있었던 건 아이러니하게도 어머니에 대한 분노 덕분이었다.

동민은 습관적으로 왼팔에 난 화상 흉터를 긁었다. 빅토리아가 그의 손을 부드럽게 잡았다. 그의 인생을 송두리째 바꿔준 여인의 손을 맞잡으며 동민은 편안하게 웃었다.

내 아이는 나와 다르게 키울 것이다. 화목한 가족의 품 안에서 사랑을 듬뿍 받으며 자라게 한다면, 이렇게 자신의 비뚤어진 성격은 물려받지 않을 것이다. 동민은 그럴 것이라고 확신했다.

"피치는 어때?"

동민이 빅토리아의 밋밋한 배에 손을 얹으며 묻자 그녀는 못 말린단 투로 대답했다.

"닥터 정, 아직 6주도 안 됐어."

"알아. 지금은 열심히 뇌와 척수의 신경세포를 만들고 있겠지. 2주만 더 지나면 내 목소리를 들을 수 있게 될 거야."

동민은 빅토리아의 배에다 대고 말했다.

"아빠가 꼭 호떡 만들어줄게."

"또 그놈의 호떡 타령. 대체 얼마나 맛있는 음식이길래 그래?"

"자기는 상상도 못 할걸."

동민은 무빙워크의 끝에서 카트를 힘주어 밀었다. 표지판을 따라 입국장으로 향하니 자동문이 활짝 열리며 두 사람을 맞았다.

새소리에 눈을 뜬 양자는 더는 놀라거나 당황하지 않았다. 그저 조용히 누워 서까래를 올려다봤다.

꿈이라기엔 너무나 생생했다. 특히 죽을 때마다 온몸의 신경이 타들어 가는 단말마의 고통은 '내가 혹시 지옥에 떨어진 게 아닐까' 싶을 정도였으니까.

양자는 옆에 누운 선묵이 깨지 않도록 조심스럽게 그의 몸을 타고 넘었다. 가운을 입고 품을 단단히 여미며 밖으로 나왔다.

8월 22일.

또다시 반복된 하루에 양자는 테이블 앞에 앉아 덩그러니 놓인 와인병들을 보며 고민했다. SF 영화처럼 외계 존재의 개입으로 하루가 반복되는 것일까? 그게 아니라면 신이라는 작자가 내게 벌을 내린 걸까?

양자는 지난밤에 마시고 남은 레드와인을 한 잔 따랐다. 단숨에 입에 털어 넣고 다시 몸을 일으켰다.

그나마 분명하게 확신할 수 있는 건 이 모든 해괴한 일의 원인이 정이수에게 있으리란 정도였다. 조용히 누구에게도 방해받지 않고 그와 단둘이 얘기할 곳이 필요했다.

양자는 이번엔 아래로 내려가 직접 정이수를 기다리지 않고, 그가 마지막으로 도착할 만한 곳을 향해 길을 나섰다.

별채 뒤편으로 나 있던 오솔길은 더 이상 사람이 다니지 않아 풀이 높게 자라 있었다.

양자는 이슬이 채 마르지 않은 축축한 들풀을 헤치며 산을 올랐다. 십여 분 정도 완만한 경사를 타고 올라 도착한 곳은 거대한 가마터였다.

거의 20미터에 달하는 열두 칸짜리 오름 가마는 그 위용만으로 과거의 영광을 가늠케 했다. 그러나 사용된 지 오래라 곳곳에 금이 가 지금은 영광의 자취만 남았다. 이 긴 가마터의 끝자락에 시아버지의 유골이 묻혀 있었다.

'비석도 하지 말고, 봉분도 하지 말아라. 여태 흙밥 먹고 살았으니 몸뚱아리로 갚으련다.'

정광복의 마지막 유언은 신문 부고란에 멋지게 적혔다. '명장의 마지막 자부심', 그럴듯한 타이틀이었다. 삼 대에 걸쳐 평생 도자기를 빚으며 살아온 장인의 유언다웠지만, 양자는 시아버지의 그 유언이 넋두리에 지나지 않는다는 걸 알고 있었다. 실상 제삿밥 차려줄 아들도 손자도 없으니 다 부질없다는 하소연일 뿐이었다.

잡풀이 무성하게 자라 묻힌 자리가 정확히 어디쯤인지 양자도 가늠하기 어려웠다. 양자는 정이수를 기다리기에 앞서, 고해성사를 하듯 깍지 낀 양손을 이마에 가져다 대고 시아버지가 묻힌 방향으로 무릎을 꿇었다. 듣는 이 아무도 없이 풀벌레 소리만 무성한 가마터에서 양자는 입을 열었다.

"거기 계시면 이제 모든 걸 다 아시겠죠?"

풀밭 위에 무릎을 꿇은 채로 양자는 넋두리를 쏟아냈다.

"진실을 다 알고 나시니까 어때요? 가스 가마를 들이는 것도, 여로 시리즈를 만드는 것도 전부 제 아이디어였잖아요. 보세요, 그걸로 아버님 손주 동민이 입에 맛있는 거 넣어주고, 등 따스운 곳에서 재우고, 공부 많이 시켜주니까, 보세요! 그 유명한 하버드에 척척 들어가고, 이러다 노벨상도 받겠어요! 아버님이 고집하던 달항아리만 주구장창 만들었으면 꿈도 못 꿨을걸요? 그러니 이수 씨가 물려받기 싫어했죠. 정요에 있으면 결말이 뻔하니까!"

이내 분을 이기지 못해 자리에서 벌떡 일어났다. 정광복이 묻혀 있을 풀밭 어딘가를 향해 소리쳤다.

"저는요! 팔자가 드세게 태어난 여자가 아니고요! 하루하루 열심히 살기 위해 발버둥치는 그런 여자였어요. 아세요? 네? 그 누구보다 열심히 살았다고요!"

감정이 격해진 양자는 악에 받친 목소리로 무성한 풀을 향해 소리쳤다. 아랫입술을 꽉 깨물었다. 금방이라도 눈물이 터질 것 같아 하늘을 올려다봤다.

"최선을 다해 살아온 게 그렇게 죄냐구요!"

"누가 감히 그걸 죄라고 한답니까?"

낯선 남자의 음성에 양자는 화들짝 놀라 고개를 틀었다.

검은 실루엣 하나가 햇빛을 등지고 오솔길 앞에 서 있었다.

"누…… 누구시죠?"

강렬한 햇빛에 손차양을 만들었다. 얼핏 보이는 실루엣 속 모습은 아무리 봐도 낯설었다.

긴 다리로 성큼성큼 다가온 사내는 이국적인 이목구비를 가지고 있었다. 감청색의 더블 버튼 수트를 완벽하게 소화한 그는 지극히 전통적인 풍경의 정요와는 완전히 이질적이었다. 사내는 눈썹을 살짝 덮을 정도로 긴 머리카락을 옆으로 쓸어 넘기더니 길게 한숨 쉬었다.

"그나저나 한참 찾았네요. 여기 계실 줄이야."

자신을 잘 안다는 식으로 말을 걸어오자 양자는 다시금 기억을 더듬었다. 하지만 아무리 떠올려도 눈앞의 남자는 생전 처음 보는 사람이었다. 신이 완벽한 대칭에 맞춰 조각한 것처럼 흠잡을 것이 없는 이 얼굴을 이전엔 본 적이 없었다. 기이할 정도로 미남이라 한 번 보면 쉽게 잊을 수 없을 정도였다.

"당신 뭐야?"

양자는 일어나 뒤로 물러섰다.

그녀에게 미지의 존재는 그저 경계의 대상일 뿐이었다. 꽉 쥔 주먹에서 땀이 차올랐다.

"절 설명하는 단어야 많지만, 일단은 '마이클'이라고 불러주세요."

그는 예의 바르게 허리를 굽히더니 손목시계를 확인했다.

"예상보다 시간이 많이 지체되어서요."

그렇게 말하면서도 어딘가 여유로운 분위기였다.

양자는 직감했다. 이자는 무언가 알고 있다. 아니, 모든 걸 알고 있을지 모른다. 아니, 이 작자가 이런 짓을 다 꾸민 건지도 모른다. 양자는 그에게서 풍기는 기묘한 느낌을 감지하고 달려들었다.

"여기서 나가게 해줘! 대체 나한테 원하는 게 뭐야? 왜 날 이 지옥에 빠트린 거야!"

양자가 흔드는 대로 마이클은 말없이 흔들렸다. 그는 절박하게 매달리는 양자를 가만히 내려다보았다. 그 모습이 온화해 보이기도, 또 무엇보다 섬뜩해 보이기도 해 양자의 얼굴은 더욱 구겨졌다.

"대표님!"

마침 오솔길 입구에서 반가운 얼굴이 나타났다. 선묵이 총을 겨누며 다가왔다.

양자는 얼른 마이클에게서 떨어져나와 선묵의 뒤에 섰다.

"괜찮으십니까?"

"아직은요."

마이클은 총을 보고도 놀라지 않았다. 골똘히 생각하는 얼굴로 중얼거릴 뿐이었다.

"이걸 어쩐다……."

"당신은 지금 사유지에 침범한 겁니다. 당장 나가지 않으면 무슨 일이 벌어질지 몰라요."

경고를 해도 마이클은 손가락만 꼼지락거리더니 양자에게 말했다.

"지금까지 당신은 일흔여섯 번 죽었습니다."

이상한 말이었다. 선묵은 별 미친놈 다 본단 표정을 지었지만, 양자의 입은 떡 벌어졌다.

마이클은 허공에 대고 손가락을 두어 번 더 움직여보곤 자신의 계산을 확신했는지 고개를 끄덕였다.

"아쉽게도 남은 기회는 세 번뿐이네요."

탕! 마이클의 발밑에 선묵이 위협 사격을 했다.

"좋게 말할 때 여기서 나가는 게 좋을 거야. 마지막 경고다."

마이클은 발밑에서 총탄이 튀는 것도 아랑곳하지 않았다. 선묵을 투명 인간 취급하듯 지나쳐 양자에게 다가갔다. 선묵은 이번엔 그의 몸에 대고 망설임 없이 방아쇠를 당겼다.

탕!

총알이 마이클의 오른쪽 무릎을 뚫고 지나가 뒤편 흙바닥에 박혔다.

그의 무릎 언저리엔 총알이 관통한 자국이 남았다. 원래라면, 그러니까 사람이라면 바닥에 나뒹굴며 고통스러운 비명을 질러야 정상이었다. 하지만 그는 태연하게 걸어오고 있었다.

당황한 선묵은 권총의 탄창이 다 빌 때까지 마이클의 머리를 조준해 방아쇠를 당겼다.

총알은 마치 물을 통과하듯 마이클을 지나 애꿎은 소나무에만 박

힐 뿐이었다. 마이클의 얼굴엔 순간적으로 총알의 둥근 자국이 남다가도, 수면이 일렁이는 것처럼 흔들리더니 순식간에 사라졌다.

마이클이 선묵을 지나쳐 양자 바로 앞에 섰다. 선묵이 마이클의 관자놀이에 총구를 대고 마지막 남은 총알을 박았지만 소용없는 건 마찬가지였다.

"뭐가 세 번이라는 거죠? 그게 무슨 말이에요."

양자가 절박하게 소리쳤다.

이제 선묵은 권총을 집어 던지고 마이클을 향해 주먹을 날렸다.

마이클은 눈 한 번 깜빡하지 않고 간단히 공격을 피해냈다.

"또 귀찮게 하네, 정말."

마이클은 선묵이 크게 팔을 휘두르며 드러난 옆구리의 빈틈으로 파고들어, 그의 턱에 라이트 훅을 갈겼다.

와드득.

비정상적인 소리가 양자의 귀에 박혔다. 양자는 눈앞에서 벌어진 활극에 어떻게 대처해야 할지 몰라 입만 벌린 채 서 있었다. 지금까지 일어난 일들 모두 믿을 수 없지만 새로운 인물의 등장은 더욱 그랬다. 맨손으로 선묵의 아래턱을 완전히 날려버린 마이클은 인간이 아니었다. 확실했다.

뜯긴 턱이 덜렁거리며 순식간에 엉망이 된 선묵의 얼굴을 보자 양자는 깨달았다. 지난번 선묵의 얼굴을 엉망진창으로 뭉갠 존재도 정이수가 아닌 마이클이었다.

"이렇게 디멘시아 상태를 계속 유지하게 되면 결국 의식이 무너질 거예요."

"디멘…… 뭐요?"

양자는 주르륵 그대로 풀밭에 주저앉으며 되물었다. 양자의 마음을 아는지 모르는지 마이클은 덤덤한 표정으로 피 묻은 손을 털었다.

"더 늦으면 손 쓸 수 없게 되니 얼른 이 상태를 벗어나야 합니다."

"……어떻게, 어떻게 벗어나는데요?"

마이클은 남은 피를 바지에 문질러 닦으며 대답했다.

"죽지 않고 22일을 지나 23일로 넘어가면 됩니다."

양자는 몽롱한 눈으로 바닥에 쓰러진 선묵을 한참이나 바라봤다.

마이클이 그녀를 일으켜 세우려 다가왔지만, 양자는 기겁하며 뒷걸음질 쳤다. 마이클은 양 손바닥을 내보였다.

"동물과 인간의 공통점은 생존을 목표로 한다는 거지만 큰 차이점을 하나 가지고 있죠."

한 발 앞으로 내디디며 말을 이었다.

"바로 시간입니다. 인간만이 시간의 흐름을 인식하고 인과관계를 통해서 미래를 예측할 수 있어요. 아이러니하게도 그 때문에 이렇게 하루라는 시간에 갇히게 된 거지만, 반대로 그렇기에 그 하루에서 벗어나는 것도 가능한 겁니다."

"왜 갇히게 된 거예요? 왜 나만……."

"자세한 건 23일에 알려드릴게요."

그의 시선이 먼 곳을 향했다. 양자의 눈에는 보이지 않는 무엇인가를 보고 있는 것만 같았다. 그의 시선이 다시 양자에게로 돌아왔다.

"어떻게든 살아남으세요."

그의 표정이 단호하게 변하는 걸 보면서 양자는 마른침을 삼켰다. 그는 천천히 양자에게 다가와 어깨를 잡았다. 그리고 부드럽게 머리를 쓰다듬으며 속삭였다.

"행운을 빕니다."

뿌득, 시야가 180도로 꺾이더니 일순 눈앞이 하얘졌다.

다시 안채 침대 위에서 눈을 뜬 양자는 꼼짝도 하지 않았다. 누운 채로 곰곰이 마이클과의 대화에 대해 생각했다. 여전히 모든 내용이 수수께끼였지만, 한 가지 확실한 건 무슨 일이 있어도 오늘 하루를 살아남아야 한다는 것이었다.

양자는 지난 죽음들을 되새겼다. 가스폭발, 목을 조르던 천안댁, 조각칼을 든 정이수, 선묵의 권총 그리고 의문의 남자 마이클.

이 다양한 죽음의 단 하나 공통점은 바로 정요였다. 모든 게 정요 안에서 벌어졌다. 그러니 여기서 나가야 한다. 양자는 그것만이 살아남을 유일한 방법이라고 확신했다. 그렇다면 어디로 가야 하는 거지?

먼 옛날에 동민과 함께 봤던 만화영화를 떠올렸다. 주인공과 그의 친구들이 악당을 해치우기 위해 단단히 무장을 하고 소굴로 잠입해 방심한 악당을 물리치던 내용이었다.

잠에서 깬 선묵이 양자의 맨 어깨에 가볍게 머리를 기댔다.

"일찍 일어났네요."

양자는 가만히 선묵이 하는 대로 내버려두었다.

그는 양자의 허리를 끌어당겨 조심스럽게 뺨에 입술을 가져다 댔다. 선묵의 손가락이 천천히 그녀의 굴곡진 신체를 훑었다. 그러다 그녀의 몸이 경직된 걸 알아차리고선 더듬던 손을 거두었다. 대신 따뜻한 손바닥으로 등을 쓸어내렸다. 우둘투둘한 그녀의 등을 애정 어린 손길로 쓰다듬는 건 그가 유일했다.

"몸은 괜찮아요? 어제 과음하시던데."

선묵이 다정한 목소리로 걱정해주었다. 양자가 딱딱하게 되물었다.

"어제 별일 없었나요?"

"정말 기억 안 나요? 하긴, 어제 좀 많이 취하긴 했죠."

"내가 무슨 말 하던가요? 혹은 무슨 짓이라던가."

"별다른 건 없었어요. 그냥…… 내 손을 잡고 울면서 같은 말만 반복한 것 빼면."

"무슨 말이요?"

양자는 몸을 벌떡 일으켰다.

"제가 뭐라고 했는데요?"

다그쳐 묻는 바람에 당황한 선묵이 손을 내둘렀다.

"별거 아니었어요. 그냥 미안하다고요. 미안하다고 그랬어요."

아, 양자는 한숨을 내쉬며 이불로 상체를 가렸다.

"오늘 모든 일정 좀 대신 취소해줄래요?"

선묵이 따뜻한 눈빛으로 고개를 끄덕였다.

"푹 쉬세요. 아무도 방해하지 못하게 하겠습니다."

"고마워요."

선묵이 안채 밖으로 나간 걸 확인하자마자 양자는 옷장에서 항상 입던 개량 한복 대신 등산복을 꺼냈다.

머리를 하나로 질끈 묶고, 한동안 쓰지 않아 뽀얗게 먼지가 묻은 등산화를 가볍게 털었다. 사랑채 마당에서 식사 전 기도를 올리는 선묵과 천안댁을 피해 양자는 계단 대신 험한 뒷길을 택했다.

가파른 비탈길에 엉덩방아를 몇 번이나 찧었다. 살살 엉덩이를 경사면에 대고 내려가는 사이에 안쪽 주머니에 넣은 핸드폰이 울렸다. 아마도 동민이 전화일 것이다.

전화는 오래 울리지 않았다. 비탈길을 다 내려가기도 전에 끊어졌다.

일단은 이 지옥같이 반복되는 하루에서 벗어나는 게 우선이었다. 마이클이라는 남자의 말대로 22일 하루만 어떻게든 버텨보자고 다짐하며 양자는 엉덩이에 묻은 흙을 털었다. 빙 둘러 차고로 가 자동차의 시동을 걸고, 내비게이션에 떠듬떠듬 저장해둔 주소를 입력했다.

산으로 끝나는 이 주소는 오로지 정요의 정 씨 가문만 알고 있는 곳이자, 남편이 죽은 장소이기도 했다.

"안내를 시작합니다."

인간보다 더 생기발랄한 목소리를 들으며 양자는 브레이크에서 발을 뗐다. 차는 부드럽게 나아갔다. 길을 따라 빠져나가는 동안 과연 정요를 벗어나도 되는지 의문이 들었지만 이제 와 멈출 수는 없었다.

서서히 정문에 가까워질수록 양자는 핸들을 꽉 쥐고, 될 대로 되란 마음으로 엑셀에 발을 올렸다. 정요를 완전히 벗어나는 동안 다행히 아무런 일도 일어나지 않았다. 정문과 이어진 좁은 비탈길을 지나 대로변까지 나갈 때까지도 변화는 없었다. 양자는 안도했다.

그렇다고 불길한 느낌이 가시는 건 아니었다. 큰길을 따라 국도에 진입할 때까지 산비탈서부터 있어야 할 남편의 모습이 보이지 않았다. 설마 그곳에서 기다리고 있는 걸까. 설사 그렇다 하더라도 거기서는 남편 하나만 처리하면 된다. 그리고 마이클이 얘기한 시간까지 버티면 된다고 스스로를 다독였다.

하지만 왜 이런 상황에 갇히게 된 건지, 누가 이런 짓을 벌인 건지 여전히 해결할 수 없는 궁금증이 꼬리를 물고 떠올랐다. 텅 빈 도로를 달리는 동안 양자가 의식할 새 없이 자동차의 속도계는 130을 돌파했다.

넓은 도로를 따라 커브길에 접어들 때였다. 갑자기 차 앞으로 무엇인가 뛰어들었다.

양자는 브레이크를 밟는 것과 동시에 핸들을 돌려 차선을 바꿨다. 끼이익, 짧고 요란한 소음을 내뱉으며 차가 아슬아슬 왼쪽으로 비켜갔다. 만약 뒤따르는 차가 한 대라도 있었다면 자칫 대형 사고로 이어질 뻔했다. 아찔한 돌발상황이었지만 다행히 옆 차선은 비어 있었다.

양자는 호흡을 고르며 다시 침착하게 본래의 차선으로 핸들을 돌렸다. 떨리는 손으로 핸들을 꽉 잡은 채 차 앞으로 뛰어들었던 게 무엇인지 확인했다.

룸미러로 보이는 건 멀뚱히 선 고라니 한 마리였다. 다시 시동을 걸고 차를 움직였다. 고라니는 경사로를 내려갈 때까지 꼼짝도 하지 않았다. 망할 고라니 때문에 죽을 뻔하다니! 욕이 튀어 나오려던 참이었다.

"진짜 깜짝 놀랐다, 그치?"

어느새 조수석에 앉아 태연하게 안전벨트를 맨 젊은 정이수를 보고 양자는 욕 대신 비명을 꽥 질렀다.

"왜 갑자기 비명이야!"

정이수는 되려 양자의 반응에 더 놀랐는지 안전벨트를 꽉 쥐었다.

양자는 숨넘어갈 듯 말도 못 하고 꺽꺽거렸다. 터질 것 같은 심장을 진정시키려고 무진 애를 썼다. 주행하는 차 안이었다. 조금만 한눈을 팔아도 사고로 죽을 수 있었다. 얼른 전방으로 시선을 던졌다. 양자는 아무 말도 하지 않았다. 이제는 '당신이 왜 여기 있냐'고 묻는 것도 의미가 없었다.

"저 고라니, 다른 차에 치이겠지?"

정이수는 아예 고개를 돌려 차 뒤쪽을 바라봤다.

"사람들은 고라니 울음소리를 싫어하는데, 나는 어렸을 때부터 하도 들어서 그런가 오히려 좋더라."

정이수는 묻지도 않은 시시껄렁한 이야기를 늘어놓았다. 그리고 양자는 깨달았다. 이 시답잖은 이야기들은 모두 정이수와 이 장소에 가면서 나눴던 대화였다. 또 다른 과거의 한 장면이 재연되고 있었다.

"난 아무런 말도 하지 않을 거야."

양자가 혼잣말처럼 중얼거렸다. 정이수를 귀신 취급하며 정면만 바라본 채 운전을 계속했다.

정이수는 어깨를 으쓱이며 자리에 바로 앉았다.

"그래 그럼, 좋을 대로 해. 여행도 아니고, 일하러 가는 건데 기분이 좋을 리 없지."

아무래도 이번 버전의 정이수는 그곳에서 무슨 일이 벌어질지 모르는 것 같았다. 차라리 다행이었다. 그렇게 생각하며 마음을 놓으려는데…….

"여기는 당신 혼자 다녀와도 되잖아요? 동민이를 혼자 두고 온 게 마음에 걸려요."

분명 아무런 반응도 보이지 않으려 했는데, 소용없었다. 입에서 이미 짜놓은 것처럼 술술 대사가 내뱉어졌다. 양자는 인상을 찡그렸다. 대체 이 혓바닥은 어떻게 해야 멈출 수 있는 걸까. 양자는 이다음 정이수의 입에서 나올 말이 뭔지도 이미 알고 있었다. 그놈의 절대 비기.

"당신은 지금 여기 가는 게 얼마나 중요한 일인지 몰라서 그래? 삼대째 내려온 우리 가문의 '절대 비기'를 당신한테 공유하는 거라고."

"알죠. 아는데……."

"그러니까 여기에 가게 되는 걸 당신도 영광으로 생각해. 아버지 설득시키느라 얼마나 힘들었는 줄 알아? 여전히 당신을 못 미더워해서."

양자의 말을 자르며 정이수는 되레 화를 냈다. 양자는 잡고 있는 핸들을 당장이라도 옆으로 꺾어버리고 싶은 걸 간신히 참았다.

"동민이가 아프잖아요. 열이 펄펄 끓는다는데."

"그러게 왜 비 오는데 애를 업고 산책을 하냐고. 엄마라는 사람이 조심성 없게, 쯧."

양자는 정이수의 핀잔에 입을 꾹 닫고 운전에 집중했다.

"어차피 병원에 있는데 별일 있겠어? 감기겠지, 뭐."

양자는 더는 말하지 않았다. 어느새 두 사람이 탄 차는 국도를 벗어나 비포장도로에 다다랐다. 굽이친 길을 따라 십여 분 정도 더 들어가 목적지에 도착했다. 산으로 접어드는 비탈길이었다.

"저 앞에 세워. 여기서부터는 걸어가야 해."

양자는 정이수가 가리킨 즈음에 차를 세웠다.

정이수가 먼저 앞장섰다. 그때 그날처럼 양자는 그의 뒤를 묵묵히 따랐다. 사유지 푯말을 지나, 겉으로는 보이지도 않던 좁은 길을 걷다 보니 철창이 둘러쳐져 있고 자물쇠가 단단히 잠긴 입구가 나왔다.

'이곳은 개인 사유지의 산림으로 입산을 금합니다', '적발 시 법적 조치 취함', '외부인 출입 금지' 같은 입산 금지 표지판들에 녹이 잔뜩 슬어 있었다. 그걸 바라보는 정이수의 표정은 의기양양했다. 그의 주머니에서 열쇠가 나오는 것을 보며 양자는 자신도 챙겨온 주머니

속 열쇠의 감촉을 느꼈다.

"축하해. 외부인이 들어오는 건 거의 십 년 만이거든."

철창을 감은 넝쿨을 끊어내고, 정이수가 문 너머로 들어갔다. 양자는 망설여졌다. 어떤 일이 벌어질지 뻔히 알고 있는데, 정말 여기를 들어가야 하는 걸까.

"안 오고 뭐 해?"

철창 안쪽에서 소리치는 정이수를 보며 지금이라도 도망치자고 머릿속으로 수도 없이 되뇌었다. 그러나 몸은 의지와 반대로 움직였다.

얼마나 오래되었는지 억세게 자란 넝쿨들 때문에 철창은 반의 반절도 열리지 않았다. 양자는 그 틈으로 간신히 몸을 집어넣었다.

"등산로가 아니라서 좀 힘들 거야."

한참 위로 올라간 정이수는 느긋하게 나무 기둥을 붙잡고서 양자를 내려다보았다.

그의 말대로 거의 길이 없는 거나 마찬가지였다. 양자는 헉헉거리며 기어올라 겨우 정이수가 있던 나무 기둥을 붙잡았다.

그새 그는 또 한참 앞서가 뒷모습도 잘 보이지 않았다. 그땐 이렇게까지 힘들진 않았는데. 양자는 숨을 몰아쉬며 세월의 무상함을 실감했다.

그들이 가는 곳은 정 씨 가문 대대로 백자토를 캤던 곳으로, 정요의 도자기를 만들기 위해 흙을 숙성시키는 흙굴이었다. 이 가파른 구간만 지나면 곧 굴 입구가 보일 터였다.

"왜 이렇게 오래 걸려."

둔덕을 넘어서자 정이수의 목소리가 들렸다. 굴의 입구도 눈에 들어왔다. 나무로 받쳐둔 입구가 여름 장마로 심하게 기울어져 있었다.

"들어가면 안 될 것 같은데……."

양자는 숨을 가쁘게 내쉬며 정이수에게 말했다. 정이수는 손을 휘저어 거미줄을 쳐내곤 성큼 입구로 들어섰다.

"이것보다 심할 때도 괜찮았어. 얼른 와. 흙만 채취해가면 되니까."

굴속으로 들어가고부터 정이수의 목소리가 점점 멀어졌다. 양자는 들어가지 않으려 버텨보았다. 이곳의 결말은 누구보다 잘 알고 있었다. 남편의 흙 채취는 핑계였다. 정이수는 자신을 죽이기 위해 이곳에 데려왔었다.

분명 일주일 전의 일이 그가 이런 결단을 내리게 했을 것이다. 그날은 막 돌이 지난 아들, 동민이 왜인지 유난스럽게 굴었다. 낮잠을 자야 할 시간이 지나도 잠투정을 부리며 한참이나 칭얼거렸다. 아무리 어르고 달래도 잠들려고 하지 않았다. 미열도 좀 있었던 탓에 그녀의 신경은 어느 때보다 곤두서 있었다. 어서 재워야 할 텐데.

결국 포대기로 아들을 등에 업고 우산을 들었다.

며칠째 내리는 장마에 산속은 우중충한 기운을 내뿜었다. 우산에 맞고 떨어지는 빗소리를 들으면 잠이 들까 싶어 업고 나왔는데, 동민은 오히려 더 자지러지게 울어댔다.

빗소리에 울음소리가 묻히니 시아버지의 성질을 긁을 일은 없겠다 싶었다. 안도한 것도 잠시, 양자는 곧 못 볼 것을 보았다. 마당에서 검은 우산 하나와 빨간 우산 하나가 정문 계단을 지나 사랑채 쪽으로 움직였다.

우중에 웬 손님인가 싶어 양자는 아래를 굽어봤다. 검은 우산은 정이수였고, 그 옆 빨간 우산은 여자였는데 양자가 너무나도 잘 아는 사람이었다. 잘 알지만, 결혼 이후론 전혀 반가울 수 없는 사람, 박예진.

양자가 얼른 몸을 돌리는 바람에 우산이 뒤집혔다. 그 자리서 달아나듯 안채로 뛰어 들어갔지만, 졸지에 양자와 동민의 몸은 쫄딱 젖고 말았다.

양자는 서둘러 젖은 동민의 옷을 벗겼다. 박예진이 왜 이곳에 왔을까. 머릿속이 하얗게 비어 아기 옷을 입히던 손이 우뚝 멈췄다. 얼른 마른 옷으로 갈아입혀야 하는데 손이 움직이질 않았다. 양자는 자지러지게 우는 동민을 앞에 두고도 한 가지 걱정뿐이었다. 박예진이 이곳에 왔다는 건 어떻게든 돈을 빌리기로 작정했다는 뜻이다. 그러기 위해 온갖 시답잖은 말을 나불댈지도 몰랐다. 어쩌면 아무 말이나 나오는 바람에 남편이 자신의 비밀을 알게 될지도 몰랐다.

그때 전전긍긍하지 않고 젖은 동민의 머리를 제대로 말려주었더라면. 그랬더라면 동민이 뇌수막염에 걸릴 일도 없었을 거고, 청각 장애가 생기지도 않았을 텐데. 돌이킬 수 없는 후회와 죄책감이 밀려들었다.

상념에 빠진 탓이었을까, 그 자리서 버티려던 마음도 무색하게 양자는 정이수의 목소리를 쫓아 흙굴 안으로 들어갔다. 입구를 받치던 나무 틀이 삐거덕대는 소리가 잔상처럼 들려왔다.

축축하고 서늘한 굴 안으로 몸을 숙이고 들어서자 순식간에 빛이 차단되어 앞이 보이지 않았다. 인공적으로 만든 굴은 그렇게 깊지는 않았지만, 햇빛이 끝까지 닿지 못할 정도는 되었다. 멀리서 남편의 헤드 랜턴이 움직이고 있었다. 양자는 발치를 조심조심 더듬으며 그 빛을 쫓았다.

"흙 샘플을 가져가서, 조그만 오브제로 만들어 구워보면 흙이 잘 숙성되고 있는지 알 수 있을 거야. 올해는 개의 해니까 그걸로 하면 되겠다."

흙 굴의 내부는 둥그스름했고, 한쪽에는 성인 남성이 빠지면 쉽게 나올 수 없을 정도로 깊은 진흙 웅덩이가 파여 있었다. 남편은 그 웅덩이에 나무로 된 노를 꽂아 힘겹게 진흙을 저었다.

"해볼래? 조금 떠서 여기 지퍼백에 담아가면 돼."

양자는 순순히 노를 받아들었다. 힘겹게 흙을 떠 남편에게 건넸다. 정이수는 지퍼백에 흙을 담더니 고백 조로 말했다.

"사실 난 말야, 이 오랜 시간 동안 우리 가문이 지켜 온 흙도 다 의미 없다고 생각해."

"아까는 절대 비기라더니……."

양자는 작은 목소리로 투덜거리며 노에 묻은 흙을 털었다.

"정요는 도태되고 있어. 명장의 대도 아버지에서 끊기겠지."

"그런 게 어딨어요. 당신도 기능장 대회에서 우승했었다면서."

"내 실력으로 받은 게 아냐. 정광복 아들이라서 받은 거지."

정이수는 지퍼백에 담긴 진흙을 만지작거리며 말했다.

"난 한 곳에 있을 성격이 못 돼. 유전자가 그래. 열일곱 살에 아버지랑 처음 비엔날레에 갔을 때 알았지."

이날 양자는 그런 말을 하는 정이수의 의도를 도무지 이해할 수 없었다. 그는 계속해서 장황한 제 이야기를 이어갔다.

"요지는 그거야. 원래 내 계획은 아버지가 돌아가시고 나면 이 땅을 싹 팔아서 미국에 있는 누나한테 갈 생각이었거든. 그런데 갑자기 이변이 생겼지."

정이수가 양자의 배를 한 번 쳐다보았다.

"남자는 자식이 생기면 책임감이 더 생긴다고 하잖아. 꼰대들이 하는 개소린 줄 알았는데, 정말 그렇더라고. 네가 임신했다고 들었을 때 머릿속에 번개가 번쩍 치더라니까. 아, 이게 아버지가 말씀하셨던 남자가 철드는 순간이구나."

정이수는 흙이 담긴 지퍼백을 품 안에 넣었다.

"현실과 타협했어. 내 아들을 위해서."

정이수는 '내'라는 단어를 힘주어 말했다. 양자는 아랫입술을 안쪽으로 말았다. 불안한 기색을 감출 수 없었다. 정이수의 이마에 달린 헤드 랜턴 때문에 그의 표정이 잘 보이지 않았다.

"나가서 얘기해요. 여기서 이러지 말고."

"언제 말하려고 했어?"

"뭘 말이에요?"

양자는 손으로 헤드 랜턴의 불빛을 가려보려 했지만 역부족이었다.

"동민이가 내 아들이 아니란 거."

불안한 예감은 역시나 틀리지 않았다. 심장이 철렁이고 입술이 바짝 말랐다.

"누가 그래요? 예진이가 그래요?"

뻔한 질문을 하며 양자는 노를 바짝 짧게 쥐었다.

"잘 생각해봐요. 내가 임신했단 사실을 당신한테 전해준 사람이 누구예요? 예진이잖아요. 그런데 왜 이제 와서 동민이가 당신 애가 아니라고 하겠어요? 앞뒤가 안 맞잖아요. 걔는 내가 자기보다 잘사는 꼴을 보기 싫은 것뿐이에요!"

"너 정말 끝까지 뻔뻔하구나!"

양자는 떨리는 손을 숨기기 위해 팔짱을 꼈다.

"어쩐지 이상하다고 생각은 했어. 얌전한 줄 알았더니 뒤에서 딴 놈이랑 뒹굴고 있었을 줄 누가 알았겠어."

"어떻게 내 얘기는 들어볼 생각도 안 하고 예진이 말만 듣고 판단할 수가 있어요?"

"너 나랑 할 때 처음이라고 했던 것도 거짓말이었지?"

"그게 그렇게 중요해요?"

"그래서 애 아빠가 누구야. 선묵이니?"

비아냥거리는 말에 양자도 참을 수 없어 똑같은 투로 받아쳤다.

"예진이가 그거까진 말 안 해줬나 보죠?"

불빛 때문에 잘 보이지 않았지만, 정이수의 표정은 잔뜩 일그러져 있을 것이다. 이곳의 결말은 원래대로 흘러갈까? 입에서 줄줄 흘러나오는 기억의 대사들을 읊으며 정이수에게 다가섰다.

"중요한 건 모두가 동민이를 당신 아들이라고 생각한단 거예요. 그러면 된 거잖아요?"

양자는 별일 아닌 것처럼 달래보려 했지만 허사였다. 정이수는 화난 목소리로 소리쳤다.

"언제까지 속일 수 있을 거라고 생각한 거야!"

헤드 랜턴이 범죄자를 취조하는 스탠드처럼 양자의 얼굴을 비췄다.

"할 수만 있다면 평생!"

양자가 소리쳤다.

"동민이와 내가 안전하게 살 수만 있다면 평생! 당신이 죽을 때까지도 모르게 하려고 했어요! 그게 모두를 위해 좋을 테니까!"

"고아에 고졸에 아무것도 아닌 너를 내가 왜 받아준 거라고 생각해? 당연히 내 자식이니까 책임을 져야 한다고 생각했어! 넌 내 호의를 이용한 거야. 은혜도 모르는 독사 같은 년!"

정이수가 몸을 돌리자 순식간에 굴속을 밝히던 빛이 사라졌다.

양자는 본능에 따라 정이수가 서 있던 방향으로 몸을 날렸다.

양자에게 옷자락이 잡힌 정이수가 미끄러지며 넘어졌다. 두 사람은 서로를 밟고 일어서기 위해 한데 뒤엉켜 진흙 바닥을 뒹굴었다.
그 소란 속에서도 양자는 굴 벽에 세워진 기둥에서 낮고 불길한 소리
를 들었다.

헤드 랜턴 불빛마저 없어진다면 온전히 어둠 속에 남게 될 것이다.
양자는 이 굴이 곧 무너지리란 것을 알았다. 이대로 남겨진다면 죽는
건 정이수가 아니라 자신이 될 것이다. 절대 여기까지 와서 포기할
수 없었다. 결코 죽고 싶지 않았다. 양자는 위에서 남편을 깔아뭉갠
채 손에 잡히는 대로 흙과 돌덩이를 남편에게 집어 던졌다.

"나도 그러려고 했던 게 아냐!"

양자는 있는 힘을 다해 손에 잡힌 단단하고 큰 물체를 정이수의 머
리로 내리찍었다.

둔탁한 소리가 들리고 정이수의 움직임이 느려졌다. 양자는 남편
을 짓밟고 멀리 보이는 입구의 빛을 향해 진흙 범벅인 몸을 끌고 기
어나갔다. 하지만 미끄러운 진흙이 신발에 들러붙어 속도가 나질 않
았다.

"악!"

정이수가 양자의 발목을 붙들었다. 양자는 손아귀에서 빠져나오기
위해 발로 그의 얼굴을 걷어찼다. 남편은 소리도 제대로 내지 못한
채 다시 얼굴에 진흙을 뒤집어썼다.

굴속에서 심상찮은 소리가 울려왔다. 양자는 온 힘을 다해 서둘렀
다. 금방 안쪽부터 짐승 울음소리같이 우르릉거리며 흙이 무너져내

렸다. 양자는 뒤도 돌아보지 않았다. 오로지, 오로지 살기 위해 빛을 향해 기었다.

어느새 입구를 버티고 있던 나무틀이 무너지는 흙을 버티지 못하고 빠득, 하고 부서졌다. 양자는 절규했다.

"안 돼!"

등과 머리를 덮치는 둔탁한 흙더미의 무게를 느끼며 입구로 손을 뻗었다. 그러나 굴은 그녀의 기억보다 빠르게 무너졌고, 눈앞도 깜깜해졌다.

양자에게 '생존'은 인생의 첫 번째 원칙이었다. 무슨 수를 써서라도 살아남는다. 이것이 그녀 삶의 원동력이었다. 그런 그녀가 일흔여덟 번이나 죽었다는 사실은 그녀 자신도 믿기 어려운 일이었다.

양자는 끝없이 반복되는 지옥 속에서 처음으로 생을 포기하고 싶어졌다. 희뿌옇게 보이는 천장의 서까래를 보며 그냥 이대로 하루가 가든지 말든지 신경 쓰지 말자는 생각이 들었다.

두 번째 원칙인 '아무도 믿지 말 것'을 떠올리면, 마이클이라는 사내가 했던 말들도 완전히 믿을 수는 없었다. 어쩌면 모두 거짓일지도 몰랐다. 그렇다면 그 사람이 원하는 대로 움직여줄 필요가 없었다.

양자는 자신을 끌어안는 선묵의 두꺼운 팔뚝을 가만히 내버려둔 채 바깥에서 들려오는 소리에 귀 기울였다. 이른 아침의 여름 산속은 기분 좋게 시끄러웠다. 짝짓기를 하지 못한 숫매미들의 때늦은 구애

소리와 산새들이 바쁘게 지저귀는 소리, 바람에 나뭇잎 부대끼는 소리와 이름 모를 풀벌레 소리들이 빈틈없이 화음을 이뤘다.

평소와 다를 바 없는 정요의 여름 소리를 들으며 양자는 다시 눈을 감았다. 그만두자. 모든 걸 내려놓고 싶다는 생각에 빠지기 직전, 문득 단 하나의 얼굴만이 떠올랐다.

정동민. 아직 아무것도 모르고 있을 내 아들.

선묵이 깨지 않도록 조용히 침대를 빠져나왔다. 핸드폰을 찾아 손에 쥐고 마루에 앉아 아들의 번호를 찾았다. 그러나 양자는 통화 버튼을 쉽게 누르지 못했다. 지금 상태로 전화를 했다간 자칫 진실을 말해버릴 것만 같았다.

양자는 자신이 없었다. 충격받을 아들의 모습을 마주할 자신도 없었고, 원망을 감당해낼 자신도 없었다. 아니, 원망을 하지 않는 것도 무서웠다. 하나뿐인 아들에게 남보다 못한 냉대를 당할까 봐 두려웠다.

그러는 동안 옷을 다 챙겨 입은 선묵이 다가와 양자의 곁에 앉았다. 양자는 돌아보지도 않고 핸드폰 화면을 보며 말했다.

"부탁할 게 있어요."

"뭐든 말씀만 하십시오."

"오늘 저랑 어디 좀 같이 가요."

"어디로 모실까요?"

"권총 챙겨서 삼십 분 뒤에 주차장 앞에서 만나요."

양자의 불길한 대답에 선묵의 눈에 남아 있던 잠이 다 달아났다.

양자를 빤히 쳐다보던 그의 목소리가 진중해졌다.

"무슨 일 있습니까?"

"앞으로 생길 거예요."

선묵은 잠시 머뭇거리다 신발을 신었다. 양자의 명령을 수행하기 위해 계단으로 걸음을 옮겼다. 그의 뒷모습을 보며 양자도 옷을 갈아입기 위해 일어섰다.

마이클만 개입하지 않는다면 최선묵은 쓸모 있을지도 모른다. 무엇보다 당장은 믿을 수 있는 내 편이 필요했다.

정확히 삼십 분 뒤 여름 정장을 걸친 선묵이 양자를 데리러 왔다. 그는 차고까지 천안댁의 동선을 피해 안내하고는 차 뒷좌석의 문을 열어 그녀가 타도록 했다.

"다 챙겼나요?"

선묵은 대답 대신 정장 안쪽을 슬쩍 열어 권총집을 보여줬다.

"무슨 일이 일어나도 당황하지 마세요."

"알겠습니다."

깍듯하게 몸을 숙이는 선묵, 알렉시오를 보며 양자는 자신이 마치 사이비 교주라도 된 기분을 느꼈다. 선묵은 양자를 늘 그런 기분이 되도록 만들어줬다. 마치 대단한 사람이 된 것 같은 그런 기분.

"정읍동 성당으로 갑니다."

"네?"

선묵은 잘못 들었다는 투로 되물었다.

"정음성당요?"

"네."

그의 눈동자가 흔들리는 걸 보았지만, 양자는 애써 무시했다.

"8월 23일 자정이 되는 시간까지 절 지켜주세요. 자세한 건 묻지 말아요. 어차피 이해 못 할 테니까."

"알겠습니다."

선묵는 말없이 차를 몰았다. 양자는 긴장을 풀고 등을 기댔다. 정이수가 죽은 곳도 정답이 아니라면, 정이수를 처음 만난 곳으로 가면 되지 않을까. 그곳이 시작점이라면 이 반복되는 하루를 끝내는 열쇠가 될지도 모른다. 그녀는 빠르게 지나는 풍경을 쓸쓸한 눈으로 훑었다.

정음성당을 떠올리면 양자는 마음이 복잡해졌다. 수많은 공간 중에 가장 마음이 편안했던 곳이면서, 동시에 세상에서 가장 불편해진 곳이었다. 어떻게 보면 양자의 인생이 본격적으로 꼬이기 시작한 장소이기도 했으니까.

성당은 정요에서부터 시내를 통과해 한 시간쯤 떨어진 곳에 있었다. 두 사람은 그 한 시간의 여정 동안 아무런 대화도 하지 않았다.

선묵이 성당 앞 주차장에 차를 세우고, 먼저 내려 뒷좌석을 열어주었다. 양자는 차에서 내리며 옷맵시를 가다듬었다.

"여기서 잠깐 기다리세요."

"알겠습니다."

기계처럼 대답하는 선묵을 뒤로한 채 양자는 성당 앞에 섰다.

회벽으로 둘러싸인 오래된 성당 외벽은 군데군데 보수공사를 했는지 누더기를 기운 것처럼 얼룩덜룩했다. 지하 교리실로 이어지는 좁은 벽을 따라 탐스러운 능소화가 여전히 흐드러지게 핀 모습을 보고 양자는 고개를 돌렸다.

성당 입구 측면으로는 눈이 부시게 하얀 대리석으로 깎인 성모마리아상이 유리관 속에 고고히 서 있었다. 그 앞엔 신자들이 봉헌한 기도 초의 촛불들이 위태롭게 흔들리고 있었다.

사람들은 그 작은 촛불이 언젠가 꺼질 것을 알면서도 간절한 소망을 담아 불을 붙이고 기도를 한다. 그 모습이 마치 인생과 다를 바 없단 생각이 들 때쯤, 부산스러운 목소리가 성호를 긋던 양자를 돌려세웠다.

"박 대표님!"

율리아나가 허둥지둥 양자에게 다가왔다.

"우리가 가려고 했는데, 여기까지 와주시고."

"사업 이야기는 나중에. 여기서 하긴 좀 그렇잖아요."

양자는 은근히 나무라는 투로 대답했지만, 율리아나는 목소리를 낮추며 더욱 집요하게 달라붙었다.

"클라라라고, 그분이 투자에 관심이 아주 많아요. 바쁘다고 하는 걸 억지로 데리고 왔는데 가볍게 얘기라도 나누는 게 어때요?"

율리아나 너머 성당 입구 쪽에 선 클라라가 보였다. 그녀는 여전히 잘 차려입었고 뾰로통한 표정을 짓고 있었다. 양자는 그들을 외면하며 성당에 온 목적을 말했다.

"약속 없이 안 된다는 건 알지만, 신부님을 뵙고 싶어서 온 거예요. 비즈니스는 그 후에 합시다."

양자는 율리아나를 지나쳐 성당 안으로 들어섰다.

"아이, 그러지 말고. 잠깐이면 되니까."

오동통한 손가락이 양자의 팔을 잡아챘다. 양자는 몸을 세차게 돌려 그녀를 밀어냈다.

몸이 휘청거릴 정도로 서로 맞부딪혔다. 어느새 다가온 선묵이 양자를 부축하며 끼어들었다.

"괜찮으십니까?"

"박 대표, 아니 미리암! 너무한 거 아니에요? 아무리 그래도 사람을 그렇게 밀치는 게 어딨어요!"

넘어질 뻔한 율리아나는 얼굴이 금세 새빨개지더니 언성을 높였다.

"저는 고해성사를 하러 왔어요."

"하! 누가 보면 내가 뭐 나쁜 짓이라도 하자는 줄 알겠네!"

"내가 뭘 제안할지 알고 있었잖아요. 알고도 저지르는 죄가 가장 나쁜 것 아닌가요?"

양자의 말에 율리아나는 당황해하며 얼버무렸다.

"참나. 내가 무당도 아니고 박 대표가 뭘 제안할지 어떻게 알아요?"

"한정판 여로 세트. 정요에서 얼마든지 만들어낼 수 있는 것 아니냐고 먼저 얘기를 꺼낸 게 율리아나 자매님이셨죠."

양자가 선묵의 팔을 밀어내며 말했다.

"나쁘지만 좋은 아이디어였어요. 당신도 중개 수수료를 두둑이 챙길 수 있는 사업이었고, 나도 내 계획에 도움이 될 만한 일이었으니까. 하지만 이젠 없었던 일로 해요. 이제 그런 건 나한테 중요하지 않아요."

그러고는 선묵과 함께 건물 안으로 몸을 틀었다. 두 사람을 향해 율리아나가 소리쳤다.

"그 옆의 남자분은 신자가 맞나요? 아니면 들어갈 수 없어요!"

그 말을 듣고 입구에 서 있던 클라라가 슬쩍 선묵을 막아섰다. 하지만 양자가 설명을 덧붙이기도 전에 그가 먼저 입을 열었다.

"최선묵 알렉시오. 이 성당에서 30년 전에 세례를 받았습니다."

자신도 그 세례를 함께했었지.

양자는 선묵의 손을 잡아주었다. 따뜻한 손바닥을 힘있게 맞잡으며 두 사람은 클라라를 밀어냈다.

성당에 들어서자 벽돌과 대리석의 찬 기운이 온몸을 더듬었다. 양자는 닭살 돋은 팔뚝을 쓸어내렸다. 늦여름이 기승인데도 성당 내부는 시원하다 못해 서늘했다. 냉기는 비단 육체만이 아니라 마음까지도 서늘하게 만들었다.

양자는 성당 위층으로 오르는 계단에 발을 디디며 어디서부터 어떻게 고해를 해야 할지 고민했다. 지은 죄가 너무 많아 그녀의 발걸음은 한없이 무거웠다.

"먼저 갔다 올게요."

집무실 앞에서 양자는 선묵의 손을 놓았다. 그는 말없이 복도 끝 기다란 의자에 앉았다.

세 번의 노크 끝에 안에서 들어오라는 말소리가 들렸다. 양자는 크게 심호흡을 한 번 하고 문을 밀었다.

"오래간만입니다, 미리암 자매님."

30년 전 양자의 세례를 도운 요한 신부가 눈앞에 서 있었다. 설마 했는데. 양자는 허탈하게 웃었다.

그는 슬며시 미소를 짓더니 의자를 가리켰다.

"이건 예상하지 못했네요."

"예상 못 할 건 또 뭡니까."

나이가 지긋한 요한 신부는 양자가 기억하는 30년 전 모습 그대로 였다. 그때와 다를 바 없는 모습을 보자니 과거 그의 선종 소식을 듣고도 장례미사를 찾지 않았던 게 부끄러워졌다. 양자는 그만 울음을 터뜨리고 말았다.

"눈물 많은 건 여전하군요."

요한 신부는 점점 허리를 구부리는 양자를 일으켜 세우며 또 슬며시 웃었다.

"그래, 이번엔 무슨 일로 놀라게 하려고 왔습니까?"

"놀라게 하다뇨, 당치도 않습니다."

양자는 눈물을 닦아내며 그의 부축을 받고 일어섰다.

"브루노 형제의 손을 잡고 다짜고짜 들어와 혼배 성사를 올려달라지 않나, 진흙투성이로 성당 문을 두드렸을 때는 우리 테레사 수녀님 심장마저 떨어트릴 뻔했죠."

"……요한 신부님, 부디 제가 주님께 죄를 고할 수 있도록 도와주세요."

양자는 요한 신부의 양손을 잡고 간곡히 부탁했다. 그 간절함이 통한 건지 그는 말해보라는 듯 옆에 앉아 묵주를 손에 감았다. 그리고 가만히 눈을 감았다.

양자도 두 손을 모았다. 그리고 결심한 대로 자신의 이야기를 시작했다.

박 씨네 육 남매.

서울 북쪽 작은 동네에 복작거리며 살던 양자와 삼촌의 가족들을 사람들은 그렇게 불렀다. 점잖음이라는 단어와 거리가 먼 집안이라 모르는 사람이 없었다.

일찍 출가했던 언니들은 번갈아 소동을 일으켰다. 아들을 데리고 피신 온 첫째 언니의 남편은 동네가 떠나가라 소리를 지르더니 언니를 끌고 갔고, 둘째 언니는 무슨 시위에 가담해 사복 입은 형사들이 찾아와 집을 들쑤시게 했다. 그나마 셋째 언니는 얌전한 편이었는데, 같이 일하던 남자와 눈이 맞아 숙모가 숨겨두었던 패물을 들고 야반도주했다.

"정신 단단히 챙겨야 된다. 느그 언니들 꼴 나기 싫으믄."

삼촌은 양자와 예진을 두곤 작은 실수도 용납하지 않았다. 부러진 마대 자루로 툭하면 맞았다. 진철이의 이마에 혹이 생기거나, 제때 설거지를 하지 않거나, 방바닥에 긴 머리카락이 한 올이라도 보이는 날엔 엉덩이에 피멍이 들 각오를 해야 했다.

양자와 예진이 중학교에 입학할 무렵, 삼촌은 작은 밴으로 차를 바꾸더니 물건을 여기 떼다 저기 파는 '나까마'로 전업했다. 삼촌의 지방 출장이 잦아진 덕분에 두 중학생의 인생에 숨통이 트였다.

"그거 '유통업자'로 바꿔."

아버지 직업란에 '나까'까지 적어 내린 예진에게 양자는 지우개를 건넸다.

"왜? 나까마가 어때서."

"삼촌은 그 단어 싫어해. 명함에도 금성유통이라고 적혀 있잖아."

예진은 지우개로 대충 문질러 지우고 다시 물었다.

"뭐라고 적으라고?"

"유통업자."

이것저것 빼곡하게 적어 넣는 예진과 달리 양자의 칸은 텅텅 비어 있었다. 부모 없고 형제자매 없는 양자가 유일하게 적을 수 있는 칸은 하나였다.

"과학자? 그건 남자애들이나 적어 내는 거잖아."

양자가 장래 희망에 한 글자씩 꾹꾹 눌러 쓴 것을 몰래 훔쳐보던 예진이 의외라는 듯 소리쳤다.

"난 수학이랑 과학은 잘하니까."

"그러면 경리라고 써야지. 아니면 은행원이라든가?"

예진은 양자에게 지우개를 도로 건넸다. 양자는 고개를 설레설레 젓곤 지우개를 받지 않았다.

"공부를 더 하고 싶어."

양자는 어물어물 대답했다. 불가능하단 건 알고 있었지만, 그래도 고작 이런 데 적어 내는 것까지 현실적으로 생각하고 싶지 않았다.

"넌 진짜 특이해."

예진은 지우개를 필통에 집어넣곤 양자를 빤히 바라봤다.

"진짜 우리 가족도 아닌데 같이 살게 된 것도 특이하고, 또 장래 희망도 그렇고. 국민학생 때 남자애들하고 주먹다짐한 건 지금 생각해도 어이가 없다? 어떻게 그렇게 아득바득 받아치는지."

"내가 볼 땐 너도 특이하거든?"

양자는 이 층 침대 위로 올라갔다. 슬슬 봄이 찾아오는지 간밤에는 두꺼운 이불 없이도 춥지 않게 잘 잤다. 하지만 그날은 왠지 쉽게 잠들 수 없었다.

"불 끈다."

양자가 대답하기도 전에 예진의 손이 먼저 움직였다. 예진은 늘 말보다 행동이 먼저 앞선 아이였다. 그래서 뭐든 제 몫을 잘 챙겼다.

어린 시절 양자가 남자애와 몸싸움을 했던 이유도 따지고 보면 다

예진이 때문이었다. '저 남자애가 내 머리띠를 가져갔어', 양자는 그 말 한마디에 저보다 머리가 하나는 더 큰 남자애에게 몸을 날렸다. 실상은 남자애가 가져갔던 머리띠 주인이 예진이 아니라 다른 여자아이였지만. 어쨌든 예진은 그 머리띠를 쟁취했다. 갖고 싶은 것은 꼭 갖고야 마는 아이였다.

예진은 공부에 큰 흥미가 없었지만, 양자는 달랐다. 그녀에게는 고등학생이 되어서도 칼같이 자른 단발을 하고 어려운 수학 문제를 푸는 하루하루가 그저 기쁨이고 즐거움이었다. 그녀를 돌봐주는 숙모의 잔소리가 차라리 공부나 하라는 것이었다면 좋았을 것이다. 하지만 항상 삶은 양자의 뜻대로 흘러가지 않았다.

"아니, 돌돌이를 그라고 엉성하게 말면 컬이 안 산당께?"

외숙모는 양자를 앉혀 두고 파마에 쓰는 롤 로드를 양자의 앞머리에 바싹 당겨 말았다. 눈물이 찔끔 날 정도로 두피가 당겼지만 양자는 입을 꾹 닫고 참아냈다.

"요 봐라, 요. 이라고 해야 컬이 살제."

"하지만 다들 아프다고 하던데요."

"대충 했는디 나중에 헐렁해졌다고 다시 와블믄 다 우리 손해여."

양자는 꽉 끼는 브래지어 끈이 답답해 손으로 잡아당겼다. 중학생 때부터 입던 것이라 조이다 못해 살이 보기 싫게 삐져나왔지만 숙모는 신경도 쓰지 않았다.

"슈퍼 아줌마랑 보험 아줌마는 7호로 말고, 할매들은 무조건 10호여."

양자는 얇은 로드들을 만지며 고개를 끄덕였다. 이 정도를 기억하는 것쯤이야 양자에겐 식은 죽 먹기였다. 하지만 예진이는 번번이 실수했고, 나중에는 은근슬쩍 도망쳤다.

숙모의 출장 미용업은 꽤 성황이라 어느 아파트 몇 호에 뜬다, 하면 그 집은 머리에 랩을 감은 아줌마들로 가득 찼다. 게다가 숙모는 남대문에서 미용 재료와 함께 떼오는 수입 화장품의 부수입이 제법 쏠쏠했는지 삼촌 몰래 금붙이들을 사 모았다. 그리고 아무도 모를 만한 장소에 숨기려 한 듯했지만, 양자는 숙모가 쌀독 깊은 곳에 다섯 돈짜리 금 열쇠 하나를 넣어둔 걸 알고 있었다.

'언제 커서 언제 갚을래?'

삼촌과 숙모는 늘 입버릇처럼 말했다. 숙모의 미용 일을 도우면 조금이라도 갚게 될 줄 알았지만, 몸과 머리가 커 갈수록 양자는 갚는 것보다 빌릴 일이 더 많아졌다. 그러다 보니 숙모는 점점 양자가 자신의 일을 돕는 게 마땅하고 당연하다 여기며 출장에 끌고 다녔다.

"야, 니는 그냥 가서 손님들 머리나 깎기라."

딴생각에 잠긴 양자의 손놀림이 맘에 들지 않았는지 숙모는 화장실로 떠밀었다. 시큼한 중화제 냄새에 절로 인상이 찌푸려졌다.

파마약이 얼마나 독한지, 구불구불해진 머리카락들을 헹구다 보면 눈알이 시큰거리고 손끝이 따끔거렸다. 하지만 양자는 내색하지 않았다. 그저 이렇게라도 조금씩 갚을 수만 있으면 다행이라고 생각했다.

"아따, 진철아! 안 돼야!"

막 국민학교에 입학한 막내 진철이가 양자를 따라 화장실로 들어가려 하자 숙모가 황급히 막아섰다.

"숨 쉬었냐? 코 막아 얼른."

진철이는 점토로 대충 반죽해 붙여 놓은 것 같은 코를 고사리손으로 틀어쥔 채 제 엄마에게 안겨 사라졌다. 양자는 그 모습을 보면서 시큰한 두 눈을 끔뻑거렸다.

"빨리 헹궈줘요. 목 아파 죽겠네."

양자는 미지근한 물을 틀어 어정쩡하게 세면대에 기댄 슈퍼 아줌마의 머리카락을 빠르게 헹궜다.

"예진이는 또 어디 가브렀냐?"

"예진…… 언니는 오늘 당번이라서 늦는대요."

숙모가 기습적으로 묻는 바람에 양자는 헛기침까지 하며 가까스로 위기를 모면했다. 예진의 변명을 대신 해주었지만, 아마 지금쯤 친구들과 빵집에 있거나 새로 나온 음악을 들으러 레코드 가게로 구경 갔을 것이다.

양자는 예진이가 펑펑 써대는 일 분 일 초가 다 아까웠다. 이 집에 대학 갈 사람이라곤 숙모의 품에서 얄밉게 코를 쥐고 있는 삼촌의 하나뿐인 아들 진철뿐이었다. 그러나 장담컨대 이 집에서, 아니 이 동네에서 가장 머리가 좋은 사람은 자신일 거라고 양자는 확신했다.

그래서 양자는 최대한 중화제 냄새를 맡지 않기 위해 숨을 참아가며 아줌마들의 머리를 감겼다.

계단을 천천히 내려가던 요한 신부가 걸음을 멈추고 지그시 눈을 감았다.

"그때도 셋이서 이렇게 성당을 한 바퀴 돌았죠. 저희는 급한데 신부님께서만 느긋하셔서 얼마나 속이 탔는지 모릅니다."

요한 신부는 어정쩡하게 선 채 계단 벽에 난 작은 창문의 햇빛을 즐기고 있었다.

그에 반해 양자는 조바심이 났다. 홀로 여유로운 요한 신부를 애써 기다리며 말을 이었다.

"증인들을 세워놓고 올라온 거라 마음이 급했죠. 지금도……."

"그래요. 서두릅시다."

눈을 뜬 요한 신부의 태도가 갑자기 달라졌다. 마치 혼인 성사 전 정이수와 양자를 앞에 두었을 때처럼 단호하지만 혼란스러운 얼굴을 했다.

"두 사람의 혼인은 쉽게 결정할 사안이 아니지만. 워낙 촌각을 다투는 일이니."

그때와 똑같은 말투에 양자는 주위를 둘러보았다. 불행인지 다행인지 당장은 정이수가 없었다. 오로지 양자와 요한 신부뿐이었다.

그렇담 아래 있는 걸까? 본당까지는 한 층 정도 남은 상황. 양자의 마음이 급해졌다. 하지만 급해진 건 그녀만이 아니었다.

"증인은 모셨습니까? 축성 받을 반지는요? 서류는 준비됐습니까?"

"긴박하긴 했지만 모두 준비했습니다."

제 입에서 저절로 흘러나오는 대사에 양자는 미간을 찌푸렸다.

"그래요, 미리암 자매님 상황은 이미 알고 있죠."

양자는 자기도 모르게 배에 가만히 손을 가져갔다.

"그럼 갑시다."

서두르는 요한 신부의 뒤를 따라 본당 앞에 도착했다. 거기 스무 살 예진과 지금보다 훨씬 젊은 얼굴의 선묵이 서 있었다.

양자는 젊은 예진의 얼굴을 보자마자 우뚝 서버렸다.

마흔아홉의 양자와 비견해 공포스러울 정도로 젊고, 아름답고, 활기가 넘쳤다. 그 얼굴에 맴도는 사악한 기운까지도 고스란히 느껴졌다. 한 발짝도 뗄 수 없었다.

"괜찮아? 다 잘 될 거야. 너무 걱정 마."

예진은 측은하다는 표정을 하곤 성큼 다가와 양자의 등을 쓸어내려 주었다. 예진의 목소리와 손짓에 떠밀려 양자는 내키지 않는 발을 더듬더듬 내디뎠다.

"이수 오라버니가 빠르게 결정해줘서 참 다행이다, 그치?"

그녀의 손이 훑고 지나간 등이 뜨겁다 못해 활활 타는 듯했다.

"안 그래도 엄마가 너 찾으면 죽여 놓겠다는 거 간신히 달래고 왔어. 그러게 그 다섯 돈짜리 열쇠는 손대지 말지. 다른 건 몰라도 그 열쇠는 엄마가 종종 들여다보는 거였단 말야."

예진은 누가 들으면 안 되는 것처럼 귀에 대고 소곤거렸다. 양자는 얼어 있던 입을 겨우 떼고 날선 목소리로 물었다.

"나한테 왜 그랬어?"

"얘, 갑자기 그게 무슨 말이니?"

예진은 영문을 모르겠다는 얼굴로 고개를 갸웃거렸다. 그러다 본당 중앙의 십자가가 보이자 살짝 무릎을 굽히며 십자 성호를 그었다. 그 성스러운 행위 뒤에 다시 양자의 팔에 제 팔을 끼워 넣었다.

"엉뚱한 소리 말고 네 혼인 미사에 집중해."

어느새 예진과 함께 본당 중심을 가로지르는 긴 복도를 지나, 요한 신부가 있는 단상 앞에 섰다. 고개를 돌려보니 어느새 곁엔 수염도 제대로 깎지 않은 젊은 정이수가 초조한 얼굴로 서 있었다.

양자는 헛구역질이 나올 것만 같아 견딜 수 없었다. 예진의 팔을 힘껏 뿌리치고 허둥지둥 본당을 빠져나왔다. 증인으로 예진과 함께 있던 선묵은 또다시 어디에도 보이지 않았다.

"알렉시오!"

성당 안을 헤집으며 소리를 질렀다. 텅 빈 복도와 높은 천장 속에 그의 세례명이 갇혀버린 듯 울림만 공허하게 퍼졌다. 그를 찾아야 했다. 권총이 아직 그에게 있었다. 양자는 다시 선묵을 소리쳐 불렀지만 돌아오는 대답은 없었다. 그림자도 보이지 않았다.

"양자야, 너 대체 왜 이래?"

예진이 성당 안을 미친 듯이 헤집고 다니는 양자의 팔을 붙들었다.

"놔! 이 배신자."

"뭐?"

배신자라는 단어에 예진의 눈썹이 꿈틀거렸다.

"누가 누구더러 배신자라는 거야? 내가 금 열쇠를 훔쳤니, 두 남자를 사이에 두고 저울질했니? 아니면 내가 가족이나 다름없는 친구를 배신했니?"

"다 네가 부채질한 짓이잖아. 네가! 네가!"

양자는 화를 참지 못하고 예진의 멱살을 붙잡았다. 정이수와 급하게 결혼식을 올렸던 초가을 그날처럼 예진은 고급 캐시미어 카디건을 걸치고 있었다. 그 부드러운 올들이 양자의 손가락 사이사이로 파고들었다.

"네가 입고 있는 이 옷, 네 입에 들어가는 것, 네가 살고 있는 집까지 다 우리 부모님 생명 보험금과 내 위탁 보조금 때문이었다고 알려준 게 너잖아. 난 내가 가졌어야 할 걸 가져간 거야. 그렇게 부추긴 건 너라고!"

멱살을 잡힌 채로 벽에 밀쳐진 예진이 양자를 내려보며 맞받아쳤다.

"그래, 숨긴 우리 부모님이 잘못했지. 그런데 두 남자 사이에서 저울질한 건? 저 두 사람은 알까? 네가 둘 다 하고 잤다는 걸. 아, 선묵 오라버니는 알겠네."

이죽거리는 예진의 말이 다 끝나기도 전에 양자가 가냘픈 목을 틀어잡았다. 조르다 못해 예진의 목을 양손으로 잡은 채 점차 위로 들어올렸다.

"그것도 네가 꾸민 짓이잖아. 내 고민 들어주는 척, 위안하는 척하면서 내 고백을 정이수에게 잘못 전하고 오해하게 만든 게 다 너였잖아."

"그, 그래도 내 덕분에, 시, 시집은 잘 갔잖……."

공중으로 들린 예진의 발이 버둥거리며 벽을 긁고, 양자의 무릎을 걷어찼다. 그제야 자신의 머리보다 훌쩍 위로 예진을 들어 올렸단 사실을 알아차렸다. 양자는 자신의 괴력에 화들짝 놀라 손을 떼버렸다.

예진이 중심을 잃고 바닥에 널브러졌다. 한 손으로 졸린 목을 붙잡은 채로 캑캑거리다 시뻘게진 눈으로 양자를 노려보았다.

"그건 너도 예상하지 못한 거였겠지. 그래서 다시 돌아와 내 인생을 망쳐놨잖아. 완전히."

양자는 주먹질이라도 할 것처럼 눈을 부라리며 말했다.

"너랑 이럴 시간 없어."

양자는 손바닥을 털었다. 이러다간 예진이까지 죽일 것 같았다. 내 인생을 갈기갈기 찢어놓은 마녀 같은 아이였지만, 그래도 유일하게 가족 같았던 애를 제 손으로 죽일 수는 없었다. 아무리 반복되는 세상에 빠졌더라도 넘을 수 없는 선이라는 건 존재하니까.

하지만 예진은 그 선을 지킬 생각이 없어 보였다.

"난 너랑 같이 있었던 그 모든 순간들이 다 끔찍했어. 한순간도 널 가족이라고 생각한 적 없어. 넌 그저 불편한 존재였어, 매일. 어쩌다 조금 잘해준 걸 가지고 친한 척하길래 장단을 맞춰준 것뿐이야. 특히 날 따라 하기 시작하면서부터는 얼마나 소름 끼친 줄 아니? 넌 나를 따라 하지 않고서는 살아갈 수가 없었던 거야. 네 것이 단 하나도 없었으니까! 네 것은 처음부터 아무것도 없으니까!"

예진은 양자의 아주 조금 남은 애틋한 마음마저 갈기갈기 찢었다.
예진을 무시하고 돌아섰던 양자가 우뚝 멈춰서더니, 다시 되돌아와
굽어보며 말했다.

"네 미래가 어떻게 되는지 말해줄까?"

황당한 표정을 짓는 예진의 귀에 양자가 속삭였다.

"네 아비랑 똑같은 알콜중독자에 멍청한 사기꾼을 만나서 감옥에
간 그 사람 뒷바라지하느라 등골이 휜다? 네가 그렇게 싫어하던 네
엄마처럼 말야."

"아니야!"

이번엔 예진이 양자에게 달려들었다. 양자의 두 팔을 붙들고 몸으
로 밀어붙였다. 성당에 전시되어 있던 금속으로 된 십자가를 잡더니
양자의 얼굴을 향해 던졌다.

묵직한 십자가는 양자의 얼굴을 스치고 지나가 창문을 깨고 그 너
머로 사라졌다. 가까스로 피한 양자는 더 이상 예진에게 붙들려 있지
않으려고 도망치기 시작했다.

"죽여버릴 거야!"

악마 같은 울부짖음을 뒤로하고 양자는 성당 밖으로 뛰어나갔다.

어느새 하늘이 어둑해진 건지, 커다란 구름이 낀 건지 성당 주변엔
짙은 그림자가 져 있었다.

"최 선생님!"

양자는 목이 터져라 선묵을 불러댔다.

그녀를 뺀 모두가 사라진 것처럼 성당 밖은 고요하기만 했다. 숨쉬기 힘들 정도로 무거운 적막이 다리에 매달렸다.

시간을 확인하려고 핸드폰을 꺼내 들었지만 먹통이었다. 분명히 배터리를 끝까지 채워왔는데 전원이 들어오지 않았다. 차고 있던 손목시계를 보자 분침이 뱅글뱅글 돌더니 시침을 4에서 10으로 데려다 놨다.

'어떻게든 살아남으세요.'

마이클의 말이 떠오르자 더 어처구니가 없었다. 이렇게 말도 되지 않는 일들이 벌어지는 곳에서 대체 어떻게 23일이 됐는지를 확인하고, 살아남으라는 것인가?

"대표님."

코앞에 갑작스럽게 선묵이 등장하자 양자는 화들짝 놀라 옆으로 비켜섰다.

다행히 이번의 그는 함께 여기 왔던 나이 든 모습이었다. 안심한 양자는 속사포처럼 말을 쏟아냈다.

"어디 계셨어요? 여긴 아닌 것 같아요. 다시 이동합시다. 제가 잘못 생각했어요. 당신을 데려온 게 잘못이겠죠. 그냥 총만 챙겨서 혼자 오는 건데. 아니, 그러면 남편이, 정이수가 다시 나타날까 봐. 두 시간만 절 지켜줘요. 딱 두 시간만."

"맞습니까?"

선묵의 느닷없는 물음에 양자는 하던 말을 멈췄다.

"정말 제 아들입니까?"

그가 되묻자 양자는 눈을 질끈 감았다.

"왜 숨겼습니까?"

아랫입술을 깨물던 양자는 이내 눈을 흡뜨고 날카롭게 쏘아붙였다.

"가진 게 쥐뿔도 없는 놈한테 그 사실을 말하면. 지금 제 아들이 미국에 있을 수 있었겠어요?"

모진 말을 내뱉었지만, 사실 양자는 가장 먼저 선묵에게 임신 사실을 말하려고 했었다. 두 줄이 선명하게 그어진 테스트기를 보여주며 어찌하면 좋을지 상의하려고 했었다.

"왜 말 안 했습니까?"

"귀먹었어요? 당신이랑 어쩌다 한 번 했다가 그렇게 된 걸 가지고. 착각하지 마요. 당신 역할은 그저 내 필요에 따라 움직이는 것뿐이니까. 이제 와서 그 사실이 밝혀졌다고 해서 달라질 건 없어요."

선묵은 욕설에 가까운 말을 다 듣고 나서도 그녀 곁에 묵묵히 서 있었다. 늘 그래왔던 것처럼.

"두 시간 동안 날 해치려 하는 사람들을 처리해요. 그게 당신의 역할이야."

"요한 신부님을 때려눕혔던 것처럼요?"

양자는 인내심이 바닥나 선묵의 얼굴에 대고 소리 질렀다.

"진짜로 그렇게 할 줄 몰랐지! 그때 요한 신부님이 서두르지만 않았어도 내 인생이 이렇게 괴롭지는 않았을 것 같다고, 그냥 하소연으로 말했을 뿐인데 제멋대로 주먹을 날린 건 당신이잖아요! 그러다 군대로 도망쳐선 다리나 잃고……. 그게 미안해서 내가 당신을 보안요원으로 고용한 거잖아요. 그러니까 내 명령대로 해요!"

그는 움직이는 대신 물끄러미 양자를 바라볼 뿐이었다. 그의 눈이 많은 것을 말하고 있었지만, 양자는 아무것도 읽어내지 못했다. 그저 선묵도 자신의 방해물이 되었단 것만 알아차렸을 뿐이었다.

"날 방해할 거면 해! 하지만 난 어떻게든 살아남을 거고, 이 미친 세상에서 빠져나갈 거니까."

양자는 선묵에게서 최대한 멀찌감치 떨어졌다. 그는 여전히 꼼짝 않고 그 자리에 서 있었다.

"대체 날 이 지옥에 빠트린 이유가 뭐야!"

그녀가 아무리 하늘을 향해 소리를 질러도 대답해주는 목소리는 없었다.

"지랄 맞은 23일은 언제 오는 건데!"

혼자 고래고래 소리를 지르는 양자를 바라보다 선묵이 천천히 입을 열었다.

"그러니까, 다 제 탓이군요?"

양자는 더 소리 지르려다 입을 꾹 닫았다. 그의 등 너머로 화가 잔뜩 난 예진이 손에 철제 십자가를 든 채 성당 문을 박차고 나왔다. 태도를 바꾸지 않을 수 없었다.

"알렉시오, 다 당신 탓이라는 게 아니고. 일단 저기 예진이만 막아

봐요. 다 쟤 탓이니까!"

선묵은 고개를 돌려 예진을 바라봤지만, 그녀가 그를 지나쳐 지나갈 때까지 어떠한 행동도 취하지 않았다. 그저 방관자처럼 지켜보고만 섰다. 마치 심판을 받게 하겠다는 듯.

"안 막고 뭐 해요!"

양자는 성큼성큼 다가오는 예진을 피해 뒷걸음질 치다 그만 돌부리에 걸려 넘어졌다.

"쟤가 날 죽일 거라고요!"

울부짖음에 가까운 비명에도 선묵은 요지부동이었다.

"그러게 남 탓 좀 그만하지 그랬어."

예진은 빈정거리며 양자의 위로 올라타 손을 번쩍 들었다. 그녀의 손에 들린 십자가의 끝이 가로등 불빛에 번뜩였다. 양자는 양팔로 머리를 감쌌다.

뾰족한 십자가의 끝이 양자의 양손을 뚫고 몸에 파고들었다. 금속이 꿰뚫는 날카로운 고통 속에서도 양자는 중얼거렸다.

이 정도로는 죽지 않아. 이 정도로는 죽지 않아. 이 정도로는.

양자는 이를 악물고 타이밍을 재다, 십자가가 뽑혀 나갈 때 올라타 있는 예진을 힘껏 밀쳐냈다. 어디서 나온 힘인지, 밀쳐진 예진은 몸이 붕 떠 멀리 내던져졌다.

예진은 바닥을 구르더니 마당에 엎어진 채로 앓는 소리를 냈다.

난투극을 모두 지켜본 선묵이 품속에 숨겨둔 총을 꺼내 양자에게 겨눴다.

"난 당신 해치고 싶지 않아."

양자는 피가 뚝뚝 흐르는 손바닥을 휘저으며 말했다. 심장이 두근
거렸다. 영화에서처럼 총알도 피할 수 있을 것 같은 알 수 없는 자신
감이 차올랐다.

"내가 많은 걸 바란 게 아니잖아요. 그냥 지금처럼 내 곁에 있으라
고요, 23일이 될 때까지만."

선묵에게 조금씩 다가가며 양자는 최대한 부드러운 어조로 그를
어르고 달랬다. 선묵이 들고 있는 총만 빼앗으면 그녀의 생존을 위협
하는 것은 모두 제거될 터였다.

"그동안 말하지 않아서 미안해요."

거의 총이 손에 닿을 정도로 가까이 다가간 양자는 걸음을 멈추고
말을 이었다.

"나랑 바다 보러 갔던 거 기억나요? 그날 우리 행복했잖아요."

살짝 흔들리는 총구를 보자, 양자는 이제 뭐든 가능할 것 같았다.
고개를 내려 시계를 확인하고 싶은 마음이 굴뚝같았지만 참았다. 거
의 다 왔으니 이제 와서 망치지 말자는 마음에 조급해졌다.

"끝까지 날 지켜주겠다면서요. 무슨 일이 있어도 내 곁에 있어 주
겠다면서요."

내내 침묵을 지키던 선묵의 눈이 지그시 감겼다. 그리고 다시 떴을
때, 그 속엔 서늘한 기운만이 남아 있었다.

"그러면…… 그렇게 떠나지 말았어야죠."

양자가 말을 덧붙이기도 전에 총성이 울렸다.

그녀는 아무런 말도 못 한 채 뒤로 느리게 넘어가며, 자신의 이마에 뚫린 구멍에서 방울지는 피가 공기 중에 흩어지는 것을 바라만 봐야 했다.

그렇게 그녀에게 일흔아홉 번째 어둠이 찾아왔다.

카트를 끌고 나오는 사람들 속에서 선묵은 동민과 빅토리아를 알아보고 다가왔다.

"기다리고 있었습니다."

깔끔한 검은 양복 차림을 하고 능숙한 영어로 자신을 맞아주는 중년 남자의 등장에 빅토리아는 당황한 것 같았다. 서둘러 인사부터 하고 동민을 팔꿈치로 콕 찔렀다.

"자기 설마 크레이지 리치 아시안 이런 거야?"

"그런 거 아냐."

빅토리아는 수상하다며 동민을 향해 눈을 흘겼다.

선묵의 에스코트를 받으며 검은 세단 안에 들어서니 샌들우드향 방향제가 은은하게 풍겼다.

"지금이라도 솔직히 말하면 더 놀라지 않을게. '대부'처럼 한국 마피아 조직의 아들이라든가."

"그런 거 아니야, 정말로."

동민은 멋쩍게 웃었다.

"당신이 말한 패밀리 비즈니스가 이런 거였구나."

빅토리아의 과한 리액션에 동민은 못 말리겠다는 듯이 머리를 흔들었다.

선묵은 두 사람이 가져온 캐리어와 짐을 트렁크에 싣고 운전석에 앉았다. 공항 주차장을 빠져나와 바다 위를 가르는 대교로 접어드니 차창 너머로 물이 다 빠진 너른 뻘이 펼쳐졌다.

"집까지는 세 시간 정도 걸릴 겁니다. 피곤하실 텐데 좀 주무세요."

"아니에요. 비행기에서 많이 자서 그런지 안 피곤해요."

"같이 오신 일행분은 춥지 않으세요? 담요가 준비되어 있는데."

선묵이 룸미러를 통해 빅토리아에게 넌지시 물었다.

"괜찮아요. 영어가 굉장히 능숙하시네요?"

빅토리아가 칭찬하자 선묵이 멋쩍게 웃었다.

"예전에 해외 파견 준비할 때 배워둔 걸 이렇게 써먹네요."

"해외 파견이요?"

동민이 금시초문이란 듯이 묻자 선묵은 별거 아닌 양 덤덤히 대답했다.

"예전에 UN PKO(평화유지작전)에 참여했었습니다."

"그러셨군요. 전혀 몰랐어요."

어색한 두 남자의 대화에 빅토리아가 끼어들었다.

"여기서 오래 일하셨어요?"

"좀 됐습니다."

선묵은 친절하지만 무뚝뚝하게 대답했다.

"동민 씨 어머니는 어떤 분이에요?"

빅토리아의 질문에 오히려 당황한 건 동민이었다. 선묵은 대답하지 않고 그저 묵묵히 운전에 집중했다.

"당신, 호기심이 너무 지나쳐."

동민은 조금은 경고하는 듯한 음성으로 말했다. 빅토리아는 뭐 어떠냐며 어깨를 으쓱였다.

"인사드리기 전에 나도 정보를 좀 알고 싶어서 그렇지. 당신은 어머니 얘기만 나오면 대화를 피하잖아."

"여기서 이러지 말자."

동민은 곁눈질로 선묵의 동태를 살폈다. 그는 아무것도 듣지 못했다는 듯 정면만 응시할 뿐이었다.

빅토리아는 어색해진 분위기에 두 눈을 감으며 말했다.

"도착하면 깨워줘."

비행기에서 내내 잠만 잤던 빅토리아가 갑자기 잠이 올 리 없었다. 하지만 동민도 말을 얹지 않았다. 그저 창밖으로 지나는 풍경을 보며 어떻게든 선묵과 다시 말을 섞지 않게 되기만 바랄 뿐이었다.

동민은 불편한 자세를 고쳐 앉았다. 선묵은 자신이 미국으로 떠날 때쯤 정요에 보안요원으로 취직한 사람이었다. 말도 한 번 제대로 섞어본 적 없는 사람과 어머니에 대해 이러쿵저러쿵 떠들고 싶지 않았다. 그런 마음을 읽었는지 선묵은 어색한 침묵을 꿋꿋이 이어갔다.

지루하게 반복되던 창밖 너머로 처참하게 뭉개진 동물 사체가 순식간에 휙 지나갔다. 반사적으로 사체를 좇아 고개를 돌렸다. 동시에 동민의 머릿속에 어릴 적 기억이 스쳤다.

한적한 차도 한가운데 네 발을 하늘 위로 쭉 뻗고 누운 라쿤의 코와 입엔 검붉은 피가 엉겨붙어 있었다. 짧은 경련과 함께 길쭉한 코끝이 계속해서 씰룩였지만, 곧 숨이 끊어지려는지 가느다란 숨만 겨우 이어졌다.

평소대로 스쿨버스에 타고 있었다면 보지 못했을 장면이었다. 그러나 그날은 버스를 타지 않아 동민은 차분히 근처에 앉아 라쿤이 죽어가는 모습을 지켜볼 수 있었다. 미국에서는 어린이가 혼자 하교한다는 건 감히 있을 수도 없는 일이었지만, 아직 어린 동민이 그 사실을 알 리 없었다.

동민이 버스에 타지 않은 이유는 단순했다. 혼자서 가만히 생각할 시간을 원했다. 또래답지 않은 행동이었지만 그 당시 동민에겐 무엇보다 혼자 있을 시간이 필요했다. 엄마와 갑자기 떨어져 생긴 아동 우울의 일종인지 몰라도, 누구의 방해도 관심도 받지 않고 오롯이 혼자뿐인 시간을 갖고 싶었다.

고모 집까지 3킬로미터나 떨어져 있었지만 두렵지 않았다. 긴 도로를 따라 오른쪽, 왼쪽, 오른쪽, 오른쪽으로 가면 도착이었다. 길은 잘 외우고 있고, 무사히 도착하기만 하면 아무 문제 없으리라. 결심한 동민은 하교하는 버스에 오르는 행렬에서 슬며시 빠져나왔다.

라쿤의 숨은 쉽게 끊어지지 않았다. 동민은 그 끈질긴 생명력에 감탄했다. 고모 집에서 함께 살고 있는 큰 개 올리버가 떠올랐다. 거의 동민과 비슷한 햇수를 살았다는 올리버도 나이 탓에 조금만 움직여도 호흡이 얕고 빨라졌다.

힘껏 뛰어다니는 걸 버거워하면서도 올리버는 동민에게 공을 물고 와 꼬리를 흔들곤 했다. 동민이 곁에 있는 시간엔 노년의 개는 쉬지 않고 움직였다. 올리버는 다른 개들에 비해 영리한 편이긴 했지만, 멍청할 정도로 인간을 사랑하는 건 일반적인 개와 다를 바 없었다.

라쿤의 배가 크게 한 번 들썩이더니 그대로 멈췄다. 한 생명이 소멸하는 과정을 다 지켜본 동민은 다시 길을 따라 걸었다.

고모 집에 도착했을 땐 어스름이 내린 저녁이었다. 집 앞에 경찰차의 경광등이 번쩍이는 걸 보고 동민은 주춤했다. 제복을 입은 경찰 둘과 고모 그리고 고모부 까를로가 나와 있었다. 어린 동민은 심각해 보이는 상황에 뒷걸음질 쳤다. 이대로 사라지면 영영 사라질 수 있지 않을까.

도망치고 싶다고 생각하던 그때, 손에서 축축한 느낌이 들었다. 올리버가 조용히 다가와 혓바닥으로 열심히 손가락을 핥고 있었다. 좌우로 흔들리는 풍성한 검은 꼬리가 등에 닿으며 부드럽게 동민의 등을 떠밀었다.

"……가자."

동민은 올리버의 작고 단단한 머리에 손을 올리고 말했다. 올리버는 알아들은 듯 컹컹 짖었다. 고모 이안이 그 소리에 돌아봤고, 까를로와 함께 허둥지둥 뛰어왔다.

"동민아!"

이안은 아무런 꾸중도 하지 않고 그저 동민을 꽉 끌어안았다.

"죄송해요."

"어디 다친 덴 없고?"

"네, 없어요."

"놀랐잖아. 스쿨버스는 왜 안 탔니?"

"그냥……."

동민은 말을 흐렸다.

"일단 들어가자."

동민은 어깨를 감싸 안은 고모의 손바닥 온기를 기억했다. 따뜻하고, 다정했다. 콧수염을 기른 고모부 까를로도 동민의 다른 쪽 어깨에 손을 얹었다.

동민이 이날을 또렷하게 기억하는 이유는 처음으로 '집'으로 돌아왔다는 기분이 들어서였다. 과연 정요에 도착했을 때도 그때처럼 '집'에 도착했다는 느낌을 받을 수 있을까? 조금은 초조해하며 동민은 속절없이 지나가는 차창 밖 풍경을 가만히 흘려보냈다.

양자의 마지막 날이 밝았다.

정말인지 아닌지 알 수 없지만, 어쨌든 마이클이 얘기했던 마지막 기회의 날이 찾아왔다. 이십 년 훌쩍 넘게 봐온 천장은 서까래의 모양이 제각각 어떻게 생겼는지 눈을 감고도 떠올릴 수 있었다. 그렇게 익숙한 천장이 오늘은 한없이 낯설게 느껴졌다.

머릿속은 그 어느 때보다 맑았다. 수많은 고행 끝에 해탈의 경지에 오른 수도승처럼 양자의 머릿속이 순식간에 고요해졌다. 그러자 거짓말처럼 눈물이 흘러나왔다. 감정이 격해진 것도 아니고, 억지로 쥐어 짜내는 것도 아닌데.

눈물은 양자의 관자놀이를 지나 귓바퀴를 타고 베개를 적셨다.

"괜찮아요?"

소리 없이 우는 양자를 보고 선묵이 몸을 일으켰다. 양자는 아무것도 모르는 그의 얼굴을 바로 보기가 어려웠다. 양자는 시선을 돌렸다.

"미안해요."

"어제도 그렇게 말하더니. 아직 술이 덜 깬 건가요?"

선묵이 아이를 달래듯 양자의 눈물을 훔쳐냈다. 거친 일을 하느라 까끌까끌해진 엄지가 양자의 피부에 닿았다.

"진심이에요. 그리고……."

양자는 다음 말을 하기 전에 숨을 골랐다.

"그날 혼자 두고 가서 미안해요."

선묵은 대수롭지 않게 말했다.

"벌써 30년 전 일입니다. 그만 미안해도 돼요."

"한 가지 더 있어요."

양자는 목구멍에 턱 걸린 말을 쉬이 뱉질 못했다.

"동민이가……."

서두를 열었지만, 뒷말이 나오는 대신 입술이 떨려왔다. 양자는 머뭇거리다 겨우 말을 이었다.

"이틀 뒤에 동민이가 한국으로 와요. 데리러 가줄래요?"

선묵은 놀랐는지 눈썹을 한 번 들썩였다.

"알겠습니다."

양자는 선묵을 그대로 두고 샤워실로 향했다. 옷을 챙겨 입은 선묵이 나가는 소리가 들렸다. 온몸에 닭살이 돋을 정도로 차가운 물줄기가 양자의 머리로 쏟아졌다.

심장이 빠르게 뛰었다. 차가운 물의 온도에 적응하기 위해 심장이 힘차게 펌프질하는 게 느껴졌다. 나는 살아있다. 세포 하나하나가 여기 살아있다고 외치고 있었다. 이제 도망칠 곳은 없었다. 양자는 지금 일어나는 게 뭔지 몰라도, 도망치지 않고 모든 것을 마주하기로 마음먹었다.

목욕재계를 마친 양자는 가장 단정한 옷을 꺼내 입고 천천히 계단을 내려갔다.

막 출근한 천안댁이 사랑채의 부엌으로 들어가는 걸 보고 그대로 지나쳐 가마실로 향했다.

여로의 카피 초벌본이 가마 대차 위에 켜켜이 쌓여 있었다. 눈부시게 하얀 자태로 가지런히 놓여 있는 찻잔 중 하나를 집어 들었다. 유약을 바르지 않아 흙의 꺼끌꺼끌한 질감이 그대로 느껴지는 컵을 양자는 그대로 바닥에 떨어트렸다. 퍼석, 힘없이 조각난 컵을 그대로 밟아버렸다. 벽의 작은 창문에서부터 쏟아지는 노란 아침 햇살 사이로 하얀 흙먼지가 슬쩍 피어올랐다가 가라앉았다.

양자는 심호흡을 크게 한 뒤 초벌기가 적재된 널빤지를 양손으로 잡고 옆으로 쓰러트렸다. 여로의 카피본이 전부 바닥에 떨어지고 서로 부딪히며 산산조각 났다.

앞이 보이지 않을 정도로 뿌옇게 피어오른 먼지구름을 뚫고 양자는 유유히 가마실을 나섰다.

도자기 깨지는 소리에 선묵이 컨테이너에서 튀어나왔다. 그는 소란의 범인이 양자임을 확인하고 몸에 잔뜩 준 힘을 풀었다.

"이게 다 무슨 일입니까?"

양자는 몸에 붙은 먼지들을 탁탁 털어냈다. 선묵도 다가와 양자의 머리카락에 내린 흙먼지를 조심스럽게 털어주었다.

"아침부터 평소와 많이 다르시네요."

선묵의 걱정에 양자는 씁쓸한 표정을 지었다.

"다르죠. 다를 수밖에 없죠. 당신도 아마 나와 같은 처지에 놓였다면 달랐을걸요."

어정쩡하게 서 있는 선묵을 그대로 두고 양자는 계단을 내려가며 덧붙였다.

"하나만 약속해줘요. 내게 무슨 일이 생겨도 동민이를 끝까지 챙겨 줄래요?"

선묵은 아무 말도 하지 않았다. 대신 갑자기 이상하게 구는 양자에 게서 불길한 낌새를 느꼈는지 그녀의 어깨를 잡았다.

"무슨 일 있어요? 왜 자꾸 어디 멀리 갈 것 같은 사람처럼 굽니까?"

"솔직히 말할게요. 전 미국으로 갈 거예요. 일자리 걱정은 말아요. 정요는 어쨌든 공기관에서 관리하게 될 거고, 그땐 당신이 여길 맡아 서 관리하면 돼요."

"갑자기 미국이라뇨?"

양자의 말을 듣고도 선묵은 놀라지 않는 것 같았다. 하지만 그의 가슴 근육이 부풀고 숨소리가 약간 빨라졌다는 점에서 화났다는 것 을 알 수 있었다.

"일단 오늘 하루를 보내고, 내일 다시 얘기해요. 내일 꼭 전부 제대 로 얘기해줄게요."

양자는 주먹을 꽉 쥐고만 서 있는 선묵을 두고 마당을 가로질렀다.

귀가 찢어질 것같이 거센 매미 울음소리가 가뜩이나 어지러운 머 릿속을 헤집었다.

그 와중에도 양자는 차라리 여름이라서 다행이라고 생각했다. 여 름은 양자가 가장 좋아하는 계절이었다. 생명이 스러지고 잠드는 가 을과 겨울은 싫었고, 만물이 태동하는 봄은 부담스러웠다. 혼자 있어 도 외롭지 않은 유일한 계절이 여름이었다. 정요의 정문으로 향하는 계단에 홀로 서서 양자는 여름을 만끽했다.

앞으로 어떤 상황이 더 펼쳐질지 모르겠지만, 어쩌면 지금 머리 위에 떠 있는 뭉게구름을 보는 것도 마지막일지 모르겠단 생각을 하며 계단 아래로 발을 내디뎠다.

그 순간.

양자의 발등 위로 구름 그림자가 쏜살같이 지나갔다.

이상한 현상에 양자는 고개를 들고 다시 한 계단 걸음을 옮겼다.

하늘이 빠르게 움직이고 있었다. 그것도 양자의 계단 내려가는 속도에 맞춰 해가 기울어갔다.

정문까지는 총 열두 계단이었다. 계단을 내려갈수록 하늘이 실시간으로 푸르게 빛나다가 붉게 물들었다가 점차 검어졌다.

마침내 마지막 계단에 다다랐을 땐 사방에 온통 어둠이 내린 뒤였다.

그 어둠 속에서 정문 입구에 서 있는 사람의 안광이 빛나고 있었다. 양자는 바짝 마른 입술을 간신히 열었다.

"여보, 그렇게 서 있지 말고 들어와요."

정문 입구에 서 있는 사람을 향해 양자가 손을 흔들었다.

그는 손짓에 이끌리듯 천천히 다가왔다. 어두운 탓에 정이수의 얼굴을 알아보기가 힘들었다. 양자는 일부러 눈을 몇 번 감았다 떴다. 그리고 드러난 정이수의 모습에 양자는 놀라 입을 틀어막았다.

"으, 으…… 으으, 으"

정이수의 몰골은 여태껏 본 것 중에 최악이었다. 사람이라고 봐주기도 어려웠다. 기괴하게 비틀린 형태는 둘째치고, 비틀대며 다가올수록 참기 힘든 악취가 양자를 뒤로 물러서게 했다.

두 눈이 있어야 할 곳에는 흙이 가득 들어차 있었다. 등딱지가 딱딱한 벌레들이 연신 몸 속을 파고들었다 나오기를 반복했다. 한 걸음씩 뗄 때마다 군데군데 썩다 만 옷가지와 살점들이 바닥에 떨어졌다. 끈적해 보이는 게 마치 달팽이 진액 같았다.

"이게 대체 무슨……."

성대마저 다 썩어버린 건지, 정이수는 짐승 소리를 내던 것도 멈추고 허물어지는 입만 벌린 채 다가왔다. 양자는 손목시계를 확인했다. 자정까지 10분 정도 남아 있었다.

슬금슬금 물러서며 어떻게 이 상황을 넘어가야 할지 머리를 굴렸다. 양자는 느린 좀비처럼 다가드는 정이수를 피해 계단 난간을 붙잡았다. 그의 손아귀에 잡히지 않기 위해 계단을 뛰어 올라가자, 어둑한 하늘이 다시 붉은색으로 밝아지는 게 느껴졌다. 여덟 칸을 올라갔을 때서야 양자는 변화를 깨닫고 멈춰섰다.

"젠장."

양자의 손목시계도 시간이 되돌아가 오후 7시 반을 가리켰다. 그녀는 하늘과 시계를 모두 확인하곤 아, 절망하듯 한숨을 터트렸다. 다시 심호흡을 하고 양자는 돌아서서 힘겹게 손을 뻗었다. 팔을 내민 채 허우적거리는 정이수의 열 손가락에 깍지를 끼웠다.

손가락 사이로 찐득하고 물컹한 살점이 밀리며 앙상한 손가락뼈가 만져지자 목덜미가 쭈뼛 섰다.

"나도 이러고 싶지 않아."

계단 위로 밀고 올라오는 정이수를 힘으로 누르며 양자는 다시 한 계단씩 시간을 뒤로 보냈다. 산등선을 넘어간 해가 마지막 빛을 발하며 정이수의 얼굴과 몸을 비췄다.

미라처럼 말라버린 하반신과 오장육부가 있었을 공간은 뻥 뚫려 뒤가 보일 지경이었으며, 진흙과 한데 엉켜 떡진 머리카락이 두개골에 간신히 매달려 있었다. 그리고 더 이상 정이수라고 부를 수조차 없는 해골이 아래턱을 딱딱거리며 양자의 얼굴을 물어뜯기 위해 꺼떡거렸다.

양자는 발끝에서부터 온몸에 힘을 줘 그를 밀어냈다. 뼈가 으스러지도록 꽉 움켜쥐었지만, 뼈가 부러지지도 뒤로 밀리지도 않았다.

"제발 내려가서 얘기해."

단화의 밑창이 돌계단에 밀려 발바닥에서 후끈한 느낌이 들 정도였다. 양자는 정이수의 앙상한 손가락뼈를 쥐고 있던 손을 고쳐 잡았다. 두 눈을 꼭 감고, 어깨와 팔에 더욱 힘을 주었다. 폐를 풍선처럼 부풀리자 심장 뛰는 소리가 귓가에 둥둥둥 울렸다.

눈앞의 이 괴물은 정이수가 아니다. 내가 기억하는 정이수는 이런 모습이 아니다. 속으로 몇 번이나 되뇌었다. 그러자 거짓말처럼 깍지 낀 정이수의 손가락에서 온기가 느껴졌다.

"왜 그랬어?"

정이수의 목소리가 들려오자 양자는 눈을 번쩍 떴다. 흙으로 가득 차 있던 눈구멍에는 다시 생기가 도는 검은 눈동자가 특유의 부드러운 눈매로 양자를 응시하고 있었다. 지금까지 있었던 모든 일을 꿰뚫어 보는 것처럼.

양자는 세게 쥐었던 손깍지를 서서히 풀어냈다. 그리고 자신의 목구멍을 통해 흘러나오는 문장을 칼을 하나씩 뽑듯 토해냈다.

"미안해요."

여전히 그에게선 썩은 흙냄새가 진하게 풍겼다. 그 냄새가 마치 그간 애써 부정하며 살아왔던 후회의 냄새와 닮아, 양자는 풀어낸 두 손으로 그의 목을 감았다.

살아남으라던 마이클의 목소리가 머릿속에 맴돌았지만, 동시에 지옥이 되어버린 지금의 삶을 유지하고픈 마음은 들지 않았다. 어떻게든 8월 23일로 넘어가게 된다고 해도, 다시 새 사람처럼 그동안 벌인 일들을 다 없었던 것으로 만들 수는 없는 노릇이었다.

여섯 살 때 부모님을 잃고 삼촌이라 따르던 사람에게 죽을 뻔했었다는 이유로, 그것을 방패 삼아 다른 사람들을 속이고 이기적으로 살아도 된다는 착각에 빠져 있었다. 그 모든 게 전부 그동안 죄책감과 불안을 숨기기 위해 스스로에게 해왔던 비겁한 변명이자 핑계였음을 이제야 비로소 깨달았다.

그런 자신의 모습이 죽도록 부끄럽고 미워서. 그런데도 살고 싶다는 생각을 놓지 못하고 있는 게 서글퍼져서. 양자는 자신의 죄악이 되어버린 정이수의 목을 꽉 껴안았다.

"미안해, 여보. 사실대로 말하지 못해서, 바로잡지 못해서 미안해······. 그런데 곧 동민이가 와. 내가 오늘 하루를 넘기고 내일로 가야 동민이를 만날 수 있어. 우리 아들, 그 애는 아무 잘못이 없잖아. 사과만 할 수 있게 해줘. 제발 동민이에게 미안하다고만 말할 수 있게 해줘."

그리고 양자는 그 자리에서 있는 힘껏 발을 굴렀다. 몸이 붕 뜨며 계단 아래로 떨어지는 순간이 마치 영원처럼 느껴졌다.

마지막 떠올린 사람이 눈앞의 망자가 아닌 아들, 동민이어서 얼마나 다행인지 몰랐다. 정이수에게 한 말은 유언이나 마찬가지였다. 죽기 전에 꼭 하고 싶었던 말. 그 말을 적어도 이 운명의 순간에나마 남길 수 있었다.

이번에 죽으면 다시 깨어나지 않겠단 생각이 본능적으로 들었다. 비겁하게도 만약 이대로 죽어 고통의 굴레를 끊을 수만 있다면, 그게 어느 쪽으로든 제게 평화와 안식을 가져다주리란 생각을 했다. 양자는 두 눈을 질끈 감았다.

그와 동시에 하늘은 다시 어둠으로 뒤덮였다. 어슴푸레 핏빛을 띠는 밝은 보름달이 획 하고 나타나 스포트라이트처럼 바닥으로 떨어지는 양자를 쫓았다.

하늘과 함께 공간마저 뒤흔들리는 착각이 일었다. 위가 아래로, 아래가 위로.

곧 양자의 몸이 허공에서 바닥으로 쿵 떨어졌다. 분명 거친 돌계단에 부딪혀 온몸이 부서지고도 남을 높이였는데, 양자에겐 평지에서 넘어진 것처럼 가벼운 충격만 전해졌다.

어리둥절한 표정으로 일어난 양자는 몸부터 더듬었다. 이해할 수 없지만 멀쩡했다. 안고 있던 정이수도 어디론가 사라지고 없었다.

"이쪽으로 내려오세요."

들어본 적 있는 목소리였다. 양자가 고개를 들자 계단 위에 마이클이 보였다. 그를 발견하자마자 양자는 손목시계를 확인했다. 시침과 분침이 12시에 닿아 있었다.

산다고 하려면 죽고, 죽으려고 한다면 산다는 말이 사실이었던 건지. 양자는 허탈한 마음으로 대답했다.

"당신이 나보다 더 위에 있는데 어떻게 내려가라는 거예요?"

양자는 마이클을 올려다보며 다시금 주위를 둘러봤다. 정이수가 사라진 것 말고는 아무것도 달라 보이는 게 없었다. 마이클이 있는 곳으로 가기 위해 양자는 계단에 발을 올렸다.

아니, 내렸다.

분명히 올렸는데, 내린 것이 되었다. 양자는 자기도 모르게 발밑을 내려다보았다. 발을 앞으로 밀어보면 분명히 발끝에 위로 솟아오른 계단이 닿았다. 그러나 위로 내디딜 때 발에서 느껴지는 건 계단을 내려가는 중력감이었다. 이 기묘한 느낌에 양자는 멀미가 날 것처럼 속이 울렁거렸다.

열두 개의 계단을 오르는 동안 양자는 세상이 이 계단을 중심으로 회전한다고 느꼈다. 한 계단씩 몸과 영혼이 분리되는 기분이었다. 마침내 마이클과 눈높이가 같아지자 양자는 마지막 계단에서 그가 있는 곳으로 '내려올' 수 있었다.

도착하자마자 양자는 무릎을 꿇고 속을 다 게워냈다.

"기분 탓이에요. 실제로 토할 수 있는 건 아니거든요."

마이클은 그게 마치 위로라는 듯 양자의 어깨를 가볍게 토닥였다.

그는 양자가 온 곳을 손가락으로 가리키며 말했다.

"보세요. 여기서 보면 저쪽이 위죠?"

양자는 겨우 고개를 들어 마이클이 가리킨 방향을 쳐다보았다. 정말로 그녀가 서 있었던 정문이 위에 있었다. 세상이 뒤집힌 것처럼 거꾸로 놓여 있었다.

마이클은 주저앉은 양자에게 손바닥을 내밀었다. 양자는 일이라고는 평생 해본 적 없어 보이는 매끈한 손바닥을 잡고 일어났다. 그가 양자를 사랑채 마당으로 이끌었다. 그의 손을 잡고 도착한 마당에서 양자는 곧 펼쳐진 비현실적인 광경에 넋을 놓았다.

마이클이 허공에 두어 번 손끝을 찍어내자 그림으로 그려놓은 것처럼 하얗고 동그란 점 두 개가 공중에 생겨났다.

이어 마이클이 손을 오므렸다가 튕겨 펼쳐내는 손짓을 하니 두 점은 다시 사선으로 일정 간격을 유지하며 길게 늘어나 선이 됐다.

두 개의 사선은 서로를 향해 뻗어나가 누운 마름모꼴의 하얀 면으로 변했다. 거대한 퍼즐의 한 조각이 빠진 것 같은 모습에 양자는 떡 벌어진 입을 다물지 못했다.

"저는 직접적으로 양자 씨의 '디멘시아'를 끝내는 데 도움을 줄 수 없었어요. 모든 것은 양자 씨가 스스로 해낸 거예요. 번데기가 자신의 껍질을 찢고 나와 바깥세상을 마주하듯 양자 씨는 본인의 허물을 스스로 벗으셨어요."

그가 하는 말은 좀처럼 알아듣기 어려웠지만, 양자는 우선 침착하게 다음을 물었다.

"이제 어떻게 되는 거죠?"

"또 토할 것 같다고 느끼셔도 그건 다 기분 탓이니까 최대한 마음을 비워보세요."

마이클은 엉뚱한 소리를 하며 양자를 하얗게 광채가 나고 있는 면 앞에 세웠다.

"여기서부터 진짜 시작입니다. 그럼 너머에서 만나요."

마지막 말을 남긴 채 마이클은 빛의 속도로 사라졌다.

마이클이 사라지자 양자는 정신을 차렸다. 조심스레 눈부시게 하얀 면의 앞뒤를 살펴보았지만, 종잇장보다 더 얇은 벽은 아주 예리한 각을 세운 채 한 치의 흔들림 없이 공중에 떠 있었다.

곧 양자는 주변이 이상하리만큼 고요하다는 걸 깨달았다. 고요하다는 단어로는 부족했다. 모든 것이 멈춰버린 세상 속에는 여태껏 단 한 번도 들어보지 못한 침묵만이 있었다.

문득 동민을 떠올렸다.

'동민이 귀가 멀게 되었을 때 이런 기분이었을까.'

양자는 빛의 문 앞에 서서 새로운 죄책감과 마주했다. 어디로 통하는 벽인지는 모르겠지만, 최소한 아들의 얼굴을 다시 보고 진실을 말할 수 있게 되는 곳이길 바라며 양자는 마지막으로 적막한 정요를 눈으로 훑었다.

가장 꼭대기에 있는 별채에서부터 서서히 빛이 사라지기 시작했다. 시커먼 어둠이 하나씩 삼키는 모양새였다.

안채도 순식간에 시야에서 사라지더니 점차 양자의 가까운 곳까지 어둠이 쫓아왔다.

어둠에게 발목을 잡히기 바로 직전, 양자는 빛의 벽을 향해 뛰어들었다.

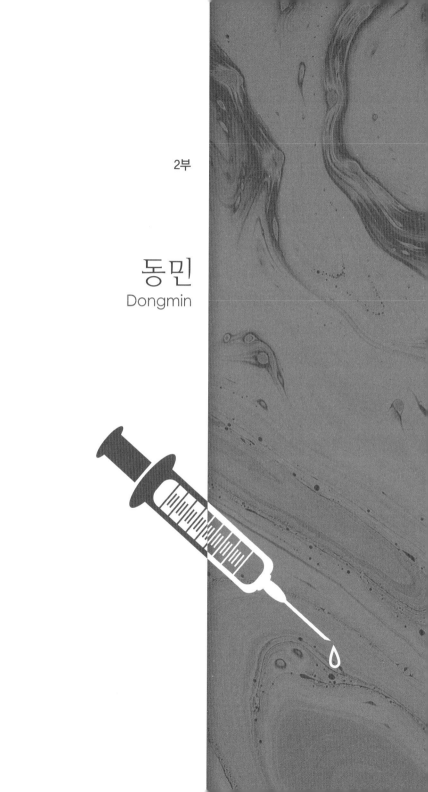

2부

동민
Dongmin

끝없는 바닥으로 추락하는 동시에 누군가 계속 위로 잡아당기는 탓에 좀처럼 제대로 서 있을 수 없었다. 숙취보다 더 지독할 정도로 머리가 빙글빙글 돌더니, 얼마 지나지 않아 단단한 지면에 발이 닿았다.

갑작스레 다시 중력을 느끼자 멀미가 일었다. 어지러워 그 자리에 웅크려 앉았다. 그리고 다시 신물이 올라오는 것 같아 아무것도 없는 속을 한 번 더 게우려 했다. 하지만 튼튼한 그녀의 위는 꿈쩍도 하지 않았다.

양자는 헛구역질을 몇 번 하다 손등으로 침을 닦아냈다. 일어나려고 바닥을 짚었다. 손에 잡히는 부드럽고 익숙한 잔디에 천천히 고개를 들었다. 산에서부터 은은하게 풍겨오는 아카시아 꽃내음과 몸이 부서져라 울어대는 매미 소리가 들려왔다. 또다시 정오였다.

지금 서 있는 곳은 안채 앞이었다. 양자는 계단 옆 비탈에 서서 뜨거운 햇빛에 긴 차양을 만들어내는 정요의 사랑채를 내려다봤다.

"분명히 벽을 넘었는데……."

"여기는 양자 씨의 공간이 아니에요."

마이클의 목소리와 함께 갑자기 뒷바람이 불었다.

언제 다가온 것인지 마이클이 겉옷을 펼쳐 바람을 막아주었다.

얼떨결에 마이클의 품에 안긴 양자는 그를 지그시 올려다보았다. 그는 바람을 정면으로 맞고 있었지만 단 한 번도 눈을 깜빡이지 않았다. 훤칠한 키에 조각 같은 얼굴. 그를 볼 때마다 들었던 기괴한 느낌은 거기서 기인한 듯했다.

서서히 바람이 멎자 아래서부터 캐리어 바퀴 끄는 소리와 웃음소리가 조그맣게 들려왔다. 양자는 보지 않아도 알 수 있었다. 동민이, 아들이 집에 왔다.

양자의 얼굴에 금세 화색이 돌았다. 아래로 내려가려 몸을 돌리자 마이클이 양자를 끌어당겼다.

"일단은 몸을 숨깁시다."

"동민이가 왔는데 제가 왜 숨어요!"

양자는 마이클을 뿌리치고 달려 나갔다.

정문까지는 한참 떨어져 있었지만, 양자는 세 사람의 실루엣을 보자마자 알았다. 나란히 걸어오는 검은 머리와 그 옆의 금발은 동민과 동민의 여자친구 빅토리아일 테고, 그보다 앞에서 캐리어를 끄는 건 선묵일 것이다. 양자는 계단을 성큼성큼 뛰어 내려갔다.

마이클의 말대로 반복되는 시간을 벗어난 것이다. 그런데 바로 다음 날로 넘어온 게 아니었다. 동민이 도착하기로 한 건 이틀 뒤였다. 왜 하루를 더 건너뛴 것일까? 어마어마한 하루를 겪다 보니 여간 신경 쓰이는 게 아니었다. 그러나 생각은 더 진전되지 못했다. 뒤따라 내려온 마이클이 양자의 팔을 붙잡았다.

"여기선 안 됩니다!"

마이클이 양자 앞을 막아섰다.

"비켜요."

"여기는 당신의 공간이 아니에요. 우리는 이들에게 침입자나 다름없습니다."

"무슨 말을 하는 거예요? 제가 여기 대표인데."

양자의 말이 다 끝나기도 전에 마이클은 그녀를 안채로 끌고 들어갔다.

영문도 모른 채 몸을 숨기게 된 양자는 문틈으로 황당한 장면을 목격했다.

두 사람이 숨은 안채 앞으로 박양자 자신이 버젓이 지나가고 있었다. 별채 쪽으로 올라가는 또 하나의 양자를 보며 양자는 좀처럼 입을 다물지 못했다.

정요 입구에 도착한 빅토리아는 보이는 게 다 신기한지 연신 두리번거리느라 바빴다. 빅토리아가 살던 지역엔 이렇게 산이 많지 않았다. 이백 년도 더 됐다는 이상하게 생긴 집은 그저 신비롭게만 보였다. 그런 집이 마치 동화 속 숨겨진 성처럼 산속에 들어앉아 있었다.

동민은 호기심으로 빛나는 그녀의 눈빛을 읽어내고는 졌다는 투로 먼저 물었다.

"자, 뭐부터 설명해줄까?"

"저 지붕에 까만 돌 같은 건 다 뭐야? 다 똑같이 깎아낸 거야? 집은 다 나무로 지어진 거야? 이렇게 산을 깎아도 나라에서 뭐라고 안 해? 나 허리를 어디까지 굽혀서 인사하면 돼? 90도? 아니면 더 숙여서?"

"인사는 적당히 45도 정도만 숙여도 돼. 그리고 집 위에 있는 건 기와라고 하는데, 돌이 아니고 흙을 구워서 만든 일종의 세라믹이야."

"오! 그럼 자기네 할아버지가 만든 건가?"

"글쎄, 아마 만드셨다고 해도 할아버지의 할아버지의 아버지 정도가 만들지 않았을까."

"그렇게나 오래된 건물이라고?"

빅토리아의 눈이 휘둥그레졌다. 가뜩이나 커다란 눈이 더 커지는 걸 보며 동민은 오래간만에 활짝 웃었다. 이렇게까지 좋아할 줄은 몰랐다. 동민은 함께 오길 잘했단 생각이 들어 뿌듯했다.

"하이고, 도련님!"

두 사람을 먼저 반긴 건 천안댁이었다. 앞서 올라간 선묵이 천안댁에게 귀띔한 모양이었다.

"잘 지내셨어요?"

"옆에 아가씨가 설마 여자친구……?"

"안뇽하세요, 오모니! 줘눈 빅토리아……."

"아냐. 자기, 이분은 우리 어머니가 아니야."

허리를 90도로 숙이는 빅토리아를 바로 세우며 동민은 멋쩍게 웃었다.

"이분은 할아버지 때부터 우리 집안일 봐주시는 분이셔. 집사 같은 분이지."

"어머, 죄송해요. 몰랐어요."

천안댁은 키가 저 두 배나 될 법한 서양 여자가 굽신거리자 몸 둘 바를 몰랐다. 알아들을 수 없는 영어까지 쏟아지니 난감해하며 동민을 올려다보았다.

"어머니는 어디 계세요?"

대답 대신 천안댁의 손가락이 계단 위를 가리켰다. 동민과 빅토리아의 시선이 손가락을 따라 자연히 별채에 닿았다.

"그럼 인사드리고 다시 올게요. 여사님 선물도 사 왔으니까 기대하시고요."

"아휴, 됐다니까. 뭘 올 때마다 자꾸 사다줘어."

천안댁이 팔을 휘저으며 두 사람을 떠밀었다.

"얼른 올라가봐아."

"네. 위쪽에 계신다네. 인사드리러 가자."

계단을 오르는 내내 두 사람은 말이 없었다. 빅토리아는 어쩐지 동민이 자신보다 더 긴장하고 있다는 걸 느낄 수 있었다. 빅토리아는 그의 손을 좀 더 힘주어 지그시 잡아주었다.

정요가 한눈에 다 내려다보이는 별채 앞에 다다르자, 그제야 동민은 빅토리아의 손을 놓았다.

"안에 들어가서 모시고 나올게."

"그래. 여기서 기다리고 있을게."

둘을 몰래 지켜보던 양자는 도무지 이 상황을 이해할 수 없었다. 자신에게는 이런 기억이 없다. 그런데 마치 이 일련의 흐름이 마치 '이미 일어났던 일'이 되새겨지는 것처럼 익숙하게 느껴졌다. 일전에 양자가 반복되는 하루에서 자신의 옛 기억을 다시 체험해야 했던 것처럼.

"이제 눈치채셨겠지만 여기는 동민 씨의 기억 속입니다."

양자가 눈을 부릅뜨고 마이클을 돌아봤다.

마이클은 한쪽을 잠시 응시하더니 눈을 지그시 감았다 떴다. 그러자 눈 깜짝할 새 두 사람의 주변 풍경이 바뀌었다. 비행기 안이었다.

양자는 눈을 믿을 수가 없었다. 태어나 단 한 번도 비행기를 타본 적 없지만, 곧바로 이곳이 비행기 안이라 직감했다. 시원한 온도와 은은한 승무원의 향수부터 승객들이 내뿜는 각종 체취까지 전부 생생하게 느껴졌다.

통로에 선 양자는 오른쪽 창가 좌석에 앉은 동민과 빅토리아를 발견했다. 하지만 이 안에선 그 누구도 양자의 존재를 인지하지 못하는 것 같았다.

막 잠에서 깬 동민이 잠든 빅토리아의 담요를 덮어주고 자리에서 일어났다. 오랜 비행으로 엉덩이가 뻐근한지 다리를 여러 번 폈다 접었다. 양자의 옆을 지나친 동민은 컴컴한 통로를 지나 화장실로 향했다.

양자는 홀린 듯 그를 쫓았다. 양자의 머릿속으로 동민의 복잡한 심경이 흘러들어왔다. 단순히 같은 공간에 있는 것뿐만 아니라, 모든 감각과 생각과 기억이 동민과 연결된 듯했다.

동민은 화장실에 들어서자마자 악몽을 떨쳐내려는 듯 얼굴부터 씻었다. 근래 들어 알 수 없는 괴한에게 쫓기고 살해당하는 꿈을 자주 꾸었다. 아무래도 현실에서 받는 압박감과 스트레스가 꿈에 반영되는 것 같았다.

거울 속 피곤해 보이는 얼굴을 보며 동민은 티슈를 뽑아 마저 물기를 닦았다.

'앞으로 생길 아이를 생각해서라도 이렇게 하는 게 옳아.'

동민은 속으로 중얼거리며 바지 주머니 속에서 USB를 꺼냈다.

만약 그대로 계속 미국에 있었다면 이 작은 USB는 제2의 다이너마이트, 개틀링 건이 될지도 몰랐다. 아니, 분명 그렇게 되었을 것이다. 그 위험성만 놓고 보더라도 이 USB를 당장 없애야 했다.

하지만 프로도가 절대 반지를 운명의 산으로 가져갈 때의 마음처럼, 동민은 USB를 보며 양가감정을 느꼈다. 당장에라도 없애야 한다고 생각하면서도, 계속해서 이것의 진정한 가치에 대해 다시 고민했다.

경제적 가치를 떠나 이 기술로 잃어버린 기억을, 가족을, 삶을 되찾을 수 있을 수많은 사람들을 떠올렸다. 과연 그것들을 내가 포기해도 되는 걸까? 어쩌면 누군가에겐 새로운 시작을 만들어 줄 수 있을 텐데, 그 가능성을 내가 섣불리 판단해버려도 되는 걸까?

동민은 USB를 주머니에 넣고 마음을 다잡았다. 이렇게 고민할 거면 비행기에 오른 의미가 없었다. 이미 이것의 위험성을 두 눈으로 확인했고, 그렇기에 데이빗이 다신 쫓아오지 못하도록 택한 한국행이었다. 동민은 화장실을 나와 자리에 앉을 때까지 주머니 속 USB의 불편한 존재감을 견뎌냈다.

동민이 착석하기 무섭게 비행기에서 높은음의 띵, 소리가 연속으로 세 번 들렸다. 벨트 사인이었다.

"승객 여러분, 지금 우리 비행기는 곧 인천공항에 도착합니다. 자리에 앉아 좌석벨트를 매주시기 바랍니다."

"다 온 거야?"

잠이 덜 깬 목소리로 빅토리아가 물었다.

"아마 이십 분은 더 가야 할 거야."

동민은 빅토리아의 손등에 제 손을 얹으며 말했다. 그러자 빅토리아가 반대편 손을 뻗어 다시 동민의 손 위에 얹었다.

"괜찮을 거야. 내가 있잖아, 다 괜찮을 거야."

빅토리아는 동민의 어깨에 고개를 기댄 채 중얼거리더니 다시 스르륵 잠에 빠졌다.

창으로 고개를 돌린 동민을 보며 양자는 저도 모르게 아들의 얼굴로 손을 뻗었다.

금방이라도 닿을 것 같았는데, 주변 풍경이 다시 삽시간에 바뀌었다.

이번엔 공항 입국장이었다. 여행자들의 소음과 귀국한 사람들의 발걸음 소리로 입국장은 분주했다.

양자는 노란색 낡은 캐리어를 끌고 출구로 향하는 둘을 발견했다.

"이게 다 무슨 상황이죠?"

마이클이 큰 키를 낮추며 대답했다.

"지금은 우리가 동민 씨의 단순 기억 중 하나에 있는 거예요. 의식이 있는 곳과 달리 단순 기억 속 인물들은 우리를 인지하지 못한답니다."

입국장 문이 열리자 양자는 동민을 마중 나온 선묵의 얼굴을 단번에 알아보았다. 양자가 멍하니 중얼거렸다.

"아들은 내일모레 도착하기로 되어 있었는데."

"엄밀히 말하자면, 지금은 양자 씨가 기억하는 그날에서부터 211일이 지난 때입니다."

"뭐라고요? 그게 무슨……."

양자는 자신도 모르게 목소리를 키웠다가, 선묵이 알아봤을까 싶어 황급히 고개를 숙였다. 211일이라니?

세 사람이 만나는 것을 확인하고 양자는 돌아섰다. 하지만 이내 쿵, 보이지 않는 벽에 부딪혀 더 나아갈 수 없었다.

"다른 사람의 기억 속에서는 움직일 수 있는 공간이 한정되어 있어요. 넓은 공간일수록 더 한정적이죠. 기억의 디테일이 부족해서 일어나는 현상이에요."

세 사람이 이동하자 보이지 않는 벽도 그들을 따라 이동하며 양자의 등을 떠밀었다. 양자는 자신을 지나치는 사람들의 눈 코 입이 뭉개지며 벽 속으로 액체처럼 스며드는 것을 보곤 세 사람을 따라 걸음을 재촉했다.

불현듯 불길한 추측이 떠올랐다. 양자가 미간을 구기며 물었다.

"잠깐, 설마 동민이도 저처럼 반복되는 하루에 빠진 건가요?"

"아, 디멘시아죠."

마이클이 고개를 끄덕였다. 양자는 허탈한 심정에 걸음이 느려졌다. 자신의 하루에서 빠져나왔더니, 이번엔 아들의 반복되는 하루 속이라니.

"이동하면서 설명해드릴게요."

충격으로 발이 느려지는 양자를 이끌고 마이클은 동민의 뒤를 쫓았다.

"의식이 원활하게 흐르지 못하고 무의식과 의식의 경계에 빠진 것을 우리는 디멘시아 상태라고 부르고 있습니다. 양자 씨도 겪었잖아요? 계속 반복되는 하루."

동민과 빅토리아, 선묵이 인천공항 밖으로 빠져나가자 공항의 이미지가 물처럼 녹아내리기 시작했다. 어느새 양자가 서 있던 곳의 바닥도 뻘처럼 발을 삼키려 들었다.

마이클은 양자가 그 속에 빠지지 않게 자신의 곁으로 끌어당겼다.

"이렇게 기억의 주체가 떠난 장소는 모두 녹아내려요. 여기에 빠진다고 위험해지는 건 아니지만, 괜히 시간이 지체되니 주의해야 합니다."

마이클이 눈을 깜빡이자 두 사람은 다시 익숙한 장소로 돌아왔다. 정요의 안채, 양자의 침실이었다.

마이클은 설명을 이어갔다.

"디멘시아 상태는 개체의 의식을 중점으로 기억의 생성과 붕괴가 반복되는 것이라고 볼 수 있습니다. 그래서 오랫동안 방치되면 어느 순간 뇌가 한계를 맞이하고, 끝내 모든 기억이 녹아버리죠. 쉽게 예시를 들자면 여러 번 반복해서 본 필름이 점점 닳게 되는 것과 같습니다. 종국엔 의식도 사라져 자신이 누구인지 잊어버리게 됩니다. 양자 씨도 여든 번을 넘어갔으면 완전히 자아를 잃어버렸을 겁니다."

양자는 설명하던 마이클을 붙잡았다. 믿기 어려워하는 얼굴이었다.

"이거 다 꿈이죠? 설마 이게 현실일 리가 없잖아요."

"현실이라……. 철학적인 접근이네. 의식이 있는 곳이 곧 현실이라고 치면 여기가 현실이겠죠. 의식은 없지만, 육체가 있는 곳을 현실로 치면 여기는 아니라고 봐야겠고."

말장난 같은 소리에 양자가 눈살을 구겼다.

"무슨 말인지 잘 모르겠어요. 그러면 내가 여기는 어떻게 들어온 거죠? 나는 어쩌다 디멘시아에…… 동민의 기억에는 어떻게?"

자꾸만 질문이 이어졌다. 마이클은 양자를 가만히 쳐다보는가 싶더니, 한 손으로 그녀의 어깨를 지그시 눌렀다.

"한 가지만 기억하세요. 동민 씨를 구할 수 있는 건 당신뿐이에요."

마이클은 심각한 표정으로 말했다. 그 얼굴에서 양자는 그가 하는 말이 전부 진실이라는 걸 알 수 있었다.

더럭 겁이 났다. 어떻게 이렇게 잘 알고 있지? 혹시 마이클이 자신뿐만 아니라 아들까지 위험에 빠뜨린 원인인 건 아닐까 싶어졌다.

"……너, 내 아들한테 무슨 짓을 한 거야."

양자가 매섭게 노려보았지만, 마이클은 여전히 부드럽고 친절한 말투로 상황을 설명했다.

"동민 씨도 양자 씨처럼 디멘시아에 빠졌습니다. 반복되는 하루에 빠진 거죠. 그를 구할 수 있는 건 디멘시아를 빠져나온 경험이 있는 양자 씨뿐이라는 뜻입니다. 디멘시아 속 그는 특정 물건에 집착하고 있어요. 양자 씨 상황과 사뭇 다를 겁니다. 양자 씨에게 생존이 탈출의 열쇠였다면 동민 씨의 디멘시아는 파괴가 열쇠입니다. 동민 씨가 집착하는 그 물건을 찾아서 없애야 합니다. 그게 양자 씨의 임무죠."

"물건을 파괴하라니?"

"특이하게 생긴 USB. 아까 비행기 안에서 보셨죠? 동민 씨의 의식뿐 아니라 무의식까지 그 장치를 안전하게 보관하려고 할 거예요. 쉿, 잠시만요."

마이클이 문밖으로 고개를 돌렸다.

"아무래도 제가 여기 오래 있어서 영향을 준 것 같네요."

양자는 마이클을 따라 고개를 돌렸다. 밖엔 캐리어 대신 권총을 든 선묵이 안채 쪽으로 올라오며 주위를 살피고 있었다. 기겁한 양자는 마이클의 옷깃을 잡아끌었다.

"최 선생이 우리를 죽이려는 건가요?"

"아뇨, 저만요. 저만 생체데이터가 아니거든요. 지금 이곳은 동민 씨의 디멘시아, 의식이 있는 곳이에요. 의식이 있는 곳은 아까와 같은 단순 기억과 달리 모든 인물들이 양자 씨를 알아보고 막으려고 할 겁니다. 주의하세요."

마이클은 자신이 차고 있던 시계를 풀어 양자의 오른손에 채웠다. 빛을 다 빨아들일 것처럼 새카맣고 동글한 시계는 시간을 가리키는 침도 숫자도 글씨도 보이지 않았다.

"참고로 동민 씨는 육십 번째예요."

마이클은 마지막 말을 남긴 채 양자의 손목에서 손을 떼는 것과 동시에 감쪽같이 사라졌다. 그러자 총을 겨누며 안채 입구까지 다다랐던 선묵의 경계도 누그러졌다.

선묵은 다시 동민과 빅토리아에게로 돌아갔다. 양자는 조심스레 안채를 빠져나왔다. 들키면 안 될 듯한데 마땅히 숨어 있을 곳이 생각나지 않았다. 무턱대고 오름 가마로 향하는 오솔길로 걸음을 옮겼다. 지금은 쓰지 않는 그곳이라면 누구도 마주치지 않을 것 같았다.

양자는 길을 올라가며 마이클에게 받은 시계를 살펴보았지만, 좀처럼 작동 방법을 알 수 없었다. 스마트워치인가 싶어 툭툭 치고 건

드려봐도 화면이 켜지질 않았다.

"이리 와보거라."

오름 가마 앞에 다다르자, 시아버지 정광복의 정정한 목소리가 들렸다. 양자는 온몸이 얼어붙는 것만 같았다. 차마 소리 나는 쪽으로 고개를 돌리지 못했다. 그때 작은 그림자 하나가 자신을 지나쳐 조르르 달려 나가는 걸 보았다.

예닐곱 살쯤 된 동민의 작은 뒤통수였다. 그에 어울리지 않게 커다란 보청 장치가 옆머리에 불거져 있었다.

달항아리를 꺼내던 정광복은 달려오는 동민을 보자마자 항아리를 내려두고 환한 표정으로 어린 동민을 안아 올렸다.

"동민아, 봐라. 도자기도 말이다, 사람처럼 제 팔자라는 게 있다. 망치를 맞고 깨질 놈이 있고, 사람들한테 그 가치를 인정받을 놈이 있지. 어떤 게 망치에 깨질 놈 같아 보이냐? 자, 어서 골라보거라."

제 몸만 한 달항아리를 이리저리 둘러보며 고민하는 어린 동민의 표정이 퍽 심각했다. 넋을 놓고 바라보던 양자는 뒤늦게 정신을 차리고 나무 뒤로 몸을 숨겼다.

고사리같이 자그마한 손으로 한참을 만지작거리던 동민은 망설임 없이 오른쪽 항아리를 골랐다.

"왜 그놈이더냐?"

동민은 커다란 달항아리의 배를 쓰다듬으며 말했다.

"이놈은 떨지 않아요."

"역시."

세상에서 가장 기쁜 표정으로 정광복은 동민이 고른 항아리를 거침없이 망치로 깨부수었다. 쨍그랑 소리와 함께 동민이가 꺄르르 웃었다.

그 웃음소리에 가만히 고개를 드는 이가 있었다. 가마 가장 낮은 곳에서 삽을 들고, 하얗게 완전 연소한 소나무 장작의 재를 퍼내던 양자 자신이었다.

원래대로라면 이때 자신은 얼굴이 보일 정도로 두 사람과 가까이 있어야 했다. 그러나 젊은 양자는 기억하는 것보다 더 멀리 있는 것도 모자라, 몸집도 개미만큼 작게 보인다는 것을 깨달았다. 그만큼 어린 동민에게 자신의 존재감은 작았던 걸까. 양자는 돌연 서글퍼졌다.

시아버지의 손주 사랑은 남달랐다. 죽은 아들을 대체라도 하려는 건지 정광복은 동민에게 과도할 정도로 집착했다.

"나는 동민이 나이보다 훨씬 어렸을 때부터 흙을 밟고, 장작을 주웠다. 하나도 이상할 게 없다."

귀가 불편한 어린 아들에게 잡일을 시키는 시아버지가 못마땅해 그만 좀 하시라 말했다가 들은 대답이었다.

"그때와 지금이 같나요? 이제 겨우 치료도 끝나 가는데, 저러다 더 큰일이라도 당하면…….."

"왜, 이수처럼 갑자기 죽기라도 할까 봐?"

정광복은 양자를 쏘아보며 말을 이었다.

"내 아들부터 손주까지 다 빼앗아간 너를 당장이라도 내쫓고 싶지만, 약속한 게 있으니 참는 줄 알아."

그렇게 모진 말을 뱉어내며 꿋꿋이 물레와 흙을 만지는 시아버지 뒷모습을 보면서, 양자는 동민을 미국에 보내기로 하길 백번 천번 잘했다고 스스로 곱씹었었다.

어린 동민과 정광복, 자그마하던 양자의 모습이 물감처럼 흘러내렸다. 큰 기물들을 옮길 용도로 세워두었던 나무 지게들은 순식간에 삭아 주저앉았고, 한쪽에 가득 쌓아두었던 소나무 장작은 모두 썩어 바람에 날아갔다. 풀이 깨끗하게 베어져 있던 오름 가마의 주변이 다시 무성한 풀로 뒤덮였다.

양자가 몸을 숨겼던 곳까지 풀이 무성히 자라기 시작하자 그녀는 오솔길을 되돌아 내려갔다. 마이클이 준 시계를 이리저리 만져봤지만, 여전히 어떻게 작동되는지 알 수 없었다.

동민이 자신과 마찬가지로 하루에 갇혀 있는 거라면, 누군가 동민을 계속 죽인다는 것을 뜻했다. 하지만 누가 동민이를 죽인단 말인가? 그것도 정요에서?

생각에 빠진 채 양자는 별채로 내려가는 계단에 이르렀다. 어느새 하늘이 순식간에 어두워졌다. 정문에서부터 하나둘 노란 불이 들어오더니, 별채 앞마당까지 환하게 밝아졌다.

별채 앞에는 검은 양복 차림의 사람들이 북적거리며 길게 줄을 서 있었다. 짙은 향냄새가 섞인 차가운 바람이 양자를 스치고 지나갔다.

"고모도 있고 어머니도 계신데…… 제가 꼭 해야 하나요?"

"도련님이 장손 아뉴."

양자는 계단 끝에서 두런두런 들리는 말소리에 귀를 기울였다. 막 변성기가 온 동민의 목소리가 양자의 귀에 선명하게 박혔다.

눈가가 새빨간 천안댁이 아직 솜털이 보송보송한 동민의 얼굴을 쓰다듬고는 헐렁한 검은 상복에 완장을 채우고 있었다.

양자는 동민의 얼굴을 자세히 보려고 한 계단 더 내려서다 마른 나뭇가지를 밟았다. 빠득, 소리와 함께 두 사람의 고개가 동시에 양자가 있는 쪽으로 돌아갔다. 양자의 몸이 뻣뻣하게 굳었다. 다행히도 나무들이 우거져 양자를 발견하지 못했는지 두 사람은 다시 말을 이었다.

"그냥 서 있다 사람들이 절하면 마주 절하구, 묵념하면 돼유."

옷핀으로 완장을 단단히 고정하고 나서 천안댁은 동민을 데리고 별채 안으로 들어갔다. 양자는 마저 조심스레 계단을 내려갔다.

아마도 지금은 시아버지의 장례날인 듯했다. 양자의 디멘시아에서 그러했듯 동민의 디멘시아에서도 하나의 공간에 여러 기억이 겹쳐지는 것 같았다. 그렇다고 하필 장례날이라니. 지금의 밝은색 개량 한복 차림으로는 사람들의 눈에 띌 게 뻔했다.

"이 옷으로는 곤란한데."

갑자기 시계가 부르르 움직였다. 동그란 원형의 단면에서 검은 물질이 솟아올랐다. 작은 옹달샘에 파동이 일듯 검은 물질이 잔잔하게 흔들렸다. 신기한 형태에 잠시 한눈을 팔다 퍼뜩 제 몸을 내려다보니 옷이 검은 상복으로 바뀌어 있었다.

작고 하얀 리본 핀까지 머리에 붙어 있는 걸 확인하고, 양자는 별채 안으로 들어섰다.

기억보다 훨씬 더 많은 조문객으로 별채는 마당부터 안쪽까지 시끌벅적했다. 그러나 정작 얼굴이 없어 누가 누군지 알아볼 수가 없었다.

안쪽으로 들어서자 막걸리 쉰내와 기름기 가득한 음식 냄새가 역하게 풍겨왔다. 양자는 반사적으로 코를 쥐었다. 그중 얼굴이 시뻘겋다 못해 시커먼 노인들이 식사 테이블 앞에 모여 앉아 모두 들으라는 것처럼 큰 목소리로 떠들기 시작했다.

"이 집 며느리가 팔자가 으마으마하게 세다며?"

"남편은 죽었는지 살았는지 몰라. 이제 시아버지까지 죽어버렸네!"

"실종된 지 10년이 다 되어 가는데 죽었다고 봐야지."

"그럼 정요는 누가 대를 잇나?"

"손자 있자녀."

"귀머거리 손자?"

"미국에서 공부하는 애가 이런 산골짜기에 살겠는가?"

"다 끝났지, 다 끝났어. 불쌍한 정 씨 집안. 여자 하나 잘못 들여서, 쯧쯧."

"어쩜 그렇게 보는 눈이 없었을꼬."

"손주만 안됐지."

"참 안됐어."

노인들은 마치 바다 속 미역처럼 천천히 흐느적거렸다. 그러느라 양자가 지나가도 전혀 알아차리지 못했다.

양자는 노인들을 지나 비좁게 들어찬 조문객들을 헤치고 나아갔다. 동민의 기억 속 장례식이 이럴 줄은 예상하지 못했다.

동민은 정광복의 영정사진이 놓인 빈소에서 조금 떨어진 벽면에 기대어 앉아 있었다. 양자는 직접 동민과 접촉하기 위해 다가갔으나, 조금 전 노인들이 나타나 앞을 막아섰다. 흐느적거리는 몸으로 자꾸만 통통 양자의 몸에 부딪혀왔다.

"안됐지."

"안됐어."

"안됐지."

"안됐어."

그들은 합창하듯 같은 말을 반복하며 양자를 방해했다.

그러는 동안 동민의 곁에 상복을 입은 여자가 다가갔다. 고모 정이안이었다.

"동민아, 가서 좀 쉬어. 내가 조문받을게."

작은 흰 리본을 머리에 단 그녀는 피곤해 보이는 얼굴로 동민의 어깨를 토닥였다.

"어머니는요?"

"밑에 계셔."

"도와드리러 가야겠어요."

"일하는 사람들 있어. 넌 저기 작은 방 가서 좀 자. 내일 화장터 갈 때 네가 앞장서야 돼."

"고모도 있고, 어머니도 계시는데 왜 다 저한테만 맡기는 거죠?"

"그게 전통이니까."

"제가 계속 미국에 있으면 이곳은 없어지나요?"

"그럴 리가. 올케가 관리하겠지."

동민은 이안을 바라보다 고개를 숙이며 제 손만 매만졌다.

"……고모는 이곳에 다시 돌아올 생각 없으세요?"

이안은 가만히 동민의 손을 잡았다.

"네가 아니었다면 난 다시는 이곳에 발을 들이지 않았을 거야. 어쩌면 아버지하고도 다시는 연락하고 지내지 않았을지 몰라."

"왜 할아버지는 고모를 버린 거죠?"

"버렸다니? 내 발로 떠나왔지."

이안은 옛 생각이 나는지 피식 웃었다.

"두 번 다시는 안 볼 생각으로 떠나왔는데……. 네 덕분에 아버지하고 오해도 풀고 화해 비슷한 것도 할 수 있었어. 그래서 나와 까를로는 네가 우리에게 와준 게 신의 뜻이었다고 생각해. 네가 없었다면 아마 나는 평생 아버지를 저주하고 원망하며 살았을 거야. 모든 일이 안 풀릴 때마다 아버지 탓을 했겠지."

동민은 입술을 삐죽거렸다. 할 말이 많지만 어디서부터 말해야 할지 모르는 눈치였다. 이안이 그런 마음을 읽기라도 한 듯 동민을 껴안았다.

"우리는 탯줄이 잘리는 그 순간부터 부모와 완전히 분리되는 거야. 가족이라는 울타리에 묶이지만, 결국은 다 다른 각각의 존재인 거지. 그러니까 완전히 이해할 수 있다는 생각은 버려. 그 사람이 되어보지 않는 이상 그 사람 마음은 알 수 없는 거야."

이안은 물끄러미 정광복의 영정사진을 바라봤다.

"그냥 믿는 것밖에 할 수 없어."

이안은 영정사진 앞에 국화를 놓는 조문객을 발견하고 몸을 뗐다.

"좀 쉬고 있어. 알겠지?"

멀어지는 이안을 보고, 동민은 벽에 등을 기댔다.

그대로 고개를 떨군 아들을 보고 양자는 이름을 부를 생각에 입을 열었다. 그러나 그녀를 막아서던 노인들이 곧 여러 덩어리로 합쳐져 그녀를 덮쳐왔다. 물컹거리는 형태의 인간들 사이에 묻힌 양자는 아무 소리도 내지 못한 채 그대로 그 속에 삼켜지듯 파묻혔다.

거대한 젤리 속에 들어간 것처럼 답답해하며 허우적거리다 양자는 동민에게 달려드는 검은 그림자를 보았다.

본능적으로 동민이 위험에 빠졌다는 걸 직감했다. 옆을 보라고, 도망치라고, 피하라고 목이 터져라 외쳤지만 두터운 막에 갇힌 것처럼 소리가 나가지 않았다.

검은 그림자가 품에서 꺼낸 건 식칼이었다. 노란 불빛 아래서 칼날이 번뜩였다. 고개를 들려는 차에 순식간에 칼에 목을 찔린 동민이 앞으로 고꾸라졌다.

"안 돼!"

양자의 우레 같은 고함이 튀어나오자 양자를 가로막고 있던 젤리들이 한꺼번에 터져나갔다. 후두둑, 덩어리들이 얼굴 위로 쏟아졌다. 양자는 동민을 향해 달려갔다. 내딛는 걸음마다 분노가 바닥을 쿵쿵 울렸다.

붉은 핏물을 뒤집어쓴 아들을 보자 양자의 눈가도 시뻘겋게 번졌다. 아직 살인자는 칼을 들고 근처에 서 있었다. 양자는 당장이고 죽일 기세로 그를 돌려세웠다. 가진 건 주먹뿐이었다. 그럴 수만 있다면 이 주먹으로 상대를 죽이고 싶었다.

그러나 양자는 주먹을 치켜올린 채로 꼼짝도 할 수 없었다.

양자가 돌려세운, 동민을 죽인 사람은, 다름 아닌 양자 자신이었다.

피가 뚝뚝 흐르는 식칼을 든 자신이 무심한 얼굴로 양자를 바라봤다. 그 얼굴에선 아무런 감정도 느껴지지 않았다.

심장이 폭발적으로 뛰기 시작했다. 심박을 이기지 못하고 금방이라도 가슴이 터질 것만 같았다. 이 상황이 말해주는 한 가지 사실이 너무나도 잔혹했다. 동민의 디멘시아 속에서 그를 죽이는 위협 중 하나가, 바로 양자 자신이라니.

멀리서부터 양자가 흰 벽으로 뛰어들었던 순간처럼 빛들이 사라지기 시작했다. 하지만 양자는 칼을 든 자신에게서 눈을 뗄 수 없었다.

눈앞의 그녀도 인형처럼 서서 양자를 응시했다. 점차 시야 밖에 있는 것들이 끝없는 어둠 속으로 사라졌다.

오른손에 채워진 시계가 다시 진동한다고 느껴질 때, 양자 또한 발에 닻이 걸린 것처럼 깊은 어둠으로 끌려 들어갔다.

양자가 다시 정신을 차린 곳은 정요가 아니었다. 그곳은 모든 것이 존재하면서, 동시에 존재하지 않는 곳이었다. 무(無)의 영역 그 자체로 느껴지는 어둠만이 사방에 가득했다. 녹아내리는 기억에 빨려 들어가면 이렇게 되는구나. 양자는 이곳에서 자신이 살아오며 경험했던 모든 것들을 생생하게 느낄 수 있으면서, 아무것도 느끼지 않을 수 있었다.

여전히 지금 서 있는 곳이 어딘지는 몰랐다. 심지어 서 있다고 느끼는 것조차 인지하기 어려웠다. 신체를 눈으로 볼 수도 없었다. 그저 자신의 의식이 망망대해에 둥실둥실 떠 있는 기분이었다.

살면서 단 한 번도 이런 고요함은 경험한 적이 없었다. 평생을 발악하고 허우적거리며 살았던 양자에게 느닷없이 찾아온 평화는 그 어떤 것보다 달콤했다.

하지만 양자는 이 달콤함이 무엇인지 잘 알고 있었다. 그녀가 본능적으로 피해온 고요함과 편안함. 죽음이었다.

죽음은 매력적이다. 늘 가까이에 있었으며, 간단하고 쉬운 것이었다. 그에 비해 삶이란 얼마나 복잡하고, 어렵고, 괴로운 것이던가. 그런데도 양자를 이 세상에 붙들어 둔 건 '생존해야 한다'는 강한 동물적 목표 때문이었다.

그리고 양자의 생존은 더 이상 혼자의 것이 아니었다. 반복되는 하루 속에서 후회로 점철된 인생의 주마등을 겪고 나서, 그녀는 이제 동민을 구하기 위해 닥치는 대로 살아왔던 인생의 고삐를 잡아챘다.

"동민이에게 데려가 줘."

양자는 오른손을 가볍게 흔들었다. 오른 손목에 채워져 있을 시계가 응답하듯 가볍게 진동했다. 비록 보이지는 않았지만 느낄 수 있었다. 포근한 느낌이 봄바람에 흩날리듯 양자의 온몸을 스치고 사라졌다. 심장이 다시 뛰기 시작하면서 긴장감이 느껴지자 양자는 살아있다는 느낌을 받았다.

양자는 한평생 오로지 첫 번째 원칙 '생존'과 두 번째 원칙 '불신'을 품고 살아왔다. 그리고 지금 그녀는 그 두 가지를 모두 넘어서는 영 번째 원칙을 새겼다. '동민'. 어떻게든 동민을 구해내야 한다. 그것만이 지금 살아있어야 하는 유일한 목적이었다.

어둠이 물러나고 풍경이 재정렬되더니 다시금 정요 안채에 도착했다. 우선 동민의 반복되는 하루에 무슨 일이 일어나고 있는지부터 알아내야 했다. 경험에 의하면 반복되는 하루는 변칙적이지만 기본적으로 변하지 않는 바탕 기억, 즉 일정한 패턴이 있었다. 그걸 파악해야 일이 더 수월해질 것이다.

캐리어 바퀴가 바닥을 긁으며 올라오는 거친 소리가 들리자, 양자는 서둘러 별채 쪽으로 향했다.

　시간상으로 동민의 디멘시아는 양자가 기억하던 시점에서 이틀 뒤인, 지금으로선 잊어버린 미래였다. 무슨 일이 일어날지 아직 알 수 없기에 되도록 동민의 디멘시아 속 인물들과 마주치지 않는 편이 좋았다. 그녀는 별채의 뒤로 돌아가 안을 살필 수 있게 창호지 창문을 조금 열고 기다렸다.

　잠시 후 누군가 계단을 올라오는 소리가 들렸다. 안으로 들어온 기척은 있었지만, 말소리가 들리지 않는 것으로 보아 디멘시아 속 자신 같았다. 동민을 들이기 전 별채의 내부를 확인하러 들어온 듯했다. 뒤이어 짐을 내려놓는 소리와 함께 선묵의 목소리가 들렸다.

　"도착하셨습니다."

　"캐리어는 안쪽으로 들여주세요."

　창 너머로 들여다보자 선묵이 캐리어를 들고 별채 안으로 들어오는 게 보였다. 별채 안의 양자는 침대맡 탁상을 닦고 있어 뒷모습만 겨우 보였다.

　"할 얘기가 있습니다."

　사뭇 진지한 말투에 이부자리를 점검하던 양자가 고개를 들었다.

　"뭔데요?"

　"며칠 전에 제게 하신 말 기억하십니까?"

　"언제요?"

　"이수 기일 전날 말입니다."

양자는 침대로 얼굴을 돌린 채 잘 개켜둔 이불을 다시 펼쳤다.

"글쎄요. 술을 너무 많이 마셔서 기억이 안 나네요."

"저한테 미안하다고 했잖아요."

양자는 서둘러 그의 말을 잘랐다.

"나중에 얘기하면 안 될까요? 지금 애들도 와 있는데."

"숨겨서 미안하다고 하셨잖아요."

"그만."

선묵을 똑바로 바라보며 양자는 선을 그었다.

"그만 하세요."

마당에서 빅토리아와 동민의 말소리가 들려오자 양자는 다시금 강한 어조로 말했다.

"나가세요. 당장."

"안 됩니다."

선묵은 물러서지 않았다.

창틈으로 지켜보던 양자는 기묘한 느낌을 받았다. 분명 별채 안에서 벌어지는 일들은 그녀로선 처음 보는 상황이었지만, 무의식적으로 눈앞의 광경이 자신이 기억하지 못하는 과거이자 제 진짜 경험이라고 받아들이고 있었다. 최초의 경험임에도 이 모든 상황이 이미 본 적 있는 데자뷔처럼 느껴졌다.

"밖에 애들이 와 있잖아요!"

"그러니까 지금 얘기하자는 겁니다. 이건 우리 둘만의 문제가 아니에요."

"어머니, 계세요?"

실랑이가 더 이어지려는데 문틀을 두드리는 소리가 들렸다.

양자가 기다렸다는 듯 얼른 미닫이문을 열어주었다. 별채 바깥에서 엿듣던 양자도 창문 틈새로 아들을 보려고 고개를 숙였지만 선묵의 몸에 가로막혀 보이지 않았다.

"아들!"

양자의 표정이 아들을 반기는 엄마로 바뀌었다. 하지만 동민은 양자와 선묵 사이에 흐르는 기묘한 분위기를 알아챘다. 주춤하며 한 발자국 뒤로 물러섰다.

"피곤하지? 빅토리아는?"

"밖에 있어요. 소개하기 전에 드릴 말씀이 있는데."

동민은 말없이 서 있는 선묵을 보고 난처한 표정을 지었다.

"최 선생님, 자리 좀 비켜주시겠어요?"

양자가 채근했지만, 선묵은 꿈쩍도 하지 않았다. 동민이 미닫이문에 손을 올렸다.

"나중에 말씀드릴게요."

"아니야, 지금 얘기해도 돼. 최 선생님은 저랑 약속하신 게 있으실 텐데요?"

양자의 압박에 결국 선묵은 물러섰다.

창밖에서 상황을 지켜보던 양자는 방 안에 동민과 양자만 남자 바짝 귀를 기울였다. 장례식의 처참한 장면이 떠오르자 더 긴장되었다.

"아저씨랑 무슨 일 있으세요?"

"그런 거 아냐. 한국엔 왜 이렇게 급하게 들어온 거니? 전화 받고 너무 놀라서 제대로 물어보지도 못했네."

"빅토리아가 임신했어요."

갑작스러운 소식에 별채 안의 양자도 바깥의 양자도 모두 놀랐다. 그리고 그 놀라운 감정이 다 가시기도 전에 별채 안의 양자가 반사적으로 내뱉었다.

"애기 아빠는 네가 맞고?"

양자의 배려 없는 질문에 동민이 인상을 찌푸렸다.

"무슨 말씀이 그래요?"

"아직 식도 안 올린 너희가 벌써 아이를 가졌다는데 그럼 걱정 안 되겠니?"

동민은 마른 얼굴을 쓸어내렸다.

"왜 상황을 있는 그대로 안 보시고……. 꼭 그렇게 말씀하셔야겠어요?"

"그런 건 전화로 얘기하지 그랬어. 어차피 내가 겨울에 갈 건데."

양자의 냉담한 반응에 동민은 입을 꾹 닫은 채 천장을 보다 한숨을 토해냈다.

"그 얘기만 하려고 온 건 아니에요."

동민이 뜸을 들이자 양자는 불안한지 부산스럽게 손을 놀렸다. 탁상에 두었던 손걸레를 다시 들어선 이미 반질반질하게 잘 닦인 탁상 표면을 문지르고, 탁상 위에 놓인 호리병을 괜히 들었다가 내려놨다.

"저, 이제 빅토리아와 한국에서 머물 거예요."

부산을 떨던 양자가 손걸레를 떨어트렸다.

"얼마나?"

기한을 묻는 양자의 표정은 떨떠름해 보였다. 동민은 아랫입술을 깨물었다. 제발 아니길 바랐던 어머니의 반응이었다. 동민은 체념한 목소리로 준비한 말을 꺼냈다.

"가능한 한 오래요. 도자기에 대한 건 지금이라도 공부해도 늦지 않았다고 생각해요. 어쨌든 정요는 가업이니까 어머니 다음엔 제가 이어야죠."

"오해한 것 같은데, 동민아. 정요는 뭐 그렇게 돈이 될 만한 곳이 아니야. 여기 집들은 내다 팔지도 못하고, 또 네 할아버지 작품도 이제 몇 점 안 남아서……."

"제가 돈 때문에 한국에 돌아온 거라고 생각하세요?"

동민은 기가 막히다는 듯 양자의 말을 가로챘다.

"절 너무 모르시네요. 환영은 바라지도 않았지만 이런 속물 취급이라니."

양자가 얼른 화제를 돌렸다.

"피곤해 보이는구나. 임산부를 밖에 오래 세워두는 것도 안 되잖니? 일단 좀 쉬고 다시 얘기하자."

그렇게 멋대로 이야기를 갈무리하더니 양자가 재빨리 미닫이문을 열고 나갔다.

뒤도 돌아보지 않고 계단을 내려가는 양자의 뒷모습을 창 너머 양자도 볼 수 있었다. 동민은 따라 나갈 의욕도 없는지 그대로 의자에 털썩 앉았다. 쭈뼛거리며 들어온 빅토리아가 조심스럽게 물었다.

"방금 나간 분이 어머니셔?"

동민은 피곤한 낯으로 미간을 누르며 고개를 끄덕였다.

"인사를 못 했어. 또 실수하고 싶지 않아서."

"좀 쉬다가 인사드리러 가자. 미안해."

"왜 자기가 미안해해."

빅토리아는 지쳐 보이는 동민의 등을 가만히 쓸었다. 한국어는 하나도 알아듣지 못했지만, 언성이 높았던 걸로 보아 호의적인 대화는 아니리라 추측했다.

창문 너머로 빅토리아를 바라보던 양자는 별채에서 몸을 돌렸다.

양자는 누구보다도 자기 자신을 잘 알았다. 정확히는, 반복되는 하루 속에서 자신의 본능과 욕망을 파헤치며 깨달을 수 있었다. 박양자는 자신이 원하는 것을 이루기 위해서라면 무엇이든 할 여자였다.

안채로 조심스럽게 몸을 움직이며, 양자는 손톱이 손바닥을 파고들 정도로 주먹을 꽉 쥐었다. 이토록 아무런 자각도 없이 지독해질 수 있는 자기 자신이 죽도록 싫었다. 단순히 운이 없어서, 재수가 없어서, 박복하여 여기까지 온 것이라고 변명하기엔 저지른 일들이 끔찍했다. 어쩔 수 없다고 생각했던 순간의 선택들이 결국 이런 결과로 이어지게 될 줄 누가 알았겠는가.

만약 동민이를 미국에 보내지 않았다면.

만약 남편이 굴에 갇혔을 때 바로 신고를 했더라면.

만약 이수의 청혼을 거절했더라면.

만약 선묵을 따라나서지 않았더라면.

만약 예진과 함께 성당을 다니지 않았더라면…….

만약이라는 꼬리가 길게, 더 길게 늘어졌다. 이 외에도 양자가 어쩔 수 없었다고 여긴 수많은 상황들 때문에 지금에 이르게 되었다고 생각하니, 결국 이렇게 될 수밖에 없는 운명이었단 생각에까지 도달했다.

제 삶이 그토록 버겁고 고통스러웠어도, 그렇기에 내 자식만은 행복하게 살아가길 원했는데. 오히려 누구보다 자신이 자식을 더없이 불행하게 만드는 존재가 된 것 같아 쓰라린 기분이 들었다.

양자는 안채 뒤로 숨어들었다. 안채에서 우당탕 소리가 나자, 양자는 조심스럽게 나무틀로 짜인 창문을 슬쩍 열었다.

"천안댁이 여기 됐을 텐데."

안쪽에 있던 양자가 창문 쪽으로 다가오자 바깥의 양자는 화들짝 놀라 몸을 숙였다.

그때 발에 바스락하고 무엇인가 밟혔다. 양자가 신발 밑창을 살피자 분홍색 알약들이 잘게 바스러져 눌어붙어 있었다. 인위적인 색상의 알약들이 뒤뜰 여기저기 흩어져 있었다.

"누구세요?"

알약들에 정신이 팔린 사이, 양자는 창밖으로 몸을 내민 또 다른 자신과 맞닥뜨렸다.

눈이 마주치자 뒷머리가 쭈뼛 설 정도로 소름이 끼쳤다. 그렇게 느낀 건 안채 안의 양자도 마찬가지인 것 같았다. 이러지도 저러지도 못한 채 두 양자는 안채 뒤뜰에 망연자실 서 있었다.

먼저 입을 연 건 바깥의 양자였다. 유난히 딱딱한 목소리가 흘러나왔다.

"쥐약을 찾고 있던 거야?"

양자는 안쪽의 자신이 쥐고 있는 똑같은 분홍색 알약을 노려보았다.

"어디에 쓰려고?"

양자는 대답을 듣지 않아도 곧 자신의 의중을 알아차렸다. 본인이 또 한 번 끔찍한 선택을 하려 했단 사실을 깨닫자 분노와 함께 억장이 무너졌다.

"당신 뭐야? 왜 내 옷을 입고 있어?"

다른 양자는 여전히 상황 파악이 되지 않는지 당황한 목소리로 소리쳤다.

"어떻게 내 신발과 내 옷과 목걸이, 귀걸이를 하고 있는 거지? 여긴 어떻게 들어온 거야?"

"너, 이걸 빅토리아에게 먹이려고 했던 건 아니겠지?"

양자가 다그쳐 묻자 다른 양자가 주춤주춤 창에서부터 뒷걸음질

치며 소리쳤다.

"알렉시오!"

양자는 달려들어 안쪽에 선 자신의 입을 틀어막아 제압했다. 그대로 바닥에 넘어뜨리고 올라타서는 온몸으로 짓눌렀다.

홍채에 새겨진 패턴까지 세세히 보일 정도로 자기 자신과 얼굴이 가까워지자 양자는 낯섦과 익숙함 사이의 괴리감을 느꼈다. 밑에 깔린 자신이 발버둥치며 빠져나가려 애썼다. 양자는 급하게 속삭였다.

"무슨 말을 해도 지금의 넌 내 말을 믿지 않겠지만, 이것만 약속해줘. 조용히 내 말을 듣겠다고. 그러면 놔줄게."

밑에 깔린 양자가 눈알을 굴리더니 고개를 끄덕였다.

"정말로 난 널…… 아니, 나를 해치고 싶지 않아."

입을 틀어막았던 손을 천천히 떼며 일어나 양자가 손을 내밀었다.

"이럴 시간이 없어."

다른 양자는 흙이 묻은 옷을 털며 믿을 수 없다는 눈초리로 양자를 위아래로 훑었다.

"넌 뭐지?"

양자는 대답하기가 어려웠다. 나는 나고 너는 동민의 기억으로 만들어진 나라고 말한다고 믿을 리 만무했다.

"그날 기억해? 8월 21일. 그날 밤 최선묵과 무슨 일이 있었는지?"

다른 양자의 표정이 확 일그러졌다.

"와인 마셨던 날? 너 대체 정체가 뭐야? 나에 대해 어디까지 아는 거야?"

다른 양자의 눈빛이 한층 더 날카로워진 것을 보자 양자는 자신도 모르게 몸에 힘이 바짝 들어갔다.

"넌 나야."

양자의 짤막한 대답에 다른 양자는 할 말을 잃은 표정이었다.

"말도 안 된다고 생각하겠지, 나도 그랬으니까. 하지만 이것만 알면 돼. 동민이가 위험에 빠졌어. 구할 수 있는 건 우리뿐이고. 지금 네 판단은 잘못됐어."

"우리?"

다른 양자가 어이없어하며 되물었다.

"네가 뭘 위해 여기 있는지는 모르겠지만, 동민이를 구하는 건 나야. 미국으로 돌려보내는 게 동민이도 나도 살길이라고."

"넌 잘못 생각하고 있어. 그것만이 답은 아니야."

다른 양자가 분홍색 쥐약을 집어 들며 말했다.

"아니, 이게 답이야. 자기 부인이 아프면 미국으로 돌아가겠지. 정이수가 말했던 대로 동민이가 이 시골 촌구석에서 평생 썩을 필요가 없단 말이야!"

양자가 대처할 새도 없이 쥐약을 집어든 다른 양자가 뒤뜰을 벗어났다.

"안 돼!"

양자는 팔을 뻗으며 자신의 뒤를 쫓았다. 모든 것이 느리게 흘러가는 것만 같았다. 마이클이 건네줬던 시계의 무게감을 제외하고 모든 게 가볍게 느껴졌다. 심지어 자신의 몸까지 무게가 사라진 것만 같았다. 순식간에 달려가 열 발짝이나 앞에 있던 다른 양자의 뒷덜미를 낚아챘다.

"이거 놔!"

다시 입을 틀어막은 다음 양자는 제 몸을 안채로 끌고 들어갔다. 이대로 계속 두다간 정말 심각한 문제를 일으킬 게 뻔했다.

"제발 오늘 하루만 무사히 지나가게 얌전히 있어!"

발버둥치는 팔을 제압해 안채 욕실로 끌고 들어갔다. 일단 데려오긴 했지만 어떻게 묶어두면 좋을지 몰랐다. 마침 양자의 눈에 샤워기가 들어왔다.

"그만 좀 버둥거려!"

양자는 샤워기를 한 손으로 단숨에 뽑았다. 그러나 묶기 직전, 다른 양자가 그 틈을 타 양자의 눈을 찔렀다.

"아악!"

눈에 불꽃이 튀는 것만 같았다. 앞이 보이지 않는데도 다른 양자가 욕실 밖을 뛰쳐나가 안채 마당으로 허둥지둥 빠져나가는 게 느껴졌다. 흐릿하게 시력이 돌아오자 양자는 다시 몸이 가벼워지는 느낌을 받았다.

"왜 이렇게까지 하게 만드는 거야!"

이를 갈며 자리를 박치고 일어나 욕실 밖으로 몸을 날렸다. 한 걸음 크게 내디딜 때마다 공간이 접히는 기분이 들었다. 별채 마루 아래로 내려서는 자신의 앞을 고작 다섯 걸음 만에 가로막아 섰다. 그러고는 마이클이 선묵에게 했던 것처럼, 양자는 주먹 쥔 오른손을 크게 휘둘렀다.

우드득, 주먹 쥔 손의 감각을 통해 뼈가 으스러지는 걸 고스란히 느꼈다. 다른 양자의 고개가 어깨보다 더 뒤로 돌아가며 하악이 떨어져 나갔다.

고개가 꺾인 다른 양자는 두어 번 경련하듯 비척거리더니 기우뚱 중심을 잃고 뒤로 넘어갔다.

이토록 강렬한 경험은 처음이었다. 세상 그 누구도 경험하지 못할 짓을 저질렀다고 생각하니 양자는 몸에 전율이 일었다. 주먹에 묻은 피와 살점을 털어내며, 양자는 처참하게 짓이겨진 자신의 얼굴을 내려다보았다.

'나를 죽이는 것도 썩 나쁘지 않네.'

자기 시체를 보며 양자는 정신을 차렸다. 이걸 누가 보기라도 한다면 동민이 하루를 벗어나는 데 문제가 생길 것이다.

양자는 죽은 자신을 한 팔로 들어 짐짝처럼 옆구리에 끼웠다. 안채 작은 방으로 시체를 옮기는 동안 축 처진 팔이 덜렁거리며 허벅지를 간지럽혔지만 어떤 감흥도 느낄 수 없었다. 누군가 보기 전에 빨리 치워야 한다는 생각뿐이었다.

작은 방의 문을 걸어 잠그고 양자는 마당으로 나왔다. 마루와 흙

바닥에 흩뿌려진 피를 보자 막막해졌다. 생각보다 많은 양이 흘렀다. 마룻바닥 사이에 스며든 피를 다 닦아내려면 종일 걸레질을 해도 모자랄 판이었다.

동민과 빅토리아가 식사를 하려면 별채에서 내려와 안채 마당을 가로질러 사랑채로 내려가야 했다. 양자는 마당에 흩어진 자신의 하얀 아랫니 몇 개를 집어 들어 화단 안쪽으로 던졌다.

땅에 스며든 피가 엉겨 붙은 걸 보고, 싸리 빗자루를 가져와 흙으로 급하게 덮었다.

"어머니."

정신없이 빗자루질을 하는데 뒤에서 동민이 부르는 소리가 들렸다. 양자는 소스라치게 놀라 빗자루를 떨어트렸다.

"아무리 생각해도 이해가 되질 않아요. 왜 제가 이곳에 남는 것을 싫어하시는 거죠?"

마음속으로 싫어하는 게 아니라고 외쳤지만 차마 입 밖으로 내뱉지 못했다. 어디서부터 얘기해야 할지 엄두가 나지 않았다. 떨어진 빗자루를 집어 들어 동민이 더 다가오기 전에 흙에 튄 피를 쓸어버려야 한다는 생각밖에 없었다.

"저는 어떻게든 어머니를 이해해보고 싶었어요."

"이해까지 바라진 않았어."

양자는 용기 내 입을 뗐다.

"나조차도 나를 이해할 수 없었으니까."

몸을 돌려 아들과 마주 섰다. 양자는 그새 피로감에 핼쑥해진 동민의 얼굴을 보고 눈물이 터져 나오려는 감정을 간신히 추슬렀다.

"이거 하나만 알아주면 좋겠어. 엄마는 네가 이곳에 돌아와서 기뻐."

이전과 영 다른 태도에 동민은 본능적으로 뒤로 물러섰다. 원래 기대했던 어머니의 반응이긴 했지만, 갑작스레 너무 달라져 기쁨보단 거부감이 먼저 들었다.

"그런데 아까는 왜 그렇게……."

"잠깐 제정신이 아니었나 봐. 들어가서 좀 더 쉬고 있으럼. 배고프지?"

양자는 행여나 동민이 핏자국을 발견할까 싶어 별채 쪽으로 이끌었다.

"빅토리아가 뭘 좋아하니? 한국 음식은 먹을 줄 아니?"

동민은 등을 어루만지는 양자의 따뜻한 손바닥에 상반된 감정을 느꼈다. 그토록 애타게 그리워했던 어머니의 손길이었지만, 별채로 자신을 떠미는 듯한 기분에 자꾸만 안채 쪽을 돌아봤다.

"……안채는 어머니 혼자 사용하시는 건가요?"

"응, 그렇지."

동민은 떨떠름한 표정으로 양자를 바라봤다. 양자가 불안한 기색을 감추지 못하자 동민은 별채로 향하던 걸음을 멈췄다.

"안에 누가 있나요?"

"아냐, 없어. 아무도 없어."

급하게 구는 양자의 몸짓은 누가 봐도 어색했다. 아무리 봐도 뭔가 숨기고 있다는 걸 직감한 동민이 안채로 몸을 돌렸다.

"식사는 언제 차릴까유?"

때마침 별채로 향하던 천안댁이 토마토 주스 두 잔을 들고 다가왔다.

다행이다……. 지금 이 순간만큼은 천안댁이 얼마나 고마운지 몰랐다. 동민의 시선이 돌아간 사이에 양자는 얼른 핏자국을 발뒤꿈치로 뭉갰다.

"아직은 생각이 없어요. 시차 적응에 시간이 좀 걸릴 거예요. 빅토리아가 이렇게 멀리 나와 본 건 처음이거든요."

"그래, 안 여사님이 언제든 준비해주실 거니까. 너도 좀 가서 쉬다가 내려와."

"그류, 원래라면 지금이 한밤중인 거 아뉴."

양자와 천안댁이 동시에 떠밀자 동민은 어쩔 수 없이 안채로 가려던 걸음을 돌렸다.

"그럼 이것만 가져갈게요. 빅토리아한테도 이 맛을 보여줘야죠."

천안댁이 만들어준 토마토 주스 한 잔을 손에 쥐고 동민이 계단 위로 사라졌다.

"웬 토마토 주스예요?"

양자가 안도하며 묻자 천안댁이 어쩜 그리 무심하냐는 듯 눈을 샐쭉하게 떴다.

"도련님이 젤로 좋아하는 거 아뉴. 설탕 한 스푼 탁 털어 맹근 도마도 쥬스."

쯧쯧, 혀를 차며 천안댁이 남은 주스를 쭉 들이켜더니 빈 쟁반을 들고 사랑채로 내려갔다.

각각 사라지는 두 사람의 뒷모습을 보며 양자는 땅이 꺼져라 한숨을 쉬었다.

양자는 마룻바닥에 묻은 마지막 핏자국을 닦아내며, 어떻게 하면 반복되는 디멘시아에서 아들을 구출할 수 있을지 골똘히 생각했다. 우선은 양자가 그랬듯 동민도 하루가 반복된다는 사실을 알아차릴 필요가 있었다. 현재 상태를 봐서는 그 사실을 전혀 모르고 있는 듯했다. 이러다 꼼짝없이 동민의 기억과 정신이 녹아버릴 것이라 생각하니 끔찍해졌다.

양자는 손에 찬 시계를 보며 고심하다 퍼뜩 떠올렸다.

USB! 마이클은 동민이 가지고 있는 USB가 열쇠라고 했다. 양자가 기억하는 마지막 위치는 동민의 바지 주머니 속이었다. 하지만 밑도 끝도 없이 바지 주머니를 뒤질 수는 없는 노릇이었다.

양자는 어떻게 해야 동민의 주머니에서 USB를 가져올까 고민하며 시체를 마대에 욱여넣어 오름 가마로 올라갔다.

이 비현실적인 상황 속에서 단 한 가지 기분이 좋은 건 상상도 못할 정도로 힘이 세진 것이었다. 최소한 양자가 아는 모든 인간은 손 하나만으로 제압이 가능할 게 분명했다. 내가 힘을 가지고 있느냐 없느냐, 쓸 줄 아느냐 모르느냐의 차이는 상당히 컸다. 양자는 그동안 힘이 없다고 생각했고, 쓸 줄 모른다고 생각했으나 이제는 조금씩 감을 찾아갔다.

머릿속에서는 무슨 일이든 일어날 수 있다. 무의식과 의식 모두 내 의지대로 통제할 수 있다. 여기서는 믿음이 가장 중요했다. 믿지 않으면 영원히 아무것도 모른 채 살다 스러지는 것이다.

양자는 시체가 담긴 마대를 이제는 쓰지 않는 텅 빈 가마 속으로 던져 넣었다. 손을 탈탈 털고는 한결 후련해진 기분으로 뒤돌아서던 때였다.

"여기서 뭐 하세요?"

양자는 앳된 목소리에 화들짝 놀라 주저앉았다. 벌렁대는 가슴을 손으로 누르고 있자니, 눈앞에 앉은키와 눈높이가 똑같은 어리고 작은 동민이 어딘지 모르게 불쾌한 얼굴로 양자를 보고 있었다.

당황한 양자가 멀뚱히 쳐다보기만 하자, 어린 동민은 혀를 차며 손을 내밀었다.

양자는 작은 동민의 손을 조심스럽게 잡았다. 어린 동민은 양손으로 온 힘을 다해 잡아당겨 엄마를 일으켜 세웠다.

양자는 의아했다. 동민의 디멘시아는 분명 정요에 돌아온 날이었고, 그 속에 있는 어른인 동민이 의식의 주체였다. 그러니 어린 동민은 의식의 존재가 아닌 정요에 얽힌 동민의 옛 기억 속 존재일 터였다. 마이클의 말을 되새겨보면 어린 동민은 자신을 알아볼 리가 없었다. 그래야 했다. 양자의 눈동자가 가마터를 빠르게 훑었다. 그러다 문득 기이한 점을 하나 눈치챘다.

지금 정요는 여름이었다. 게다가 조금 전과 풍경이 전혀 달라지지 않았다. 동민은 미국에 간 이후로 늘 겨울에만 한국에 왔다. 그러니 어림잡아 열 살 정도 된 동민은 이 계절에 서 있을 수 없었다.

양자의 고민을 아는지 모르는지, 어린 동민은 어느새 강아지풀에 시선을 뺏겼다.

"어릴 때 할아버지가 이 강아지풀을 가지고 송충이 기어간다고 장난을 치셨던 게 기억나요. 나중엔 진짜 송충이랑 구분하지 못해서 독때문에 고생 좀 했죠. 그렇게 고집스럽고 엄격했던 할아버지가 쩔쩔매며 미안해했던 모습이 아직도 잊히지 않아요."

엉뚱한 소리를 하는 동민을 보며 양자는 조심스럽게 물었다.

"여긴 어떻게 온 거니?"

"어머니야말로 여긴 어떻게 오셨어요?"

두 사람이 동시에 서로에게 물었다.

어색한 기운이 감돌자 양자가 먼저 입을 열었다.

"난 방법을 찾으려고……."

"무슨 방법요? 저를 구할 방법?"

덤덤한 말투로 아들이 자신을 올려다보았다.

양자는 심장이 철렁 내려앉는 것만 같았다. 어린 외모와 달리 모든 걸 알고 있다는 눈빛이 양자를 관통했다.

"외형은 이런 몸이지만 제 본래의 의식은 저에게 있어요."

어린 동민이 자신의 몸을 이리저리 훑어보며 말했다.

"저는 지금 서른이 맞아요."

양자는 목이 메 말을 이어가지 못했다. 동민이 고개를 돌려 양자를 홀끔 올려다보더니 다시 꺾은 강아지풀을 획획 휘두르며 앞장섰다.

"아무래도 어머니의 디멘시아 상태가 제게도 전이되면서 제 의식이 이 몸이랑 저 몸 둘로 나뉜 것 같네요. 어떻게 된 건가 했더니⋯⋯."

동민이 강아지풀로 별채를 가리켰다. '저 몸'이라 칭한 건 디멘시아 속 동민을 말하는 듯했다. 작은 머리통 옆에 붙은 인공와우가 햇빛에 반짝였다.

처음 인공와우 수술할 때를 떠올리자 손바닥에서 절로 땀이 났다. 마취 주사에 놀라 닭똥 같은 눈물을 뚝뚝 흘리던 어린 아들에게 손을 잡아주는 것 말고는 해줄 게 없었다. 마음속으로만 몇 번이고 내가 대신 아팠으면 좋겠다고 생각했던 나날들이 떠올라 미끈거리는 손을 치마에 여러 번 닦아냈다.

동민은 묵묵부답인 양자를 돌아보며 물었다.

"이런 게 다 말이 된다고 생각하세요? 하루가 반복되고, 제 기억을 들여다보고."

"알아. 이야기 들었어. 네가 디멘시아에 빠져 있고, 널 구하려면 USB를 없애야 하고⋯⋯."

"USB를 없앤다고요?"

어린 동민은 USB라는 단어에 민감하게 반응했다.

"어머니가 그걸 어떻게 아세요?"

동민은 들고 있던 강아지풀을 있는 힘껏 멀리 내던졌다. 하지만 가벼운 강아지풀은 힘없이 동민의 발치에 떨어졌다.

양자는 대체 어디서부터 이야기하면 좋을지 몰라 입만 벙긋거렸다. 양자를 노려보던 동민은 먼저 시선을 거두고는 차분히 말을 이었다.

"뭐, 이제 그런 건 중요하지 않죠. 우선 사과 먼저 드릴게요."

동민은 잠시 뜸을 들였다. 양자는 자신도 모르게 마른침을 삼켰다.

"저는 어머니의 기억을 다 봤어요."

순식간에 양자의 낯이 굳었다.

"아버지가 어떻게 죽은 건지, 제가 누구의 아들인지도요."

"커피 사 왔어요. 디카페인으로."

"감사합니다."

피곤한 얼굴로 커피와 샌드위치를 받아들면서도 빅토리아의 눈은 FMRI 모니터에서 떨어질 줄 몰랐다. 그녀가 입은 흰 실험 가운은 남산만큼 부푼 배를 가리지 못하고 옆으로 펼쳐져 있었다.

선묵은 임신 8개월째 접어든 빅토리아의 묵직한 배를 걱정스럽게 바라봤다.

"임산부가 커피 마셔도 괜찮습니까? 빵 말고 밥을 먹어야 할 텐데."

선묵은 수염을 제대로 깎지 않아 덥수룩하게 기른 얼굴을 갸웃거렸다. 빅토리아가 장난스럽게 웃었다.

"걱정은 감사하지만 전 이게 더 입맛에 맞아요."

선묵은 고개를 끄덕이고 의료침대 위에 누운 두 사람을 바라봤다.

"두 사람 다 괜찮습니까?"

"네, 아직까지는요."

빅토리아와 선묵의 눈길이 닿은 곳엔 산소 호흡기를 착용한 양자와 동민이 나란히 누워 있었다. 두 사람의 머리는 머리카락 한 올 없이 깨끗했고 대신 복잡한 기계 설비에 연결된 전선이 잔뜩 붙어 있었다.

"이 실험, 정말 괜찮은 겁니까? 병원도 아니고 이런 데서……."

선묵의 말에 빅토리아는 별채를 개조한 실험실을 둘러보았다. 나무로 된 서까래와 기둥이라니, 흔한 실험실과는 많이 달랐다. 그래도 기구들을 급조해 갖춰 놓은 것치고 꽤 그럴듯해 보였다. 정광복이 사용하던 바이탈 기기들과 미국에서 몇 달에 걸쳐 공수한 실험 기기들을 별채에 설치하기까지 반년이 넘게 소요됐다.

"동민 씨가 철저하게 확인하고 들어갔으니까, 정말 괜찮을 거예요."

선묵은 두 사람의 후두부 하단에서부터 뻗어 나온 광섬유들을 따라 천천히 시선을 옮겼다. 빽빽하게 케이블이 꽂힌 기계장치 중앙에는 여섯 개의 실린더가 자리 잡았는데, 그중 다섯 개의 실린더에 맑은 노란색 액체가 담겨 있었다.

"저 액체의 역할이 뭐죠?"

"DMN용액이라고 해요. 인간의 뇌를 강제로 디폴트…… 휴식 모드로 만들어주는 용액이라고 볼 수 있어요. 저걸 투여하면 내측전전두엽피질, 후대상피질, 두정엽피질에 퍼져 있는 신경세포망이 활성화되면서 인지 상태에선 서로 연결되지 않던 뇌의 부위들을 강제로 연결시키고, 일종의 몽상 상태를 만들어줍니다."

"그게, 미리암…… 대표님의 의식을 되돌리는 데 무슨 역할을 하나요?"

빅토리아는 어떻게 설명할지 고민하다 차근히 대답을 이었다.

"동민 씨는 미국의 모든 뇌과학자들이 참여한 브레인 프로젝트에서 유일하게 유의미한 성과를 낸 과학자예요. 누구도 발견하지 못했던 인간의 의식 메커니즘을 밝혀냈죠."

빅토리아는 선묵의 오른손바닥 위에 자신의 손을 올려놨다.

"제 손을 잡아보세요."

선묵은 조심스럽게 빅토리아의 가느다란 손가락을 쥐었다.

"손을 잡아야겠다고 생각하고 손이 움직였나요? 아니면 동시에 이루어졌나요? 아니면 생각도 하기 전에 손이 먼저 움직였나요?"

선묵은 머리를 긁적였다.

"생각해보지 않았습니다."

"그럼 다시 한번 해보세요."

빅토리아가 선묵의 오른손 위에 자신의 손을 올렸다. 선묵은 빅토리아의 질문을 의식하느라 그러는지 아까처럼 선뜻 쉽게 빅토리아의 손을 잡지 못했다.

"의식하기 시작하니까 몸이 제대로 안 움직이죠?"

빅토리가 다시 FMRI 모니터에 시선을 옮겼다.

"걷는 것도 그렇죠. 도시에 사는 인간이 하루에 적게는 오천 보, 많을 땐 삼만 보도 걷는다고 해요. 그렇게 걷는 내내 과연 의식을 하면서 걸을까요? 오른발, 왼발, 뒤꿈치부터 발가락이 떨어지는 것, 무릎의 굽힘 각도. 이런 것들을 다 계산하고 의식하면서 걷지 않죠. 아마의식하기 시작하면 아무것도 하지 못할 거예요. 즉, 우리 의식은 사실상 무의식에서 더 빠른 판단과 작용이 이루어진다는 거죠."

빅토리아는 선묵이 가져다준 샌드위치를 한 손에 들었다.

"여기까진 대부분의 과학자들이 아는 사실이에요. 동민 씨는 더 나아가서 그렇게 디폴트 모드 네트워크 상태를 활성화해서 컴퓨터와의식을 연결하면 의식이 무의식과 경계가 느슨해지면서 그 어느 때보다 더 활발하게 활동한단 걸 깨달았어요. 그리고 그 상태에서 자신이 의식하지 못하던 잠재된 기억도 얼마든지 끌어낼 수 있게 되죠. 잃었던 의식을 깨울 수도 있고요. 또, 의식의 경계가 느슨해진 상태에서는 외부, 즉 다른 사람도 그 연결된 의식을 들여다볼 수 있게 되죠. 마치 물속을 헤엄치는 것처럼요. 그렇게 컴퓨터와 의식을 연결시키는 포팅 시스템을 개발했고, 그 과정에서 빠질 수 없는 가장 중요한게 저 DMN 용액인 거예요."

빅토리아가 햄샌드위치를 깨물자 홀그레인 머스타드 소스가 빅토리아의 배 위로 떨어졌다. 선묵이 얼른 냅킨을 가져와 건넸다.

"감사합니다. 그런데 보안 강화는 어떻게……."

"안 그래도 보안업체에 사람을 더 구해달라고 요청해놨어요."

빅토리아가 샌드위치를 꼭꼭 씹으며 모니터를 확인했다. 선묵이 일부러 차분하게 물었다.

"성공할 것 같은가요?"

"그래야죠……. 만약 이 실험이 성공하면 어머님을 깨우는 것 외에도 인류의 새로운 챕터가 열릴지도 몰라요."

선묵은 빅토리아의 말을 들으며 침대에 반듯하게 누워 있는 동민을 바라봤다. 그때 맑은 용액이 든 실린더 중 두 번째 프로펠러가 빠른 속도로 돌며 노란 액체를 밀어내 동민의 몸쪽으로 흘려보냈다.

"실패하면 어떻게 되나요?"

"당장 예측할 수 있는 실패의 경우는 하나예요. 두 사람이 깨어날 때가 될 때까지도 세타파가 일정한 패턴으로 발생하는 상황이죠. 그땐……."

"그땐?"

"해마의 신경세포 소실로 뇌가 위축될 겁니다. 무의식에 의식이 잠기면서 둘 다 기억을 모두 잃어버릴 거예요."

선묵의 입이 굳게 다물렸다.

"하지만 걱정 마세요. 동민 씨가 그런 일이 일어나지 않게 포팅 장치에 손을 써뒀거든요. 세타파가 일정 이상 유지되면 세타파가 발생하는 쪽에게 외부자극이 조금씩 주어지도록 프로그래밍했어요. 외부자극이 두 사람을 세타파에 빠져 있는 상태에서 벗어나게 해줄 거예요."

빅토리아는 별일 없을 거라는 듯 덤덤하게 대답했다. 동민도, 양자도 이때만큼은 그저 실험 대상자일 뿐인 것처럼 여기는 것 같았다. 선묵은 그런 빅토리아의 태도에 표정이 더 딱딱해졌다.

빅토리아는 샌드위치의 마지막 조각을 입에 털어 넣고 두 사람의 뇌파 데이터를 꼼꼼하게 기록했다. 데이터에 어떤 변화가 있었는지 밝은 목소리가 터져 나왔다.

"두 사람의 편도체가 활성화됐어요! 포팅이 무사히 성공했다는 증거예요. 근데 어머님한테서 벌써 세타파 패턴이 보이네요. 이렇게 빨리 뜰 리 없는데, 이상하다……."

빅토리아는 잠깐 심각해진 것 같기도 했다. 다 먹은 샌드위치의 비닐을 구겨 버리며 컴퓨터에 연결된 포팅 시스템을 다시 점검했다. 바쁘게 손을 놀리는 빅토리아를 보며 선묵은 더 방해하지 않기 위해 문쪽으로 걸음을 옮겼다.

"또 필요한 거 있으면 말씀하세요."

"네, 감사해요. 이걸로 하면 되죠?"

빅토리아가 벽에 붙은 흰색 인터폰을 가리켰다.

"네, 내부 직통 인터폰이니까 들기만 해도 저와 연결될 겁니다."

선묵은 별채 밖으로 물러났다.

계단을 내려서다 문득 뒤돌아보았다. 별채는 여전히 밖에서 봤을 땐 평범한 고택에 불과했다. 안에서 어떤 위대한, 혹은 끔찍한 실험이 벌어지고 있는지 누구도 알 수 없었다. 선묵은 다만 그 실험 한가운데 빅토리아가 있다는 걸 재차 의식했다. 실험의 결과가 그녀의 손에 달려 있다는 것도.

빅토리아는 적막한 공간을 둘러보며 상념에 잠겼다. 커피를 한 모금 들이켜며 반년 전 이곳에서 일어났던 일들을 떠올렸다. 뱃속의 아이를 잃을 뻔했고, 시어머니인 양자가 혼수상태에 빠지게 되었던 당시의 사건을 떠올리자 속이 금세 아찔해졌다.

제삼자인 자신에게도 충격적이었건만, 그 일을 다 겪고도 동민은 빅토리아에게 이 위험천만한 실험을 진행해야만 한다고 설득했다.

"동민 씨, 그만 고집부리고 원래 계획대로 USB를 없애. 그게 맞아."

빅토리아는 단호하게 동민을 막아섰지만, 그는 쉽게 포기하지 않았다.

"지난번 실험을 떠올려봐. 피실험자와 다이버의 DNA가 일치했을 때 싱크로율이 높았잖아. 심지어 사촌 관계였음에도 불구하고 수치가 80% 이상이었으니까 나와 어머니는 더 높은 확률로……."

"장난해? 지금 성공 여부가 중요한 것 같아? 데이빗과 윌리엄 소장한테 협박받았던 거 잊었어? 그 사람들한테 안 휘둘리려고, 똑같은 일 저지르지 않으려고 한국으로 온 거잖아! 그래놓고 어머니를 상대로 불법적인 실험을 또 하겠다고?"

빅토리아는 분노에 차 동민에게 쏘아붙였다.

"난 당신만 믿고 한국에 왔어. 미국에 있는 모든 가족들을 두고 당신을 선택한 내게 어떻게 이럴 수가 있어? 난 못 해. 안 해. 이건 당신 욕심이야. 그 욕심에 우리 애까지 휘말리게 할 순 없어."

동민은 양미간을 누르며 신음했다.

빅토리아의 말이 백번 옳았다. 더 이상 동민은 혼자가 아니었다. 그에겐 책임져야 하는 아내도, 아이도 있었다. 이 아이만큼은 다르게 키우겠다고 각오했던 만큼 무책임한 결정을 내릴 수는 없었다. 하지만 만에 하나의 가능성을 놓을 수 없는 것도 동민에겐 어쩔 수 없는 일이었다.

빅토리아는 두 손으로 동민의 팔을 그러잡고 설득했다.

"기억 안 나? 그 마지막 실험의 결과를 떠올려봐. 혹시라도 당신이 그렇게 된다고 하면……."

그날의 끔찍한 광경을 떠올리는 것만으로도 빅토리아는 속이 울렁거렸다.

애석하게도 그녀는 누구보다 동민을 잘 알았다. 그는 한번 마음 먹은 건 기어코 해내고 마는 사람이었다. 포기하지 않을 터였다. 이전에는 그게 동민의 매력이었는데, 그때만큼은 이기적인 동민이 원망스러웠다.

"미안해."

동민은 빅토리아를 끌어안으며 말했다.

"하지만 이대로 아무것도 시도해보지 않은 채 포기할 순 없어. 해결 방법이 눈앞에 있는데 어떻게 마냥 손 놓고 있겠어. 그리고 알잖아, 이 실험은 나 혼자서 할 수 없다는 거."

"안 돼. 절대 안 해."

단호하게 거절하는 빅토리아의 손에 키패드가 달린 USB가 쥐여졌다. 빅토리아는 눈을 질끈 감았다.

"이번엔 다를 거야. 날 믿어줘. 새로 고안한 안전장치도 해둘 거고, 그리고 최고의 뇌과학자, 빅토리아가 지켜볼 거잖아. 어머니도 나도 무사할 수 있을 거야."

빅토리아는 그가 쥐여준 USB를 만지작거렸다. 이 작은 도구 속에 동민의 평생의 업적과 인류의 생활방식을 송두리째 바꿀지 모를 데이터가 담겨 있었다. USB를 쥔 손이 활활 불타는 듯했다.

"정말 이걸로 혼수상태인 어머니 의식을 다시 돌려놓을 수 있다고 생각해?"

"가능해. 당신이 도와준다면."

"실패하면? 그래서 당신이 나도, 우리 피치도 잊어버리게 되면?"

동민은 즉답을 내놓지 않았다. 빅토리아의 어깨에 고개를 묻었다가 천천히 입을 열었다.

"빅토리아, 난 모든 위험을 감수하더라도 이 실험을 해야겠어. 하지만…… 그래, 당신에게 확신이 들지 않는다면 나도 더는 요구하지 않을게."

빅토리아도 한동안 대답하지 못했다.

"……정말 자신 있어?"

확신이 필요했던 빅토리아의 질문에 동민은 기꺼이 대답했다.

"당신이 걱정하는 일은 생기지 않을 거야. 약속할게."

빅토리아는 동민의 품에 얼굴을 묻었다. 이렇게 될 줄 알았다는 듯 긴 한숨을 내뱉었다.

"고마워, 빅토리아. 정말 고마워."

어느새 동민의 뺨에도 눈물이 타고 흘렀다. 그날 서로의 눈물을 닦아주며 정요에서 비밀스러운 실험이 결정되었다.

빅토리아는 배가 점점 불러오면서 그때의 기억을 깊은 곳에 묻어두었다. 태아를 지키려 배의 피부가 두껍고 단단하게 변하는 것처럼, 자신도 부정적인 감정으로부터 아이를 지키기 위해 머릿속에도 두꺼운 벽을 세웠다. 실험에 대한 불안도 동민을 향한 믿음과 과학자로서의 각오로 애써 눌러두며 지금까지 버텨냈다.

빅토리아는 디카페인 커피를 한 모금 들이켰다. 뱃속의 아기가 기지개라도 켜는 건지 태동과 함께 내장이 눌렸다. 빅토리아는 허리를 펴고 잠든 동민을 바라보았다.

"믿어. 난 믿어."

다짐인지 아니면 본인에게 스스로 거는 주문인지 알 수 없었다.

동민의 몸으로 흘러 들어가는 용액의 남은 용량을 확인했다. 돌발 상황이 발생하지 않는다면 열 시간 뒤에 동민은 자신의 품으로 돌아올 것이다. 빅토리아는 부푼 배 위에 손을 얹고 다시금 되뇌었다.

"난 믿어."

양자는 완전히 넋이 나가 금방이라도 쓰러질 것만 같았다. 어린 동민이 양자에게 좀 더 가까이 다가왔다.

"어머니는 현재 의식불명 상태에 빠져 계세요."

"내가, 어쩌다가……."

당황한 양자를 빤히 보며 동민은 자신만 알고 있는 상황들을 순식간에 쏟아냈다.

"일단 지금 확인해야 할 건 하나예요. 제 의식으로는 어떻게 넘어오신 거죠? 의식불명의 피실험자, 어머니에게 포팅 시스템을 연결하면 다이버인 저만 어머니 의식으로 접근할 수 있는데, 지금은 완전히 반대가 되었어요. 분명히 저는 의식이 온전한 상태에서 실험을 시작했는데 말이죠."

어린 동민이 고사리 같은 손가락으로 주먹을 쥐더니 자신의 아랫입술에 가져다 댔다.

골똘히 고민하는 아이를 보며, 양자는 감상에 젖으려다가 정신을 다잡았다. 얼른 오른손에 찬 시계를 풀어냈다.

"내가 반복되는 하루에 빠져 있을 때 한 남자가 찾아왔었어. 이름은 마이클이랬고, 내게 이 시계를 주고 갔어."

검은 시계를 받아들고 동민은 한참 동안 가만히 바라보기만 했다.

"내게 디멘시아란 상태에서 탈출하는 방법을 알려주고, 네가 위험에 빠진 것도 알려준 사람이야. 난 널 구하기 위해 이곳으로 들어온 거고……."

양자는 어쩐지 제 목소리가 기어들어 가는 걸 느꼈다. 그동안 그렇게 밀어내고 또 밀어냈던 엄마가 이제 와 자신을 구해주러 왔다고 하면 믿어주기나 할까. 사실대로 말할수록 초조한 마음도 부풀었다.

동민은 마이클의 시계에만 몰두했다. 시계를 들어 왼손에 찼다. 어른용이라 헐렁해야 했지만 동민이 착용하자 팔목에 맞춰 알맞게 줄어들었다.

"어머니가 말씀하시는 마이클이 누군지 모르겠지만, 어떻게 이곳에 오시게 된 건지는 알 것 같아요."

계단을 내려가려는지 어린 동민이 난간을 잡았다. 그 모습이 힘겨워 보여 양자는 아들의 작은 손을 덥석 잡았다. 하지만 동민은 매몰차게 양자의 손을 뿌리쳤다.

"혼자 할 수 있어요."

어린 아들에게 외면당하자 양자는 머쓱해졌다.

"그런데 나는 어쩌다가 혼수상태가 된 거니?"

양자가 문득 궁금해진 걸 묻자 동민은 잠시 주저했다.

"아마도 그날의 기억이 너무 충격적이라서 잊으신 것 같아요."

계단을 다 내려온 어린 동민은 흘러내린 양말을 추슬러 올리며 말을 이었다.

"어차피 지금처럼 의식이 명확한 상태면 실험이 끝났을 때 멀쩡히 깨어나실 거예요. 프로젝트가 성공한 거죠."

"그럼 얼른 여기서 빠져나가자."

동민은 고개를 설레설레 저었다.

"제 모습을 보세요. 이대로 깨어나면 어린아이처럼 행동하고, 반복되는 기억 속에 갇혀 현실을 인지하지 못하고 살아가겠죠. 치매처럼요."

신발까지 제대로 고쳐 신고 나서 동민은 덤덤하게 대답했다.

"하지만 지금 의식이 뚜렷하잖니. 내가 제대로 빠져나와 의식을 차릴 수 있는 거라면, 동민이 너도 빠져나올 수 있을 거야."

"저는 어머니와 다르게 다이버로서 특수 용액을 사용한 케이스라 상황이 달라요. 그래서 이렇게 제 본래의 의식이 기억에서 분리되어 있는 거예요. 원래는 제 본래 모습, 서른 살 모습으로 분리되어서 돌아다녀야 하는데, 아마도 제가 디멘시아에 빠지면서 의식이 둘로 나뉘고 어린애 모습으로……."

"용액이라니?"

동민은 양자를 한 번 올려다보더니 왼손을 가볍게 흔들었다.

양자는 뱃속이 약간 울렁거리는 느낌을 받았다. 그리고 어떤 냄새를 맡고 살짝 콧잔등을 찌푸렸다. 주변 풍경의 색채도 한순간 뒤섞이나 싶더니, 곧 온갖 실험 도구들로 가득 찬 선반이 눈앞에 드러났다.

"쥐 오줌 냄새예요. 아무리 우리를 깨끗하게 청소해도 냄새가 가시질 않더라고요."

어린 동민은 이곳이 익숙한지 제 키보다 높은 실험실 선반들 사이를 익숙하게 지나갔다. 그중엔 냄새의 근원지로 추정되는 하얀 털에 빨간 눈을 가진 실험용 쥐들이 든 우리도 있었다.

양자는 동민을 쫓으며 하얀 벽으로 둘러싸인 실험실을 둘러봤다.

아마도 여긴 미국에서 동민이 일하던 곳인 듯했다.

아들이 근무했던 환경은 생각보다 썩 좋아 보이지 않았다. 실험실 자체는 넓어 보이는데, 갖은 책장과 실험대, 시약 선반으로 가득 차 있어 사람 한 명이 겨우 설 만한 폭의 복도만 비어 있었다.

"플라스크에 옷이 걸리지 않게 조심하세요. 처음 온 사람들은 많이 깨 먹거든요."

동민은 어머니를 뒤돌아보면서도 어느 것 하나 닿지도 않고 능숙하게 나아갔다. 양자는 처음보다 더 주의를 기울여 뒤따랐다.

"플라스크가 깨지는 건 괜찮은데, 제가 깨지는 소리를 잘 못 들어요. 주파수가 너무 높으니까 아무리 최신형 인공와우도 그건 못 잡아내더라고요. 그래서 깨진 줄 모르고 밟거나, 만져서 다치는 때도 종종 있었어요."

어린 동민이 자신의 머리에 붙은 인공와우 기계를 톡톡 건들며 말했다. 당사자인 동민은 무심해 보였지만, 양자는 가슴이 자르르 저렸다.

"미안하다……."

엄마의 사과를 듣자 어린 동민이 그 자리에 멈춰 섰다.

"뭐가요?"

"네 귀 말이야. 그렇게 만든 데는 내 책임도 있어."

"아, 그거 말씀이구나. 너무 신경 쓰지 마세요."

양자는 어린 동민이 손가락으로 가리킨 곳을 바라봤다.

20대 중반의 동민이 모니터 앞에 앉아 있었다. 열심히 체크하고 메

모하며 키보드를 두드렸다. 가끔씩 고개를 내밀고 확인하는 곳엔 두 개골이 활짝 열린 생쥐 두 마리가 호두만 한 배를 천천히 들썩이며 나란히 누워 있었다.

"할아버지가 달항아리 나올 때마다 제게 한 놈 골라보라고 하셨던 거 기억하세요?"

양자는 생쥐들의 뇌에 찔러 넣은 얇디얇은 전극들을 바라보며 고개를 끄덕였다.

"그때마다 커다란 달항아리의 배에 귀를 대고 어떤 놈을 골라야 할지 가만히 들어보곤 했었죠. 아마 평범한 아이였다면 두 항아리에서 똑같은 소리가 난다고 했을 거예요. 인간이 들을 수 있는 공명현상의 주파수 폭이 한정적이기 때문이죠. 하지만 제겐 주파수를 대신 읽어주는 이 기계장치가 있었기 때문에 두 항아리의 울림이 다르다는 걸 알았어요. 아주 미세한 차이점을 알 수 있었던 건데, 그 사실을 몰랐던 할아버지는 제가 도자기 천재인 줄 아셨겠죠."

생쥐의 작은 발에는 작디작은 바늘이 꽂혀 있었다. 주삿바늘의 끝엔 노랗고 맑은 액체가 담긴 튜브가 연결되어 있었고, 중간에 달린 작은 밸브를 통해 조금씩 투여되었다.

"남들이 다 들을 수 있는 건 못 듣게 되었지만, 저만 들을 수 있는 것이 있다고 생각하니까 자신감이 생기더라고요. 그러니까 그걸로 미안해하지 마세요. 어떻게 보면 그것 덕분에 제가 뇌과학까지 오게 된 것도 있으니까요."

20대의 동민도, 양자의 곁에 선 어린 동민도 움찔거리는 생쥐들을 바라보며 눈을 빛냈다.

 "뇌라는 기관은 참 신기해요. 어떠한 자극이든지 모두 전기로 받아들이고, 전기로 신호를 내보내거든요. 기술이 발전할수록 뇌파에서 읽어낼 수 있는 것들이 점점 많아지고 있죠. 제 귀에 있는 이 기계도 소리를 전기신호로 바꿔서 뇌가 읽을 수 있게 해주는 거니까, 반대로 뇌가 내보내는 신호를 읽으면 듣거나 볼 수 있을 거라고 생각했어요. 이미 자퀴스 비달 박사가 1973년부터 뇌파를 이용해 뇌공학 개념을 정립해두셨죠. 상상이 가세요? 거의 반세기에 가까운 시간 동안 인간들이 무슨 연구들을 해왔을지? 아마 무엇을 상상하든 그 이상일 겁니다."

 동민은 조금은 흥분한 것처럼 보였다. 양자는 그의 말을 제대로 이해하지 못했지만, 왜인지 그녀의 가슴도 동민의 설레는 감정을 따라 더 크게 뛰는 것 같았다.

 마침 실험실 안으로 가운을 입은 빅토리아가 들어왔다.

 양자가 비행기에서 봤던 빅토리아의 모습과는 헤어스타일부터 사뭇 달라 보였다.

 "소장님이 좀 보자고 하던데?"

 "젠장."

 "무슨 일이야?"

 "세부 사항이 적힌 보고서를 데이빗한테 아직 안 줬거든. 쪼르르

가서 일렀나 보네."

동민이 답답한지 자신의 왼팔 흉터를 긁다 못해 잡아 뜯었다.

"확신이 안 서. 이 DMN용액 레시피를 데이빗에게 보여주는 게 맞는지. 아니, 애초에 이 연구소에서 계속 진행하는 게 맞는 건지도."

빅토리아는 그의 머리를 가만히 끌어안았다.

"데이빗도 엄연히 우리 연구소 소속인걸. 이 레시피를 전달해줘야 다음 실험으로 넘어가든지 할 거 아냐."

"그 자식은 갈수록 믿을 수가 없어. 혼자 제대로 진행 중인 실험도 없는데 연구소에서도 거의 얼굴마담용으로만 내세우고."

"소장님도 생각이 다 있겠지."

"윌리엄 소장도 믿을 수 없는 건 마찬가지야."

동민이 신경질적으로 책상을 쾅 내리치자 빅토리아는 다시 자신의 가슴 사이로 동민의 얼굴을 끌어당겼다. 동민은 불편한 낯으로 빅토리아의 어깨에 고개를 기댔다.

"진정해, 자기. 그래도 여기만큼 자기 실험에 전폭적으로 지지해줄 연구소가 또 어딨겠어."

"그거야말로 위험하지. 연구소가 파탄 날 위험을 감수하면서까지 불법적인 실험을 하게 해준다니. 함정일 거야. 날 시험하려는 걸지도 몰라. 그 실험을 승낙하는 것만으로도 난 제명당할 수 있어. 21세기에 인체실험이라니."

동민은 불안해 보였다.

"자긴 너무 걱정이 많아. 당신의 가치가 얼만지 뻔히 아는 사람들이 그럴 리가. 듣자 하니 여기 연구소 투자자 중에 연방 쪽 기관도 있다더라. 설마 이게 다 불법이겠어? 계획이 있으니까 실험을 제안하는 거겠지."

빅토리아는 동민의 얼굴에 부드럽게 입을 맞췄다. 동민은 그녀를 밀어내며 고개를 틀었다.

"아무리 생각해도 불안해. 비상식적이야. 뭔가 다른 꿍꿍이가 있지 않은 이상 이렇게까지 밀어붙일 수는 없어."

"하지만 당신도 궁금하잖아?"

빅토리아의 말이 핵심을 찔러왔다. 동민의 눈동자가 흔들렸다.

"당신이 입버릇처럼 말했던 거잖아. 사람을 대상으로 실험하면 개발 속도가 훨씬 빨라질 거라고. 인간의 의식에 관한 연구이니 인간에게 해야지, 안 그래? 난 지금이 기회라고 봐."

"그러다가 정말 실험이 성공이라도 하면? 연구 자료가 안전하게 보호될지 연구소가 아직 보장해주지 않았어."

동민의 목소리가 떨리고 있었다. 그의 눈엔 망설임이 있었지만, 그만큼 숨기지 못한 어떤 기대와 열망도 복잡하게 뒤섞여 있었다. 동민은 시선을 돌려 모니터를 바라보았다.

"이 시스템은 그 어떤 것보다 철저하게 관리되어야 해. 특히 DMN 용액은 마약류로 다뤄야 할 거야."

동민이 방심하고 있는 사이 빅토리아가 그의 무릎 위로 올라탔다.

가운을 벗으며 말을 덧붙였다.

"아니면, 우리가 먼저 상품화를 시켜버리는 건 어때? 어차피 개발된 뒤 남용될 거라면, 우리에게 올 이익을 좀 더 생각해도 좋지. 당신이 만든 용액 레시피랑 포팅 알고리즘은 어느 곳에 제시하더라도 천문학적인 금액을 받을 수 있을걸? 대기업 로비 한 번이면 FDA 승인도 금방 내줄 거고."

빅토리아의 풍만한 가슴이 어느새 완전히 드러났다. 빅토리아는 동민의 바지춤에 손가락을 가져다 대며 말했다.

"어쩌면 기업들이 더 철저하게 관리할지 몰라. 그들은 절대로 손해볼 짓은 하지 않으니까. 그래서 말인데, 당신 그 USB 어디에 뒀어?"

바지 버클을 풀던 손가락을 들어 빅토리아는 동민의 입술로 가져갔다. 그녀는 이미 반나체 상태였다.

양자는 보기 민망했는지 손으로 얼굴을 가렸다. 아들의 이런 노골적인 사생활까지 알고 싶지는 않았다. 그러다 슬쩍 어린 동민의 표정을 들여다보았다. 그의 얼굴은 자신보다 훨씬 더 일그러져 있었다.

"제 기억이 아니에요."

"응?"

어린 동민의 목소리에는 지독한 분노가 섞여 있었다.

"저 여잔 빅토리아가 아니에요. 실험실에서 저런 적도 없고, 빅토리아가 제게 저런 제안을 한 적은 더더욱 없어요. 저런 얼토당토않은 소리를 하다니, 대체 빅토리아를 어떻게 보고……."

어린 동민이 그렇게 말하기 무섭게 기억 속 빅토리아가 반응을 보였다. 동민의 무릎에 올라탔던 그녀는 섬뜩한 표정을 하곤 양자가 있는 방향으로 고개를 틀었다. 양자는 절로 뒷걸음질 쳤다.

"여기 우리 둘만 있는 게 아니었네요."

어린 동민이 다시 왼손을 흔들자 공간이 일렁였다.

모든 것이 액체처럼 녹아버리는 와중에 빅토리아가 의자에서 뛰어내려선 양자를 향해 귀신처럼 내달렸다. 빅토리아의 얼굴이 점차 기괴하게 비틀렸다. 날카로운 손톱이 양자를 붙잡기 위해 허공을 갈랐고, 양자는 본능적으로 몸을 뒤로 휙 젖혔다. 놀라운 반사신경으로 옷자락을 거머쥐려는 빅토리아의 손아귀에서 가까스로 벗어났다.

두 눈이 시뻘겋게 충혈된 빅토리아의 눈이 사라지고, 두 사람은 어두컴컴한 건물 지하 복도에 도착했다. 복도를 떠도는 은은한 약품 냄새가 코끝을 간지럽혔다. 아직 연구소 안인 듯했다.

"방금…… 그건……."

양자는 사색이 된 얼굴로 더듬거렸다. 눈앞에서 사라진 빅토리아의 잔영을 지우려는지 연신 눈을 비벼댔다.

동민은 끄응 앓으며 두 손으로 관자놀이를 짓눌렀다.

"원래라면 기억 속 인물들은 우리를 볼 수도 만질 수도 없어야 해요. 그런데 빅토리아는 정확하게 저희를 보고 달려왔잖아요? 빅토리아의 탈을 쓴 다른 존재입니다. 아마 이 시계를 건넨 그 사람인 것 같네요."

"하지만 그 남자는……."

양자는 그 남자, 그러니까 마이클의 외모를 설명해보려 했다. 그런데 딱히 이렇다 할 특징을 짚어내기 어려웠다. 이국적인 외모라는 표현은 미국에서 오래 생활한 동민에게 의미가 없을 것이며, 비현실적으로 잘생긴 얼굴이었다는 설명은 추상적이었다.

"뭐든 할 수 있는 존재였겠죠. 상대방이 바라는 모습으로 자신의 얼굴을 바꾸는 것쯤이야. 대체 왜 그런 게 있는지 자세히는 모르겠지만……."

동민이 침을 삼키며 엄지로 미간을 문질렀다.

"그래도 우리 둘의 얼굴로 바꾸는 건 어려울 겁니다. 우리는 의식이 분명하니까. 무의식 속 인물들을 흉내 내는 정도밖에 못 할 거예요. 그놈이 무슨 짓을 한 건지 몰라도 지금 제 의식에 깊숙이 침투했어요. 아마 어머니를 따라 넘어온 것 같습니다."

어린 동민은 안내를 하듯 어두운 복도를 익숙하게 걸었다.

미로 같은 복도는 한참이나 이어졌다. 양자는 왔던 길이 어디였는지도 헷갈릴 정도였지만 동민은 척척 길을 찾아갔다. 그러다 어느 붉은색 철제문 앞에 서더니, 자신의 키보다 높이 달린 문고리를 붙들고 온몸으로 힘주어 밀었다. 묵직한 소음을 내며 철제문이 조금씩 열렸다.

"작은 몸으로는 힘드네요."

문을 하나 여는 것도 버거웠는지 어린 동민은 잠시 숨을 골랐다.

"여기는 저와 빅토리아, 데이빗이 함께 실험했던 공간입니다. 극비리에 진행된 실험이었고, 유의미한 결과는 도출할 수 있었지만, 어디에도 발표할 수 없었어요. 당연했죠. 불법이었거든요. 제 잘못이에요. 그때 그 실험을 하지 말았어야 했는데."

완전히 열린 문 너머로 긴 철제 난간과 그 너머 넓은 지하 격납고 같은 공간의 천장이 먼저 눈에 들어왔다. 문 양쪽으로는 벽면에 붙은 시멘트 길이 복도처럼 이어졌다.

아무렇지 않게 앞서가는 어린 동민과 달리 양자는 다리가 떨려서 조심스럽게 발을 내디뎠다. 구멍이 숭숭 뚫린 난간 밑을 보자마자 본능적으로 손잡이를 꽉 붙들었다. 어림잡아도 지금 서 있는 곳은 공간의 바닥에서부터 족히 수십 미터는 될 것 같은 높이였다.

"이쪽이에요."

어린 동민이 손짓했다. 난간을 붙들고 조심조심 따라가니 길 가운데 바닥으로 향하는 회전식 계단이 연결되어 있었다.

"길이 좀 복잡하죠? 원래 군사시설 연구소로 이용되던 곳을 레노베이션 한 거라 곳곳에 숨겨진 공간이 많아요."

4층 높이쯤 되는 계단을 천천히 내려가며 양자는 난간 너머를 내려다보았다. 넓은 공간은 별다른 적재물 없이 텅 비어 있었다. 중앙엔 하얀 비닐로 쌓인 거대 천막이 내부의 빛 때문인지 은은하게 빛나고 있었다. 긴 계단을 모두 내려와 천막 앞에 선 양자는 붉은 글씨로 적힌 'BCR'이란 약자를 발견했다. 곧 그것이 무균실(Biological Clean Room)을 의미한다는 것을 단박에 이해했다.

양자는 처음 보는 영어뿐만 아니라 어려운 용어까지도 술술 잘 읽히는 게 신기했다. 그러다 문득 처음 동민의 의식으로 건너왔을 때 동민의 감각을 고스란히 느꼈던 게 떠올랐다. 아마도 그때처럼 동민과 자신이 동화된 덕에 가능한 일이리라 추측해봤다.

"그 사람이 또 쫓아오면 어떡하지?"

"이곳으로 오리라고는 생각 못 했을 거예요. 아마 정요로 도망갔다고 생각하겠죠. 제가 한국으로 도망갔었던 것처럼."

동민은 천막의 비닐을 들추고 먼저 들어갔다. 양자는 목소리가 울리기보단 삼켜질 정도로 넓고 높은 공간에 덩그러니 서 있다가 한 박자 늦게 따라 들어갔다.

천막 안은 생각했던 것보다 훨씬 더 넓은 공간이었다. 입구에 들어서자마자 소독약이 분사됐다. 양자는 반사적으로 눈을 감고 코를 감싸 쥐었다. 분사가 끝나고 참았던 숨을 내쉬자 알콜 냄새가 훅 끼쳤다.

바닥에 깔린 물렁한 소독 패드를 밟고 나서야 내부로 들어갈 수 있었다.

비닐을 걷고 들어서자 익숙한 뒷모습들이 보였다. 동민과 빅토리아였다.

"뇌파 안정화됐어?"

"피실험자는 세타파로 일정해."

"다이버는?"

"아직."

빅토리아와 동민은 실험에 한창 몰두해 있었다. 양자는 둘 너머로 환자복을 입고 나란히 몸을 뉜 두 명의 남자를 발견했다. 왼쪽 남자와 달리, 오른쪽 남자는 하얀 벨트로 온몸이 침대에 구속되어 있었다.

그들은 생쥐들처럼 두개골이 열려 있지는 않았다. 대신 머리카락이 모두 박박 밀린 채 민둥해진 머리 위로 온갖 전선들이 덕지덕지 붙어 있었다. 두피에 붙은 노랗고 파랗고 붉은 전선들이 마치 미래를 배경으로 한 영화의 한 장면을 연상케 했다.

"용액 농도를 다시 맞춰볼게."

동민은 초조한 표정으로 지켜보다 오른쪽 남자 뒤로 들어갔다. 그리고 프로펠러가 달린 커다란 실린더를 열어 노란 용액을 부었다. 투명했던 용액은 점차 맑은 노란빛을 띠기 시작했다.

"살리엔스 용액 100cc 추가."

"확인."

빅토리아가 두 남자의 바이탈 신호를 확인하며 키보드를 두드렸다.

양자는 실험 과정을 넋 놓고 바라보다 문득 어린 동민이 사라진 걸 눈치챘다. 주위를 휙휙 두리번거렸다.

"저 여기 있어요."

양자는 뒤에서 옷자락을 잡아당기는 작은 손짓에 안심했다. 어린 동민은 뒤쪽에 쌓인 박스 위에 올라앉았다. 양자는 다시 초조한 얼굴로 실험을 지켜봤다.

"다이버, 디폴트 모드 돌입."

빅토리아가 다급하게 외치자 동민이 달려와 반대편 컴퓨터를 두드렸다.

"오전 10시 8분 30초. 포팅 시작."

뱃속이 울렁거릴 정도로 낮은 기계음이 진동했다. 그리고 실린더의 프로펠러가 돌아가기 시작했다. 어린 동민이 상황을 설명해주었다.

"처음엔 순조로웠어요. 용액을 통해 디폴트 모드에 들어가면 의식이 있는 상태에서 주변 환경과 상태를 인지할 수 없게 돼요. 그러면 뇌는 자연스럽게 육체로 향하는 신경을 차단합니다. 오로지 정신과 의식에만 신경이 집중되면서, 명상보다 더 깊은 상태에 들어간 거라고 볼 수 있어요. 불교에서 득도했다는 스님들 얘기를 보면 어떠한 유혹이나 괴로움이 몰려와도 무아의 명상 상태를 풀지 않았다고 하잖아요? 그와 비슷한 상태로 강제로 빠트리는 거라고 보시면 됩니다. 잠을 자는 것과 달라요."

"그럼 명상 상태의 모든 사람들은 상대방의 의식에 들어갈 수 있다는 건가?"

"제가 만든 시스템을 통하면 가능해요. 두 사람의 뇌파 일정 부분이 맞아떨어지는 그 순간의 신호를 전기신호로 바꿔서 다시 각자에게 내보내 주는 역할을 하는 게 포팅 시스템입니다. 사람은 디폴트 모드일 때 포팅 시스템이 가장 안정적으로 읽을 수 있는 뇌파를 내보내요. 그걸 광섬유로 추출해 두 사람을 연결시키는 거죠."

동민의 설명을 듣고도 양자는 한동안 아무런 말도 할 수 없었다.

뇌과학자로서 동민이 이루어낸 업적이 대단해 보이긴 했다. 그러나 지독하게 경험했던 하루의 반복을 떠올리자 과연 이 실험이 옳은 것인지 섣불리 판단하기 어려웠다.

외부에서 실험을 하던 동민은 과연 연결된 의식 내부에서 그 사람이 반복되는 하루에 빠진다는 걸 알 수 있었을까? 만약 알았다면, 알고서도 진행한 것이라면……. 양자는 속이 복잡해졌다.

그 심경을 읽었는지 어린 동민도 한결 침체한 목소리로 말을 이어 갔다.

"알아요. 이 시스템은 문제가 많아요. 하지만 쉽게 포기하기엔 이 시스템이 가지는 가능성이 무한하게 컸죠. 이 연구를 계속 진행한다면 두 명이 아니라 열 명, 천 명, 수만, 수십억의 사람들이 동시에 접속하게 될 수도 있어요. 물론 어디까지나 기술이 더 발전된다는 전제 하에 하는 상상이지만……."

양자는 말없이 어린 동민의 설명을 계속 들었다.

"의식과 감각을 공유하고, 기억을 읽는 것을 통해 모두가 각자의 고통과 고민을 이해하게 되면, 차별도 싸움도 없는 그런 세상을 만들 수 있지 않을까 생각했었어요. 일종의 정신적 유토피아인 거죠. 그 아이디어를 시작으로 어떻게 하면 뇌가 쉽게 디폴트 모드로 돌입할 수 있게 되는지, 어떤 약물을 사용해서 어떤 프로세스로 연결하면 좋을지 연구 끝에 만들어낸 게 DMN용액과 포팅 시스템이에요."

"그럼 이 사람들은 그 사실을 알고도 실험에 자원한 거니?"

동민은 불편한 기색을 보이며 고쳐 앉았다. 양자의 질문에 대답 대신 손목을 흔들어 기억의 시간을 빠르게 감았다.

침대에 누운 남자들과 컴퓨터 사이를 분주하게 오가는 동민과 빅토리아의 뒷모습을 보며 양자는 더 캐묻지 않았다.

동민이 다시 손목을 흔들자 속도가 다시 정상으로 돌아왔다.

꽤 오랜 시간이 흐른 뒤였지만 동민과 빅토리아는 긴장의 끈을 놓지 않고 있었다.

FMRI 모니터를 지켜보던 빅토리아와 동민이 거의 동시에 소리쳤다.

"봤어?"

"두 사람 모두 편도체가 활성화됐어. 어떠한 외부의 자극이 없는데도."

"됐어! 다이버가 성공적으로 피실험자 의식에 접속한 거야. 이제 조금 더 지켜보다가, 마지막 용액 투여가 끝나면 분리해서 깨우면 될 것 같아."

모니터에 뜬 희망적인 데이터에 빅토리아와 동민의 얼굴이 환하게 밝아졌다.

얼마 지나지 않아 실린더에 들어 있던 용액이 거의 바닥을 보였다. 동민과 빅토리아의 손이 바쁘게 움직였다.

"어때? 잘 돼 가?"

양자는 뒤에서 갑작스럽게 들리는 목소리에 깜짝 놀라 돌아섰다.

목소리의 주인공이 고무된 목소리로 말하며 다가왔다. 그는 양자가 보이지 않는지 그녀를 스쳐 지나갔다. 양자는 자신의 곁을 지나가는 잘생기고 키 큰 사내를 단번에 알아보았다.

"마이클?"

양자의 말에 어린 동민이 즉각적으로 반응했다.

"저 인간이 마이클이었다고요?"

그녀가 고개를 끄덕이자 어린 동민이 어금니를 꽉 깨물었다.

"비키, 피곤하지? 커피라도 사 올 걸 그랬나?"

남자는 빅토리아의 어깨를 가볍게 마사지하듯 주물렀다. 빅토리아는 불편한 듯 그의 손을 바로 털어냈다. 불쾌해진 동민이 그의 어깨를 잡고 돌려세웠다.

"소장님은 대체 무슨 생각으로 널 자꾸 여기 끼워 넣는지 모르겠다."

"그렇게 말하니 섭섭하네. 나도 엄연히 여기 연구원이야."

"명예연구원 뭐 그런 거야?"

비꼬는 말에 남자의 입꼬리가 살짝 어그러졌다. 하지만 금방 평정심을 되찾는 것 같았다.

"네 이론을 이렇게 실험해볼 수 있게 해줬잖아. 그것만으로도 고맙게 여기면 되지. 뭘 그렇게 따져?"

남자는 끝부분이 살짝 접힌 동민의 셔츠 카라를 펴주며 말했다.

"이번 보고서는 저번보다 디테일해야 할 거야. 리스크가 큰 만큼 좋은 결과를 기대하고 계시거든."

동민은 대꾸도 하기 싫다는 듯 그를 밀쳐냈다.

이러다 무슨 일이 생길까 봐 불안했는지 빅토리아가 일부러 화제를 돌렸다.

"자, 지금부터가 중요해. 곧 다이버가 깨어날 거야. 포팅에 성공했다면 의식이 돌아온 피실험자도 깨어날 거고."

기다렸다는 듯 다이버라고 불린 오른쪽 남자의 눈이 먼저 떠졌다. 동시에 상체가 들썩였다.

동민이 얼른 침상 가까이 붙었다. 능숙하게 남자의 상태와 연결된 시스템 기기의 반응을 살피는데, 어쩐지 예사롭지 않은 표정이었다. 상황이 예정과 다르게 흘러간다는 게 그의 긴박한 얼굴에 고스란히 떠올랐다.

들썩이던 남자의 입에서 토사물이 쏟아졌다. 동민은 바로 남자의 얼굴을 옆으로 젖혔다.

"데이빗, 얼른 구속구를 풀어!"

방관하듯 서 있던 남자에게 동민이 소리쳤다. 데이빗이라 불린 남자는 마지못해 손을 움직였다.

동민이 실험자의 상태를 살피는 동안 데이빗은 가슴과 팔, 복부를 압박하던 구속구를 풀었다. 하지만 다리 쪽에 남은 세 개의 구속구에 머문 손이 뭔가를 망설이는 듯했다.

"뭐해? 마저 풀지 않고!"

데이빗은 구속구를 풀라는 지시를 무시하고 남자에게서 손을 뗐다. 헛구역질하며 몸을 떨어대는 사내에게 시선을 뺏겼던 동민은 데이빗이 구토 억제제 약물에 주사기를 꽂는 걸 발견하고 소리쳤다.

"제정신이야? 스코폴라민은 BBB(Brain-blood-barrier)를 통과하잖아! 그러다가 뇌세포 하나라도 건드려서 아무것도 기억해내지 못하면 다 망치는 거라고! 기도 확보해야 하니까 빨리 다리 쪽 구속구나 풀어!"

"젠장."

데이빗이 욕을 내뱉으며 주사기를 내려놓았다. 동민의 말대로 다리의 구속구를 풀고 남자를 옆으로 돌려 눕혔다.

동민이 맨손으로 남자의 입속에 손을 넣고 토사물들을 마저 긁어냈다. 그제야 남자는 숨통이 트이는지 기침을 내뿜으며 가쁜 숨을 몰아쉬었다.

그러고도 남자는 한동안 정신을 차리지 못했다. 축 늘어진 상체가 금방이라도 넘어갈 것만 같았다. 동민은 거즈로 입을 닦아주고 빨대가 달린 물컵을 조심스럽게 가져다 댔다.

"삼키지는 말고 헹구기만 해요."

남자는 아이가 젖을 찾아 물듯 빨대를 몇 번이나 오물거리더니 물을 조금씩 빨아들였다.

동민은 그를 유심히 지켜보았다. 인지 상태에 문제는 없어 보였다. 돌발상황이 있었지만, 다행히도 육체적 부작용은 일어나지 않은 듯했다. 하지만 지금으로선 실험이 성공했는지 확신할 수 없었다. 이제 중요한 건 두 사람의 의식이 공유되었는가 하는 거였다.

양동이에 물을 뱉어내는 남자에게 동민은 조심스럽게 대화를 시도했다.

"정신이 듭니까?"

"네……."

"실험 시작 전에 말씀드렸던 것들 기억하십니까?"

남자는 천천히 입술을 뗐다. 그리고 몸을 일으키려 팔에 힘을 줬다.

데이빗은 불안한 표정으로 동민과 남자를 번갈아 쳐다봤다.

"침대 좀 세워줘. 앉을 수 있게."

데이빗이 침대 등받이를 세웠다. 동민은 미리 준비해둔 녹음기와 차트를 가져와 본격적으로 인터뷰를 시작했다.

"이름이 뭐죠?"

남자는 잠시 뜸을 들였다가 입을 열었다.

"조지. 조지 베인스."

동민은 미간을 찌푸렸다. 차트 위에 적힌 남자의 이름은 조지 우드였다.

"지금이 몇 년도인지 아십니까?"

동민은 다음 질문으로 넘어갔다. 남자는 갑자기 깊은 생각에 잠긴 듯 심각한 표정을 지었다.

동민은 침착하게 상황을 설명했다.

"실험 전에 제가 말했던 것 기억하나요? 당신은 혼수상태의 피실험자와 의식이 연결됐었습니다. 기억나는 단어나 문장, 이미지. 뭐든 떠오르는 대로 말씀해주세요."

양자는 남자가 하는 말을 듣기 위해 조금 더 가까이 다가갔다. 그가 누워 있을 때는 몰랐으나 잔주름 가득한 남자는 얼핏 봐도 50대 이상으로 보였다.

"알았어."

남자의 입에서 조그맣게 나온 단어에 동민은 귀를 기울였다.

"무슨 말씀이죠?"

"이제 알겠어."

동민이 대답을 재촉하려 하자 빅토리아가 그만두어야 한다는 수신호를 보냈다. 하지만 동민은 멈추지 않았다. 이대로 그만둘 수는 없었다.

데이빗은 남자의 호흡이 조금씩 가빠지는 걸 보더니 뒤로 물러섰다. 그리고 스마트폰을 꺼내 모든 장면을 촬영했다.

"개새끼."

남자가 갑자기 중얼거렸다.

"소심하기 짝이 없던 놈이 어디서 그런 배짱이 나온 거지? 스티븐, 이 개새끼."

동민은 남자의 입에서 나온 단어에 눈이 번뜩였다. 스티븐은 혼수상태에 빠져 있던 남자의 이름이었다. 실험 전까지 철저하게 분리되어 있었던 두 사람이 서로의 이름을 알 리 만무했다. 동민의 심장이 미친 듯이 뛰었다. 실험이 성공했다는 생각에 벅차오르는 마음을 숨기기 어려웠다.

"그를 알겠어요? 그의 기억을 본 건가요? 아니면 그와 대화를 한 건가요?"

남자는 이번엔 갑자기 울상을 지으며 제 손을 내려다봤다. 헛것이라도 보는 것인지 엉뚱한 데 시선을 두고 중얼거렸다. 동민은 그의 반응을 하나도 놓치지 않으려고 눈을 부릅떴다.

"이게 다 이거 때문이야. 이것들만 없으면."

남자가 울먹거렸다. 영문을 알 수 없는 말이 반복되자 동민은 인상을 찌푸렸다.

"조지, 진정하고……."

"내게 놔준 약이 뭔지 모르겠지만, 정말 좋았어. 여태껏 맞아본 것 중에 최고야!"

남자가 갑자기 환호성을 질렀다. 돌발적인 반응에 동민은 뒤로 물러섰다.

어느새 데이빗은 다이버에게서 거의 열 걸음 정도 떨어져 있었다. 동민은 데이빗이 뭔가 수상하다고 생각했지만, 그에게 오래 관심을 둘 수 없었다.

동민은 정신이 반쯤 나간 얼굴로 제 양손을 빤히 바라보는 민머리의 남자로 시선을 고정했다. 하나라도 놓칠세라 녹음기를 더 바짝 가져다 댔다.

"조지, 당신은 혼수상태였던 피실험자 스티븐 베인스와……."

동민은 피실험자의 이름을 말하다가 번뜩 떠오른 것이 있었다. 갑자기 머리가 차갑게 식는 걸 느꼈다. 놓치고 지나갔던 문제가 섬광처럼 머릿속을 스쳤다.

당황해하는 동민을 보더니 남자는 갑자기 웃음을 터뜨렸다. 행복이나 즐거운 감정은 전혀 느껴지지 않았다. 신경질적인 폭소는 멈출 기미가 안 보였다.

서서히 상황을 인지한 동민은 눈으로 데이빗을 찾았다. 멀찌감치 떨어진 데이빗은 스마트폰으로 모든 상황을 찍고 있었다. 스마트폰에 찍힌 동민은 화가 난 듯했다.

동민은 데이빗을 노려보던 시선을 거두고 진정제를 찾기 위해 몸을 돌렸다. 이대로라면 정상적인 대화는 불가능했다.

동민이 주사기로 진정제를 뽑는 사이 남자의 웃음소리가 갑자기 뚝 끊어졌다. 이어서 까드득, 뼈가 부러지는 소리가 들렸다. 동민은 움직이던 손을 멈췄다.

입을 벌리고 웃는 남자의 혓바닥 위에 뭉툭한 덩어리가 놓여 있었다. 피로 흥건한 입가를 따라 동민의 시선이 닿은 곳은 그의 오른쪽 손이었다. 엄지손가락의 첫 번째 마디가 있어야 할 부분이 사라져 있었다.

남자는 입 안에 있던 손가락을 꿀떡 삼켰다. 거기서 멈추지 않았다. 남자는 검지를, 중지를, 약지의 첫 번째 마디들을 이빨로 끊어냈다. 그렇게 끊어낸 손가락 마디들을 씹지도 않고 목구멍으로 꿀떡꿀떡 삼켰다.

동민은 눈앞에서 벌어지는 믿을 수 없는 광경에 완전히 얼어붙었다. 남자의 가지런하던 앞니는 손가락의 관절뼈에 의해 세로로 쪼개져버렸다. 잇몸에서 피를 철철 쏟아내면서도 남자는 기어코 새끼손가락의 첫 번째 마디까지 끊어냈다.

충격적인 광경에 빅토리아는 비명도 지르지 못했다. 왼쪽 엄지손가락을 입에 넣은 남자의 입에서부터 흘러내린 피가 목을 타고 환자복 앞섶을 흥건하게 적시고 있었다. 가까스로 정신을 차린 동민이 진정제가 든 주사기를 남자의 팔뚝에 꽂았다.

정량보다 더 투여된 진정제는 빠른 효과를 보였다. 남자의 동공이 풀리더니 눈동자가 위로 뒤집히며 흰자위를 드러냈다. 눈꺼풀이 파르르 떨리는 사이 동민은 그의 팔을 붙잡았다.

하지만 남자의 아래턱은 모든 근육이 이완되는 중에도 자신의 엄지손가락을 놓지 않았다. 고통스러울 텐데도 남자는 뼈를 갈아내려는 듯 아래턱을 좌우로 움직였다. 대체 포팅 중에 무슨 일이 있었기에 남자가 이토록 처절하게 제 손가락을 먹어 치우는지 이유를 알 수 없었다.

마침내 남자의 아래턱이 멈췄다.

입에서 덜 잘려 너덜거리는 손가락을 빼낸 동민은 그제야 가쁜 숨을 몰아쉬었다. 그리고 곧장 데이빗에게 달려들었다.

"숨길 게 따로 있지, 다이버와 피실험자가 원래 알던 사이인 걸 숨겨? 정확한 실험 결과를 내려면 혈연관계여선 안 되고, 일면식도 없는 사람이어야 한다고 누구이 말했는데! 그런데 가족을 데려와?"

동민은 데이빗의 멱살을 움켜쥐고 벽으로 밀어붙였다. 동민의 얼굴은 분노와 혐오로 일그러졌다.

"날 엿 먹이려고 작정한 거지! 윌리엄과 대체 뭘 꾸미고 있는 거야! 날 함정에 빠트리려고?"

"함정은 무슨 함정. 인체실험을 뭐라고 생각한 거야? 사람을 뭐 실험용 쥐 사듯이 쉽게 살 수 있는 건 줄 알았어? 이 인간도 어떻게 빼낸 건데!"

"이렇게 큰 변수를 내게 숨겨놓고도 실험이 멀쩡히 끝날 줄 안 거야? 네 멍청한 짓 때문에 지금 사람이 죽을 뻔했어!"

"둘 다 그만해! 아직 실험 안 끝났어!"

빅토리아가 끼어들어 외쳤지만 동민은 화가 가라앉지 않았다.

"이건 사람의 의식을 서로 연결하는 실험이라고! 제발 멍청하거나 능력 없거나 하나만 해!"

동민의 일갈에 데이빗도 폭발했다. 동민의 팔을 뿌리치며 소리쳤다.

"누구 덕분에 실험이 성공한 건데? 어?"

"뭐?"

동민이 어이없다는 투로 되묻자 데이빗이 헝클어진 머리를 다시 쓸어 올리며 말했다.

"다이버가 피실험자의 의식에 들어간 게 확실해졌으니 그걸로 된 거야."

동민의 얼굴이 일그러졌다.

"분석도 다 안 끝났는데 네가 그걸 어떻게⋯⋯."

동민이 당황하는 사이 빅토리아가 들뜬 목소리로 소리쳤다.

"피실험자가 의식을 되찾았어!"

동민은 데이빗을 밀쳐내고 두 번째 남자에게 달려갔다.

데이빗은 구겨진 셔츠를 탁탁 털며 분주히 움직이는 두 사람을 지켜봤다. 그의 눈동자에 질투가 잠시 어렸다.

"이봐요, 정신이 들어요?"

침대 위에 누워 있던 남자는 커다란 눈을 껌뻑이며 천장을 응시했다.

"스티븐? 스티븐 베인스, 정신이 들어요?"

동민이 불러대도 멀뚱한 표정만 짓던 피실험자가 고개를 돌렸다. 동민을 보곤 갓난아이처럼 배시시 웃었다.

빅토리아는 동민에게 피실험자를 맡겨두고 길항제를 찾아 약통을 뒤졌다. 과다출혈에 진정제까지 맞은 기절한 다이버가 언제 발작 증세를 보일지 몰랐다.

"데이빗? 지금 뭐 놓는 거야?"

빅토리아는 다이버의 팔에 주사를 놓는 데이빗을 발견하고 손을 멈췄다. 그녀의 큰 눈이 더 동그랗게 떠졌다.

"⋯⋯설마."

데이빗이 주사한 액체가 다이버의 몸에 다 들어가기도 전에 남자의 몸이 축 늘어졌다.

빅토리아가 달려가 남자의 맥을 짚었지만 이미 심장이 멎은 뒤였다. 빅토리아는 충격을 받았는지 비틀거렸다.

맥을 짚은 손목 너머로 바닥에 나뒹구는 빈 약물통이 보였다. 안락사에 쓰는 약물이었다. 한 사람이 죽는 과정이 너무나도 간단히, 순식간에 진행되었다. 황망한 표정으로 돌아보는 빅토리아를 향해 데이빗은 별일 아니란 듯 말을 내뱉었다.

"사형수야. 어차피 죽을 목숨이었다고."

데이빗은 손을 닦아내며 두 사람 모두 들으라는 듯 말했다.

"그 남자의 진짜 파일 넘겨줄게. 실험이 성공적이었던 만큼 보고서도 빨리 올려줘. 시체는 그대로 두고 가. 내가 처리할 테니까."

뒤늦게 동민이 몸을 돌려 죽은 다이버를 확인했다. 무슨 일인지 묻지 않아도 빅토리아의 표정에서 금방 상황을 파악할 수 있었다. 의식은 찾았지만 넋이 나간 피실험자와 싸늘한 주검으로 변한 다이버를 번갈아 보며 동민은 아연실색했다.

깊은 회의감이 동민을 덮쳐왔다. 아무리 사형수라도 실험 때문에 죽게 된 것은 차원이 달랐다.

데이빗은 공포에 휩싸인 두 사람을 남겨두고 태연하게 돌아섰다. 그의 입가에 머문 미소와 가벼운 발걸음이 극단적인 대비를 이루었다.

양자는 자신을 스쳐 지나가는 데이빗을 보며 벌어진 입을 다물지 못했다.

"나중에 데이빗에게 조지 베인스의 진짜 서류를 받았어요. 그는 전형적인 사이코패스로 30년 전 만나던 여자를 죽인 것도 모자라 그 여자의 아이까지 성폭행하고 살해한 악질 범죄자였어요. 그때 성폭행한 아이가 몇 살이었는 줄 아세요?"

어린 동민은 착잡한 목소리로 설명을 덧붙였다.

"13개월이었어요."

깊은 한숨을 내쉬며 동민은 앉아 있던 박스 더미에서 내려왔다.

"의식불명의 피실험자는 조지의 사촌 동생이었고, 데이빗은 알고 데려온 거였어요. 생면부지의 사람끼리 연결되어야만 객관적인 실험 결과를 얻을 수 있을 거라고 생각한 저와 달리 데이빗은 두 남자의 상황을 이용했어요."

양자는 말없이 동민의 설명을 들었다.

"범죄를 저지르고 온 조지가 사촌 동생인 스티븐에게 술에 취한 채로 무용담처럼 떠들어댔고, 참다못한 스티븐이 경찰에 익명으로 신고해 조지가 검거됐죠. 그는 자신을 신고했던 사람이 스티븐이었단 사실을 끝까지 몰랐다고 해요. 이 포팅 실험을 통해 알게 된 거죠. 그래서 데이빗은 조지의 입에서 스티븐의 이름이 나오는 순간 실험이 성공했단 사실을 알아차린 거고요."

어린 동민은 얼어붙은 양자의 손을 꼭 잡고 실험실 텐트 밖으로 이끌었다.

"그리고 조지의 범죄를 입증하는 데 가장 큰 역할을 한 게 현장에 남아 있던 지문이었대요. 추측하건대 조지는 평생 후회했던 일이 지문을 현장에 남기고 왔던 것이었나 봐요. 갓난아이를 성폭행한 것도, 여자를 죽인 것도 아니고 자신이 지문을 지우지 못한 것만 잘못했다고 생각했다니."

양자는 혀를 차는 어린 동민을 가만히 바라보다가 물었다.

"그럼 스티븐이란 남자는 어떻게 된 거야?"

"실험 전까지 의식불명이었는데 포팅 시스템 덕분에 의식을 되찾긴 했어요. 드라마틱한 변화는 없었지만 말이에요. 알츠하이머 환자처럼 자기 자신을 아예 기억하지 못하더군요. 데이빗이 조지만 죽이지 않았어도 더 명확하게 밝혀낼 수 있었을 텐데."

동민이 작은 주먹을 꽉 쥐었다.

"스티븐은 원래도 치매 증상이 있었던 걸로 밝혀졌어요. 그래서 포팅으로 자극을 받고 있을 때도 계속해서 세타파 패턴을 보였던 거죠."

나선형 계단을 오르던 양자가 멈춰 섰다.

"그게 무슨 말이니?"

"괜히 의식과 무의식의 경계에 빠진 걸 '디멘시아'라고 명명한 게 아니에요. 치매 환자는 포팅 시스템에 맞지 않아요. 실험 중 디멘시아에 빠질 가능성이 일반인보다 수십 배로 높거든요."

동민의 대답이 떨어지자마자 양자가 작은 어깨를 붙잡으며 버럭 화를 냈다.

"너……! 대체 내 머릿속에 뭐가 있을 줄 알고 뛰어든 거야? 그러다 너도 위험해지면 어쩌려고!"

동민은 어리둥절해 하다, 그녀의 생각을 짐작하고 차분해졌다.

"제가 지난번에 치매센터에 검진받아보라 한 것 때문에 그러세요? 결과지 보셨잖아요. 어머니는 해당 사항이 없어요. 치매도, 정신질환도 없으셨으니까. 그리고 제게 책임이 있다고 생각했어요. 어머니를 혼수상태로 만든 게 저니까요."

양자는 움켜쥐었던 동민의 어깨를 놓았다. 동민은 이만 돌아가자는 뜻인지 먼저 걸음을 옮겼다.

나선형의 계단을 오르는 내내 어색한 침묵이 이어졌다. 동민은 왼팔을 긁적이다 슬그머니 화제를 돌렸다.

"수치와 데이터만으로는 디멘시아 상태가 정확하게 뭔지 알 수 없었는데, 이번 실험을 통해 확실하게 깨달았어요."

동민은 잠시 뒷말을 주저했다. 그러다 곧 담담한 투로 이어갔다.

"디멘시아는 그 사람이 살아오면서 가장 후회했던 기억에 얽매이는 거였어요. 그러니까 저도 정요에 얽힌 거겠죠. 제가 한국에, 정요에 돌아왔던 그날이 제겐 가장 바꾸고 싶은 하루였으니까요."

양자는 동민을 뒤따르며 떨리는 손을 감추기 위해 제 팔을 감싸 쥐었다. 동민도 그 모습을 보았지만 애써 외면했다. 항상 강인하신 분이라고 생각했는데. 지금까지 보여준 것들이 어머니에게 생각보다 큰 충격을 준 듯했다. 마음이 착잡했다. 상상해본 적 없는 어머니의 모습을 두 눈으로 보고 있자니, 어머니가 그날의 진실을 알게 되면 어떠한 반응을 보일지 좀처럼 짐작되지 않았다.

동민이 다시 왼손을 흔들자, 두 사람은 정요의 안채 마당으로 돌아왔다.

익숙한 공간으로 돌아오자 양자는 잠시 주변을 둘러봤다. 문득 안채 마루에 지워지지 않은 핏자국이 남아 있는 게 보였다. 저 자국이 남아 있다는 건, 양자가 자기 자신을 죽였던 동민의 디멘시아에 고스란히 다시 돌아왔다는 의미였다.

어느새 어스름이 내린 정요 마당에 조명이 하나둘 켜졌다. 어린 동민과 함께 동민의 기억을 돌아보는 동안 시간만이 조금 흐른 듯했다.

양자는 동민이 스치듯 했던 말을 다시금 떠올렸다.

'어머니를 혼수상태로 만든 게 저니까요.'

양자의 생각을 읽기라도 한 건지 동민의 얼굴에 죄책감으로 그늘이 드리워졌다. 그리고 불안한 목소리로 말했다.

"제가 디멘시아를 벗어나려면 아마도 그날의 기억을 어머께 보여드려야 할 거예요."

동민은 잠시 주저하더니 말을 이었다.

"어머니는 이미 이 기억을 지우셨어요. 다시는 기억하고 싶지 않을 정도로 괴로웠기 때문에 본능적으로 잊으신 거겠죠."

책망받을 각오로 동민은 어렵게 입을 뗐다.

"어머니는 지금이라도 의식을 되찾으실 수 있어요. 그날의 기억은 완전히 잊으시고 다시 일상생활로 돌아가시는 거죠."

만약 이대로 양자가 깨어난다면, 아직 디멘시아에 빠진 상태인 동민도 이 상태로 깨어나는 것이었다. 그렇게 된다면 불완전한 동민의 의식은 이전 실험의 피실험자처럼 될지도 몰랐다. 동민은 그 사실을 알면서도 양자에게 선택권을 넘겼다.

괜찮아, 만약 내가 잘못되더라도 그 다이버처럼 죽는 게 아니라면 빅토리아가 다시 내 의식을 구해줄 수 있겠지. 동민의 머릿속에 실험을 앞두고 눈물짓던 빅토리아와 크게 부른 그녀의 배가 떠올랐다. 자신의 무사를 기원하던 빅토리아의 목소리가 귓가에 맴돌았다. 하지만 안일한 믿음과 일말의 죄책감과 자신의 과오를 숨기고 싶은 본능적인 욕망이 꿋꿋하게 양자에게 책임을 전가했다.

동민이 애써 덤덤한 말투로 말하며 양자의 시선을 피했다.

"원하시면 지금이라도 의식을 찾으실 수 있게 도와드릴게요. 저는 어떻게든 해결 방법을 찾아…….”

동민은 좀처럼 반응이 없는 양자를 올려다봤다. 어느새 양자의 온몸이 심하게 떨리고 있었다.

"괜찮으세요?"

양자는 사시나무처럼 떨리는 몸을 진정시키기 위해 숨을 골랐다. 그런들 이미 나선 계단을 오르기 전부터 하얗게 질려 있던 낯빛은 돌아오지 않았다. 실상 동민이 어렵게 뱉은 이야기는 제대로 귀에 들어오지도 않았다. 양자의 귓가에는 계속해서 동민의 말 하나만이 맴돌고 있었다.

겨우 쿵쾅대는 심장을 붙든 양자가, 마지막 숨을 짜내 동민에게 고백했다.

"네게 말하지 않은 게 있어."

양자의 말이 끝나기 무섭게 낮고 날카로운 비명이 별채로부터 튀어나왔다.

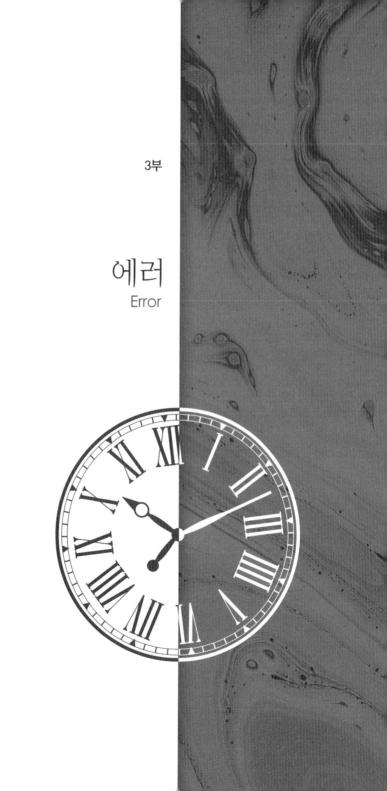

3부

에러
Error

빅토리아는 죽은 듯이 잠든 두 사람을 지켜보았다. 그들은 웅웅거리는 기계음을 자장가처럼 들으며 깊은 잠에 빠져 있었다.

문득 고개를 들었다. 실험은 어느새 열 시간째 이어지는 중이었다. 용액이 남아 있는 실린더는 이제 한 병. 약 두 시간 뒤면 실험이 끝날 터였다. 오후 7시를 향해가는 시계를 보며 빅토리아는 크게 기지개를 켰다.

3월의 시작을 앞두고 겨울이 아직 갈 수 없다며 꽃샘추위가 기승을 부렸다. 빅토리아는 방바닥에서부터 올라오는 보일러의 훈훈한 온기를 느끼며 의자에서 내려왔다. 그리고 양자와 동민이 누워 있는 병실 침대 사이로 가 천천히 엉덩이를 바닥에 붙이고 앉았다.

방석도, 카펫도 없는 방바닥에 앉다니. 빅토리아는 한국에 와서 생전 해보지 못했던 이색적인 경험들을 떠올렸다. 신발을 벗고 들어가는 온돌문화부터 다양한 찬이 매 끼니마다 밥상 위에 오르는 것과, 이렇게 주위에 아무것도 없는 시골에서도 각종 인터넷과 TV 수신에 전혀 문제가 없는 것까지 많은 게 신기하게 다가왔다.

무엇보다 지금 여기 앉아 동민의 실험을 진행해주고 있다는 사실이 가장 믿기지 않는 일이었다. 빅토리아는 침대 난간에 닿아 있는 동민의 손 위로 자신의 손을 얹었다. 그리고 반대편에 누워 호흡기를 낀 양자의 손 위에 반대편 손을 얹었다.

부디 실험이 성공적으로 마치기를 바라며 기도하려던 때였다.

별채 바깥쪽 문이 열리며 찬 바람이 들어왔다. 선묵인가 싶어 일어서려다가 흠칫 멈췄다. 그녀의 시야에 검은 구두를 신은 채 마루로 올라서는 발이 보였다.

선묵이 아니었다. 빅토리아는 본능적으로 몸을 숙여 양자의 침대 뒤쪽으로 엉금엉금 기었다.

"비키."

빅토리아의 귀에 반갑지 않은 목소리가 들렸다.

"어디 갔어? 두 시간 전까지 여기 있었던 걸 봤는데?"

데이빗이 신발 자국을 남기며 별채 마루를 한 바퀴 돌았다.

"임산부들은 방광을 자주 비워줘야 한다던데. 정말이야?"

끼익, 하고 화장실의 문 열리는 소리가 들렸다. 몸을 웅크린 빅토리아는 저절로 입술이 떨렸다. 팔과 다리가 제멋대로 부들부들 떨었다. 데이빗이 어떻게 여길?

그의 목소리를 코앞에서 듣게 되는 상황이 닥칠 줄은 생각도 하지 못했다. 여길 어떻게 찾아낸 거지? 빅토리아는 고개를 저었다. 그런 질문을 붙들고 있는 게 지금은 아무런 소용이 없었다. 이미 일은 벌어졌다. 이대로 숨어만 있는 건 불가능했다. 무엇이든 해야 한다는 생각에 주위를 두리번거렸다.

선묵이 말했던 인터폰이 눈에 들어왔다. 벽에 붙은 인터폰은 일어서지 않으면 손이 닿을 것 같지 않았다.

"비키, 어딨어?"

빅토리아는 데이빗의 발이 반대편 부엌 쪽으로 향하는 걸 보자마자 일어났다. 무거운 몸을 놀려 인터폰으로 손을 뻗었다.

"비키."

하지만 수화기를 잡으려는 그때, 언제 방향을 틀었던 건지 빅토리아보다 더 빨리 데이빗의 손이 막아섰다.

"내가 다시는 그렇게 부르지 말라고 했을 텐데."

빅토리아는 데이빗을 똑바로 노려봤다. 두려웠지만 혐오감을 숨기지 않았다.

여유를 부리는 건지 데이빗은 능청스럽게 대답했다.

"그래도 그게 입에 잘 감기는걸."

권총을 들고 있던 그는 총구를 빅토리아의 머리가 아닌 배에 겨누고 있었다.

"이런 촌구석에 숨어든다고 내가 못 찾을 줄 알았어?"

데이빗이 총구를 까닥이며 빅토리아를 의자에 앉혔다.

"어디까지 진행된 상태지?"

태연하게 묻고는 의자를 끌고 와 빅토리아 맞은편에 앉았다.

보기 좋게 번질거리던 그의 얼굴은 많이 상해 있었다. 퀭한 눈동자와 핼쑥해진 얼굴, 손질하지 않은 머리카락에서 오랜 시간 그가 자기자신을 방치했다는 게 느껴졌다. 동민과 빅토리아를 추적하는 과정이 그리 순탄치만은 않았던 모양이었다. 그는 까칠한 턱을 쓸어내리며 말했다.

"뭐, 상관없어. 난 닥터 정이 가져간 것만 챙기면 되니까."

데이빗은 권총을 겨눈 채 한 손으로 자신의 주머니를 뒤적였다. 전선이 감긴 검은색 장치를 꺼내 빅토리아에게 던졌다. 손바닥만 한 크기에 스마트폰 정도의 두께였다.

"연구실에 놓고 간 하드 드라이브에 아주 예쁜 자물쇠를 달아놨더라. 그래도 40%는 건졌지. 그게 아니었음 내 이가 남아나질 않았을 거야."

데이빗이 빅토리아에게 얼굴을 들이밀며 입을 벌렸다. 그의 왼쪽 아랫니가 전부 사라지고 없었다. 빅토리아는 저도 모르게 고개를 돌렸다.

"누가 그런 끔찍한 짓을……."

"난 진짜 억울해. 정보를 다 들고 도망간 건 너희들인데, 왜 나만 이런 꼴을 당해야 하지?"

데이빗이 한쪽으로 흘러내린 머리를 쓸어 올렸다. 옅은 노란색의 멍이 이마 전체를 뒤덮은 걸 보자 빅토리아는 일말의 동정을 담아 물었다.

"윌리엄이 그런 거야?"

데이빗이 처음엔 잘못 들은 양 눈동자를 굴렸다. 그러더니 이내 발작적으로 웃음을 터트렸다.

"뭐, 윌리엄? 하하하! 그 허수아비가 나한테 이런 짓을 했다고?"

데이빗이 바닥을 쾅 내리찍으며 소리쳤다.

"너희들이 지금 무슨 짓을 한 건지 제대로 알기나 한 거야? 브레인 맵은 그냥 보기 좋은 포장지일 뿐이야. 그 포장지를 벗기면 안에 폭탄이 들어 있었다고. 째깍, 째깍, 째깍, 째깍. 너희들은 지금 도화선에 불을 붙였어."

데이빗은 제정신이 아닌 것 같았다. 심각한 정신 질환을 앓는 것처럼 보일 정도였다. 고문의 후유증인지, 끊임없이 눈동자를 굴리며 떠들었다. 빅토리아는 그가 어떻게 나올지 몰라 조마조마했다.

"그때 그 실험 보고서만 제대로 작성했었으면 내가 여기까지 올 일도 없었다고. 겁쟁이 네 남편 때문에 너도 이게 무슨 고생이야? 신발도 없이."

데이빗이 양말만 신은 빅토리아의 발을 보며 혀를 찼다.

"그 실험은 성공이었어. 완전 대성공이었지! 과연 사형수였던 다이버는 자신을 고발한 사람이 자기 사촌 동생이었단 사실을 알아차릴 수 있을 것인가! 정신을 차린 조지가 사촌 동생의 이름을 부르던 그 순간에 정말 아래쪽에 피가 가득 쏠릴 정도로 흥분됐다고."

데이빗은 그때가 떠오른다는 듯 일부러 몸을 부르르 떨었다.

"최초의 인간 뇌 해킹 사건! 그 역사적인 순간에 함께 할 수 있었던 건 나도 영광이었어. 하지만 말야, 방구석에서 너희들만 이렇게 재미 보는 건 좀 아니라고 생각해. 혹시 우리 말고 다른 곳에서 후원받은 거야?"

데이빗은 정요 별채의 조악한 환경을 둘러보고는 혀를 찼다.

"우리와 손잡았으면 훨씬 더 위생적이고 안전한 실험실에서 진행할 수 있었잖아."

쉬지 않고 주절대는 데이빗은 너무나 불안해 보였다. 그가 떠드는 이야기는 동민이 무엇보다 우려했던 것이었다.

동민은 그날의 악몽 같던 실험 이후 한동안 연구실을 벗어났다. 대신 데이빗과 브레인맵의 뒤를 캐는 데 열중하는 듯했다. 그들의 배후에 무엇이 있는지 결국 알아냈던 것일까. 그 뒤로 얼마 뒤부터 홀로 고심하는 시간이 많아졌다.

한국행을 다짐하던 날, 동민은 빅토리아의 손을 마주 잡고 왜 프로젝트를 철수해야 하는지 설명했다.

"빅토리아, 잘 들어. 우리가 하는 이 실험은 엄밀히 따지면 인간의 뇌를 해킹하는 거야. 지금이야 서로의 의식을 연결하는 정도지만, 나중엔 뇌의 신호를 거짓으로 바꾸거나, 아예 날려버리는 것도 불가능한 일이 아니게 될 거야."

"그렇지만 우리는 그런 목적으로 연구를 진행해온 게 아니잖아."

빅토리아는 동민의 걱정이 과하다고 생각했지만, 이어서 나오는 얘기는 적잖이 충격을 주었다.

"브레인맵은 평범한 뇌과학 연구소가 아냐. 일종의 군사 연구시설에 가까워."

"미 국방부의 지원을 받는 거라고?"

"아니, 그 재단은……."

동민은 어떻게 말해야 할지 정리하는 건지 잠시 뜸을 들이다 속삭이듯 말했다.

"어느 나라에도 속하지 않아. 온전히 기업들의 권력과 이익만을 위해 움직이지. 그들은 포팅 시스템을 사람들을 통제할 무기로 만들려고 해. 그걸 기업에 팔아넘기려는 건지, 아니면 자신들의 상품으로 사용하려는 건진 모르겠지만. 분명한 건 기업의 사적 이윤을 위해 인간의 뇌가 인질로 잡히게 될 거야."

"말도 안 돼. 만약 그게 가능하다면 우리 기술로 범세계적인 범죄를 저지르는 게 되잖아. 협회에서 보고만 있진 않을 텐데?"

동민의 생각은 망상적인 음모론에 가까워 보였다. 빅토리아는 여전히 의아해하며 물었다.

"그래서 우리가 필요했던 거야. 연막작전으로."

동민은 착잡한 기분을 가누기 어려운지 바로 말을 잇지 못했다. 얼굴을 연거푸 쏟아내리고서야 뒷말을 이을 수 있었다.

"지금 브레인맵은 완전히 그 재단의 손아귀에 있어. 우리가 브레인맵의 소속으로 포팅 알고리즘과 DMN 레시피 특허출원을 하면 브레인맵에도 어느 정도는 관리 권한이 생기지. 차후엔 우리를 제외하고 입맛대로 주무를 수 있는 과학자들로 우리를 대체할 생각이었던 거야. 조금 전에 데이빗이 재단에게 넘기려는 자료를 보고 왔어."

"하지만…… 그게 정말 가능하다고? 우리 이름으로 특허가 들어가 있는데?"

"우리는 개인이고, 놈들은 규모도 알 수 없는 범법 조직이야. 싸우게 된다면 이길 가능성은 거의 없어. 오히려 우린 위험에 빠지게 될 거야."

빅토리아는 혼란스러웠다. 동민이 알고 있는 걸 지금 얼마나 풀어놓은 건지 가늠할 수 없었다. 하지만 그것만으로도 평범하게만 살아온 빅토리아에겐 딴세상 얘기인 것처럼 믿기 어려웠다. 상식적으로 받아들이기도 힘들었다. 어쩌면 사람이 죽었던 실험 탓에 그에게 피해망상이 생긴 건 아닐까. 공연히 그런 의심이 들기도 했다.

그러나 데이빗의 행보를 떠올리면 아주 말이 되지 않는 것도 아니었다. 피해망상으로 보기엔 동민의 눈동자가 너무 또렷하고 진지하기도 했다.

"내 연구에 대해 이미 너무 많은 게 놈들에게 알려졌어. 이 시스템에 대한 정보가 남아 있는 이상 놈들은 포기하지 않겠지. 이런 걸 위해서 연구한 게 아닌데…….”

빅토리아는 자신을 바라보던 동민의 참담한 표정을 잊을 수 없었다.

“독이 든 성배가 된 거야.”

동민의 앞에는 이제 오랜 시간 쏟아부었던 피땀 어린 연구를 제 손으로 부숴야 하는 운명만이 놓여 있었다. 이 연구가 획기적인 것과 거리가 멀었다면 아쉽더라도 미련 없이 놓았을 것이다. 그러나 뇌과학자의 길을 걷기 시작할 때부터 품어왔던 이상이 담긴 평생의 과업이었기에 괴로움은 배가 되었다. 노벨이 다이너마이트를 발명한 뒤 이런 심정이었을까. 동민은 과연 노벨도 다이너마이트가 전쟁 무기로 쓰이게 될 걸 알았다면 발명을 포기했을지 생각해보기도 했다.

일련의 과정들을 함께 겪은 빅토리아도 같은 책임감을 공유하고 있었다. 그렇기에 끝까지 동민과 함께하기로 결정했고, 자연스러운 발로로 결혼 얘기도 먼저 꺼냈다.

그날 모든 걸 결정한 이후, 굳은 의지 하나로 버티며 빅토리아는 지금에 이르렀다. 당장은 침대에 누워 손 하나 까딱할 수 없는 남편을 대신해 두 사람 몫의 각오를 다져야 하는 처지였다. 빅토리아는 맹렬한 적의를 담아 데이빗을 똑바로 노려봤다.

그녀의 도전적인 표정이 의외였는지 데이빗이 흥미롭다는 듯 고개를 옆으로 기울였다.

“옛정을 생각해서 네게 두 번째 기회를 줄게.”

“싫어.”

"다 들어보지도 않고?"

"협박해봤자 소용없어. 네가 날 죽여도 여기서 못 빠져나가. 총소리가 들리자마자 여길 지키는 보안요원들이 달려올 거고, 넌 국제적 범죄자가 될 거야. 정말 그렇게까지 되고 싶어?"

"내가 조력자도 없이 여길 혼자 왔을 것 같아?"

빅토리아가 앓는 신음을 흘렸다. 동민이 말해준 재단 이야기를 떠올려보면 데이빗의 말이 허풍이 아닐 수도 있었다.

"그리고 이 시골 촌구석에서 총소리 하나 울린다고 경찰이 바로 출동할 것 같지도 않은데? 총기 합법도 아닌 나라에서 상상이나 하겠어?"

하지만 이대로 포기할 순 없었다. 빅토리아는 여기와 가장 가까이 있을 사람, 선묵을 다시 떠올렸다. 그는 호락호락하게 당할 인물이 아니다. 분명 연락만 닿는다면 어떻게든 이 상황은 바뀔 수 있을 것이다. 그것 말고 현재로선 남은 변수가 존재하지 않았다. 빅토리아는 최대한 시간을 끌기 위해 데이빗의 말꼬리를 잡았다.

"이 근처엔 군부대도 있어. 우리 보안요원은 군과 연이 닿아 있고. 네가 생각한 것보다 훨씬 빨리 올걸? 그리고, 대체 이건 뭔데?"

빅토리아가 데이빗에게 받은 장치를 들어 보였다.

"그걸 포팅 시스템에 연결해."

"죽어도 싫어. 이게 뭐든 이 자리에서 부숴버릴 거야."

빅토리아는 장치를 머리 위로 들어 올렸다.

"동민 씨 컴퓨터에 있던 하드디스크에서 40%만 건졌다고 했지?

다 의도된 거야. 우리가 설정한 거라고. 넌 절대 나머지 60%를 풀지 못해. 그건 나도 마찬가지고."

"알아. 키는 닥터 정만 가지고 있다는 것도."

"지금 그를 깨우면 키가 영영 사라진다는 것도 알 텐데."

"쓸데없는 짓 말고 포팅 시스템에 장치나 연결해."

데이빗이 자리에서 일어나 빅토리아를 향해 성큼 한 걸음 다가왔다. 그의 몸짓 하나하나가 다분히 위협적이었다.

불룩 솟은 배 위로 금속의 총부리가 닿는 게 느껴졌다.

"아이까지 희생시킬 정도로 너에게 이 실험이 그렇게 중요한가?"

데이빗이 총부리로 빅토리아의 배를 살살 긁었다. 소름 끼치는 감각에 빅토리아는 팔을 내려 배를 감쌌다. 아이가 두려움에 요동치는 것만 같았다.

"이 실험 어차피 닥터 정이 밀어붙여서 시작했을 거야. 그렇지? 나도 잘 알아. 저 인간은 어떻게든 자기가 하고 싶은 걸 해내고 마니까. 그게 주변 사람들을 얼마나 힘들게 하는지 모르고 말야."

빅토리아는 지그시 입술을 깨물었다. 시간을 끌었다고 하지만 바깥에선 아무런 소리도 들려오지 않았다. 그의 말대로 이미 선묵은 제압당한 걸까? 아직 보안요원들이 충원되지 않았다고 했다. 그가 붙들리고 말았다면, 여기서 빠져나갈 방법은 없었다.

주어진 선택지는 하나뿐이었다. 하는 수 없이 데이빗이 시키는 대로 검은 장치를 포팅 시스템에 연결해야 했다. 데이빗이 가져온 게 뭔지 정체는 몰랐지만, 현재로선 두 사람에게 나쁜 영향을 끼치지 않기만을 바랄 수밖에 없었다.

"이제 어떻게 할 거야?"

케이블로 연결하자마자 장치에 있던 데이빗의 프로그램이 포팅 시스템에 멋대로 설치되기 시작했다. 고작 삼십 초 만에 프로그램은 안정적으로 설치되었다.

그는 시스템 상태를 확인하고는 넓은 절연테이프를 꺼내 빅토리아에게 건넸다.

"저기 침대 쪽 의자에 앉아. 양다리부터 묶어. 헐거우면 알지?"

테이프를 움켜쥐고 빅토리아는 데이빗을 노려보았다. 재촉하듯 총구가 까딱이자 별수 없이 자신의 발을 묶기 위해 고개를 숙였다. 하지만 부푼 배 때문에 수그리는 일이 쉽지 않았다.

결국 데이빗이 한쪽 무릎을 꿇고 빅토리아의 다리를 단단히 결박했다.

"자, 이제 내가 하는 걸 잘 보라고."

데이빗은 빅토리아의 두 손마저 묶은 다음 의자를 끌어 그녀를 옆으로 치워냈다. 온전히 데이빗이 컴퓨터를 장악하게 되었다. 승리자라도 된 기분인지 그의 입에서 저질스런 농담이 나왔다.

"아, 그동안 궁금했는데 임신하면 멀티 오르가즘을 더 빨리 느낀다는데 진짜야?"

빅토리아는 비아냥거리는 데이빗을 향해 침을 내뱉었다. 하지만 그의 발치에도 닿지 못했다.

"사실 그것보다 난 당신 남편이 깨어나서 무슨 짓을 할지 그게 더 궁금해. 사형수처럼 제 손가락을 뜯어먹었던 것보다 더 엽기적인 방법으로 깨어났으면 좋겠어!"

동민이 불안한 목소리로 물었다.

"말하지 않은 게 있다뇨? 뭔데요?"

양자가 파리한 입술을 떨기만 하자 동민이 재촉했다.

"말해주셔야 알죠, 대체 뭐냐고요!"

양자의 입이 겨우 떨어졌다.

"나…… 사실 네가 말했던 치매센터에 안 갔어."

동민의 눈동자가 주체할 수 없이 흔들렸다. 양자가 얼른 변명을 덧붙였다.

"전날 먹은 저녁 식사가 뭐였는지는 기억 좀 못 할 수도 있지 않니. 그 정돈 누구나 다……."

"어머니, 어머니는 그때 빅토리아가 누군지도 기억 못 하셨잖아요. 정말 저녁 메뉴 따위로 제가 검사를 받아보라고 한 것 같아요? 전화할 때마다 경도 인지장애 증상이 보여서 얘기한 거라고요!"

깊은 한숨이 책망하는 목소리와 함께 흘러나왔다. 숙였던 고개를 쳐들며 동민이 갑자기 생각난 듯 물었다.

"그럼 그때 보여주셨던 문제 없다는 결과지는 뭐예요?"

"최 선생님 거야. 그냥 나는, 나한테 문제가 없다고 생각했어. 네가 날 문제 있는 엄마로 보는 것도 싫었고……."

양자의 입에서 구차한 말들이 이어졌다. 어린 동민은 듣자마자 속부터 끓어오른 외마디 고함과 함께 발을 굴러댔다. 양자는 변명을 더 잇지 못하고 절절매며 검지 마디만 깨물었다.

"대체 왜! 늘 그렇게 멋대로세요? 어떻게 절 속일 생각을 해요!"

동민은 머리를 감싸 안으며 주저앉았다.

"그 결과지 때문에 포팅 계산식에 어머니가 치매일 가능성은 포함하지 않았다고요. 싱크로율을 높이려고 그런 건데, 애써서 디멘시아를 깨울 안전장치도 깔아뒀는데……. 만약 어머니가 치매 유전자를 가지고 있다면 그 안전장치도 무용지물이 됐겠어요. 어쩐지, 계속 석연치 않더라니."

어린 동민이 기가 막히다는 듯 자조적으로 웃었다.

"어쩌면 제가 디멘시아에 빠진 것도, 제 의식이 이런 어린애 모습이 된 것도 어쩌면 데이빗이나 제 계산 실수 때문이 아니라……."

목소리의 밑바닥에서부터 억제할 수 없는 분노가 느껴졌다. 동민은 발작적으로 일어나더니 거칠어진 호흡을 토해내듯 소리쳤다.

"다 어머니 때문이에요! 다!"

그 말에 반응하듯 별채에서 고통에 젖은 비명이 조금 전보다 더 길게 뻗어 나왔다.

양자는 그 비명이 누구 것인지 알아차렸다. 동민의 비명이었다. 하지만 어린 동민은 거기까지 신경 쓸 여력이 없어 보였다.

양자는 화를 주체하지 못하는 어린 동민과 그의 비명이 이어지는 별채를 번갈아 보며 가슴을 움켜쥐었다.

"어머니 때문에 제 인생은 망했어요. 어머니는 제 인생에서 아버지를 빼앗았고, 고향을 빼앗았어요. 친아버지가 멀쩡히 살아있는데도 어머니 때문에 아버지는 죽었다고 생각하면서 살았고, 이젠 제 집이 한국인지 미국인지도 알 수 없게 됐다고요! 아, 그리고 제 귀도 이렇게 고장 내주셨죠!"

동민이 귀에서 인공와우를 떼어내 바닥에 집어 던졌다. 기계는 바닥에 부딪혀 귀퉁이가 부서졌다.

"동민아!"

양자가 애타게 불렀지만 이미 동민은 계단 아래로 뛰어 내려가고 있었다.

설움이 울컥 밀려들었다. 소리 내 엉엉 울고 싶었다. 그러나 지금은 그러고 있을 수도 없는 때였다. 메이는 가슴을 손으로 두드렸다. 어린 동민을 쫓아가고 싶은 마음이 굴뚝 같았지만 먼저 할 일이 순서를 기다렸다. 양자는 꺽꺽 울음을 삼키며 별채를 돌아봤다.

일단은 동민을 이 지옥 같은 하루에서 벗어날 수 있도록 하는 게 우선이었다. 디멘시아 속 동민을 먼저 지켜야 했다. 저 별채에서 누군가 동민을 해치려 들었을 터였다.

분명 동민의 디멘시아 속 양자는 자신이 처리했다. 핏자국이 남아 있는 걸 확인했으니, 지금 별채에서 동민을 죽이려 드는 건 양자 자신은 아닐 것이다. 그럼 대체 누가?

양자는 더 깊이 생각하지 않고 서둘러 계단을 향해 뛰었다. 두세 칸씩 겅중겅중 뛰어올라 별채의 문을 벌컥 열어젖혔다.

별채 안은 이미 피가 낭자했다. 몸과 이어져 있지 않은 발이 나뒹굴고 있었고, 그 옆에서 왼쪽 정강이가 잘린 동민이 바닥을 기며 소리쳤다.

"어머니, 가까이 오지 마세요……! 이 남자는 미쳤어요! 경찰에 신고해요, 얼른!"

양자는 동민의 뒤에 버티고 선 남자를 보았다. 그의 손에 들린 장작 도끼에서 핏물이 뚝뚝 떨어지고 있었다.

정이수였다.

"당신이 어떻게 여기에……."

양자는 너무 놀라 입을 다물지 못했다. 새파랗게 젊은 모습을 한 정이수가 히죽 웃었다.

"동민 엄마, 나 보고 싶었어?"

정이수가 흰 이를 드러내며 도끼를 높이 쳐들었다. 그러고는 동민의 나머지 정강이마저 내리찍었다. 귀를 찢을 듯한 비명이 울려 퍼졌다.

"어떻게! 어떻게 당신 아들한테 이런 짓을 할 수가 있어!"

양자는 소리를 지르며 정이수를 향해 달려들었다. 도끼의 날이 번쩍였지만 조금도 두렵지 않았다.

"웃기는 소리. 이름만 정동민이지 쟤는 내 아들이 아냐!"

커다란 도끼날이 양자의 오른쪽 어깨에 박혔다. 양자는 고통을 느낄 새도 없이 정이수의 목을 움켜쥐고 벽으로 밀어붙였다. 손아귀에 온몸의 힘이 집중되었다. 숨통을 끊을 수만 있다면. 그럴 수만 있다면. 양자는 오직 이 생각 하나뿐이었다.

"어머니, 그게 무슨 소리예요? 이 남자가 아버지라고요?"

등 뒤에서 동민의 목소리가 힘겹게 들려왔다. 양자는 그 말을 똑똑히 들었지만 외면했다.

"당신도 날 이용했잖아. 아버지한테서 벗어나기 위해 아무것도 가진 것 없는 날 앞세웠잖아. 호의? 책임? 넌 처음부터 그런 게 없었어. 조금이라도 그런 마음이 있었다면 예진이 말을 믿지도 않았을 거고, 거기 끌고 가기 전에 나한테 의논이라도 먼저 했을 거야. 날 죽이려고 마음먹기 전에!"

양자는 괴성을 지르며 양손으로 정이수의 목을 있는 힘껏 비틀었다. 뚝, 하고 목뼈가 완전히 부러졌다. 턱을 부수는 것과는 또 다른 감각이었다. 소름 끼칠 정도로 짧고 굵은 소리에 양자는 얼른 힘을 풀었다. 정이수는 그대로 벽을 타고 미끄러져 바닥에 쓰러졌다.

아무리 정신 속에서만 일어나는 일이라 해도, 맨손으로 남편의 목을 비틀어 죽이는 촉감은 너무도 생생했다. 손에 남은 감각에 사로잡혀 어깨에 박힌 도끼날의 고통은 전혀 느끼지 못할 정도였다.

양자는 어깨에 박힌 도끼를 뽑아 옆으로 내던졌다.

"괜찮니?"

양자가 무릎을 꿇고 피투성이 아들을 어떻게 손대야 할지 몰라 벌벌 떨었다. 출혈은 이미 심각한 상태로 보였다. 아들의 안색이 파랗게 질려 있었다.

구급차라도 불러야 할까 싶어 핸드폰을 찾아 손이 주머니를 더듬었다. 그러자 뒤에서 또다시 목소리가 들렸다.

"저 아이는 네 아들이 아니야. 그치?"

양자는 으아, 기겁한 소리를 냈다. 죽였다고 생각했는데, 끝냈다고 생각했는데. 목이 꺾인 정이수가 어느새 내던진 도끼로 기어가고 있었다.

양자가 정이수의 다리를 붙들려고 몸을 날렸다. 정이수의 바짓자락을 간신히 붙들었지만 손가락이 미끄러져 놓치고 말았다. 도끼를 다시 손에 움켜쥔 정이수가 뚜둑, 소리를 내며 일어서더니 덜렁거리는 목을 흔들며 양자에게 다가왔다. 금방 그의 손에 들린 도끼의 날이 서슬 퍼렇게 위로 치켜 올랐다.

양자는 피하기엔 늦었음을 직감했다. 죽음을 앞둔 공포감에 다리에는 힘이 들어가지 않았다. 할 수 있는 일이라곤 옴짝달싹 못하는 동민이라도 보호하고자 제 품에 힘껏 끌어안고 웅크리는 것뿐이었다.

이수가 휘두른 도끼는 단숨에 양자의 오른쪽 날개뼈를 부쉈다. 끔찍한 고통이 온몸을 뒤흔들었다.

"어, 어떻게……."

양자의 물음이 끝나기도 전에 도끼날이 뽑혔다. 양자의 피를 분수처럼 뒤집어쓴 이수는 옆으로 덜렁거리는 목을 흔들며 말했다.

"어떻게 알았냐고? 아니면 어떻게 살아있는 거냐고?"

동민은 자신을 끌어안은 어머니 너머로 정이수의 꺾인 목과 눈이 마주쳤다. 서서히 정이수의 너덜거리던 몸이 변해가는 걸 볼 수 있었다.

목뼈가 우둑거리더니 재조립되듯 이어 붙었다. 끊어진 근육들이 다시 탄성을 회복하자 정이수는 어느새 원래의 모습을 되찾았다. 목이 기괴하게 비틀리며 다시 맞붙는 동안에도 그의 입은 아무렇지 않게 움직였다.

"네가 안고 있는 남자가 진짜 정동민이라면 내가 자기 아버지라는 것 정도는 알았을 텐데 말이야. 당신 기억을 봤을 테니까. 그런데 전혀 못 알아보더라고?"

정이수는 다시 체중을 실어 양자의 등에 서슬 퍼런 도끼날을 내리찍었다. 양자는 비명과 함께 경련이 일어 온몸을 파르르 떨어댔고, 그 진동이 동민에게 그대로 전해졌다.

"진짜 네 아들도 아닌데 왜 이렇게까지 보호하는 거지?"

정이수는 이해할 수 없다는 듯 고개를 갸웃거렸다. 양자의 등을 밟고 도끼날을 뽑으려 했지만, 경직된 근육에 걸렸는지 단단히 박힌 도끼날이 꿈쩍도 하지 않았다.

양자는 혼미해지는 정신을 붙들고 품에 안은 동민에게 속삭였다.

"절대로 널 다치게 하지 않을 거야. 엄마가 지켜줄게. 엄마가 지켜줄게……."

양자는 주문 같은 말을 마치고선 숨을 들이켜 폐를 크게 부풀렸다. 그러고는 마지막 남은 힘을 모아 몸을 일으켰다.

뼈가 얼마나 어떻게 부러졌는지는 알 수 없었다. 몸이 찢겨나가는 통증이 있었지만, 괴성과 함께 뒤돌아설 수 있었다. 돌아서자마자 정이수의 목으로 달려들었다. 양자의 두 손에 다시 정이수의 목이 붙들렸다.

"동민아! 얼른 사람들 불러! 최 선생이든 천안댁이든!"

얼굴이 새파랗게 질려 있던 동민이 퍼뜩 정신을 차렸다. 동민은 어금니를 꽉 물고서 마지막 힘을 쏟아내듯 몸을 비틀었다. 어머니의 말대로 문 쪽으로 기었다.

"참 애쓰네……."

정이수의 목소리가 달라졌다. 분노와 당혹감으로 일그러진 양자를 보며 그는 피식거렸다.

"근데 내가 준 시계는 어쨌어요?"

정이수는 눈도 깜빡이지 않은 채 양쪽 눈알을 제멋대로 굴렸다. 오른쪽 눈알은 양자를 똑바로 응시했지만, 왼쪽 눈알은 데구룩 굴러 양자의 오른 손목을 내려다보았다.

"당신……."

양자는 이를 갈며 정이수를 노려봤다. 아니, 정이수의 가면을 쓴 마이클을.

"대체 정체가 뭐야? 동민이를 구하려는 게 아니지? 네 목적이 뭐냐고!"

마이클은 웃겨 죽겠다는 듯 낄낄거렸다.

"당신이 화낼 대상은 내가 아니에요."

"넌 나를 속였어!"

양자의 고함이 터지자 정이수의 이목구비가 물처럼 흘러내렸다. 그러더니 양자의 기억 속 인물들이 뒤섞인 모습으로 휙휙 바뀌기 시작했다. 마치 놀리기라도 하는 것처럼 어지럽게 바뀌었다. 늙은 천안댁 얼굴이었다가, 금방 선묵의 얼굴로 양자에게 윙크를 하더니, 주름이 자글한 시아버지 정광복의 얼굴을 하며 물었다.

"어떤 모습이 가장 마음에 드세요?"

시아버지와 똑같은 얼굴을 한 마이클을 보자 양자는 자신도 모르게 목을 쥐고 있던 손을 풀었다.

"어머니!"

앳된 목소리가 귀에 박혔다. 돌아보니 뒤늦게 달려온 어린 동민이 별채 문 앞에서 헉헉거리고 있었다. 정광복의 얼굴을 한 마이클 얼굴에 미소가 번졌다.

"도망치세요! 함정이에요! 데이빗이 파놓은 함정이었다고요!"

양자는 다시 마이클을 붙잡으려 했지만 이미 늦었다. 힘이 빠진 틈을 놓치지 않고 마이클은 뱀처럼 양자의 손아귀 사이를 빠져나갔다.

이제 마이클은 양자가 알고 있던 데이빗의 얼굴로 돌아와 어린 동민을 향해 달려들었다.

"거기 있었구나!"

양자는 그를 놓칠세라 온몸을 던져 발목을 붙잡았다.

"동민아! 도망가!"

흙굴에서 정이수의 발목을 붙잡아 몸을 타고 올랐던 것처럼, 양자는 아득바득 기어올라 마이클의 등을 짓눌렀다. 어린 동민은 마이클, 아니 데이빗과 등 위에 올라탄 양자를 쳐다봤다.

"어서 도망가!"

어린 동민은 몸을 돌려 달려 나갔다. 타닥타닥 작은 발소리가 멀어지는 것을 들으며, 양자는 안도했다.

그러나 어린 동민은 다시 돌아왔다. 어디서 가져온 건지 제 몸의 반만 한 커다란 정원용 가위가 손에 들려 있었다. 정원용 가위를 두 손으로 단단히 고쳐 잡고 안으로 들어왔다.

"그런 걸로는 날 못 죽인다는 걸 알 텐데."

마이클이 가소롭다는 듯 웃었다. 어린 동민은 가위를 높이 치켜들며 말했다.

"알아. 하지만 최소한 널 떼어 놓을 순 있겠지."

놀랍게도 가위 끝이 향한 건 마이클이 아니었다. 디멘시아 속 동민 자신이었다. 어린 동민은 온몸의 힘을 실어 날카로운 끝을 다리가 잘린 채 죽어가는 자신의 목으로 찔러 넣었다.

콰득.

비명도 나오지 않을 만큼 순식간이었다. 피를 분수처럼 뿜어내던 디멘시아 속 동민의 눈동자가 휘릭 뒤로 넘어갔다. 양자는 충격에 입만 뻐끔거렸다.

어둠이 주체를 잃은 세상을 집어삼키려 들었다. 양자는 파도처럼 밀려드는 어둠의 장막 사이로 어린 동민을 찾기 위해 눈을 움직였다.

"동민아!"

어둠은 생각보다 빠르게 공간을 뒤덮었다. 어찌할 새도 없이 양자의 주변은 온통 칠흑빛에 잠식되었다.

아무리 외쳐도 목소리가 가로막혀 멀리 뻗어나가지 못했다. 방금까지 붙잡고 있던 마이클의 존재감이 연기처럼 사라지고, 어느새 주위로 사우나처럼 후끈한 열기가 감돌았다. 뜨거운 어둠 속에서 양자는 허우적거렸다.

"동민아! 어디 있니? 동민아!"

양자는 있는 힘껏 소리쳤다. 한 번의 하루가 끝나면서 등짝의 고통은 사라졌지만, 아들을 잃어버렸단 생각에 가슴에서부터 다른 통증이 밀려들었다. 어딘지 모를 방향으로 더더욱 절박하게 아들의 이름을 불렀다. 적어도 마이클을 피해 무사한 것만이라도 확인하고 싶었다.

문득 어디선가 희미한 소리가 들리는 것 같았다. 귀를 기울여봤지만, 마치 물속에 들어온 것처럼 소리가 둔탁하고 먹먹하게 느껴졌다.

등 뒤로 어마어마하게 커다란 열에너지가 느껴졌다. 그 에너지는 점점 커지며 양자를 잡아먹을 듯한 기세로 열기를 뿜어냈다. 도망치기 위해 양자는 팔을 휘젓고 발을 굴러봤지만 그러면 그럴수록 더욱 열기 쪽으로 끌려갈 뿐이었다.

그때 가까운 곳에서 아기 울음소리가 들려왔다.

"다가오지 마!"

양자가 자기도 모르게 소리치자, 주변에 가득했던 적막이 온데간데없이 사라지고 이번엔 온갖 소리가 고막을 헤집었다. 사람들의 고함부터 끓어오르는 열기의 소리, 안쪽 깊은 곳에서 소나무 장작이 타들어 가며 쪼개지는 작은 소리까지.

모든 소음이 양자의 주변에 켜켜이 쌓였다. 그중에서 양자의 귀를 가장 날카롭게 파고드는 건 목이 쉬어라 우는 두 살배기 동민의 소리였다.

양자는 소리의 근원지를 금방 찾을 수 있었다. 여전히 어둠에 둘러싸여 제대로 보이진 않았지만, 어렴풋이 팔과 품에 작은 무게감이 느껴지고 있었다. 아마도 자신은 아기 동민을 안고 있는 듯했다.

"괜찮아, 괜찮아……."

양자는 앞이 보이지 않는 상황에서도 품에 매달려 우는 아이를 달래려고 가볍게 위아래로 흔들었다. 뜨거운 열기와 품에서 우는 어린 동민이. 양자는 곧 자신이 서 있는 곳이 어디인지, 그리고 언제인지 기억해냈다.

양자가 기억을 떠올리자 주변에 가득 들어찼던 어둠이 흩어졌다. 그 사이로 사람들의 실루엣이 하나둘 나타났다. 그녀의 몸과 주변 풍경도 점차 실선으로 드러나기 시작했다.

양자는 자신을 둘러싼 검은 그림자들에서 벗어나려고 한 걸음 더 뒤로 물러났다. 하지만 등 뒤에서부터 느껴지는 용광로 같은 열기 때문에 그 이상은 무리였다.

양자는 고개를 돌려 열의 근원을 확인했다. 불을 뿜는 용처럼 긴 몸을 시뻘겋게 달군 열두 칸의 오름 가마가 화난 듯이 내려다보고 있었다. 오름 가마는 마치 살아있는 생물처럼 무자비하게 주변의 산소를 빨아들이며 맹렬하게 타올랐다.

양자는 어린 동민을 안고 있는 자신의 손을 내려다보았다. 주름 없이 매끈한 손등이 눈에 들어왔다. 작고 보드라운 아들의 고운 뺨, 지면을 단단히 디딘 발과 종아리 근육에서 느껴지는 힘을 통해 지금 자신이 이십 년도 훨씬 전의 젊은 양자임을 깨달았다.

이제 30개월 된 동민은 겨우 제 팔과 다리를 가눌 수 있었다. 그렇게 작은 아이가 양자의 품에서 목청이 터져라 울어댔다.

양자는 한 손에 다 들어오는 동민의 뒷머리를 감싸 안았다. 당연히 기억하지 못하는 나이라고 생각했다. 오십이 다 되어가는 나이를 사는 동안에도 양자는 두 살 때를 기억한다는 사람을 만나본 적이 없었다.

하지만 동민은 그날의 기억을 간직하고 있었다. 무의식 속에 흉터처럼 엉겨 붙은 기억이었다. 양자는 버둥거리는 동민을 손에서 놓칠까 무서워 더 꽉 끌어안았다.

아들이 버둥거릴 때마다 양자의 몸이 휘청거렸다. 그때마다 주위를 둘러싼 사람들의 탄식 소리가 터져 나왔다.

"네 생각은 잘 알겠으니까 일단 나와서 얘기하자, 나와서!"

시아버지의 애타는 목소리에 양자는 고개를 돌렸다. 정광복은 간절하게 양자를 향해 손을 뻗었다.

"누구라도 가까이 오기만 해봐! 다 같이 죽을 테니까!

양자는 악에 받쳐 소리를 질러댔다. 갈라진 목소리 사이로 피비린내가 느껴졌다. 가마의 뜨거운 열기에 침도 다 말라버렸는지 숨소리도 자꾸 거칠어졌다.

"명장님……."

땀을 뻘뻘 흘리며 물동이를 지고 온 사람들이 정광복의 눈치를 살폈다. 정광복은 이 급박한 와중에도 침착하게 당부했다.

"절대로 가마에 물이 들어가서는 안 돼. 폭발로 이어질 수 있으니, 혹여 몸에 불이 붙더라도 가마 밖에서 물을 뿌려야 한다."

"예, 알겠습니다."

양자를 둘러싼 사람들의 시선이 뒤에 있는 불보다 더 뜨겁게 그녀를 에워쌌다.

"나랑 내 아들한테 무슨 짓을 하려고 했는지 알아요. 다 안다고요!"

"어멈아, 오해가 있었어."

양자는 줄줄 흐르는 눈물을 참을 수 없었고, 절로 움직이는 입을 멈출 수 없었다. 잊고 싶어서, 잊고 살았던 후회의 기억이 생생하게 재현되고 있었다.

"저도 죽을 뻔했다고요. 그곳에 절 데려간 건 이수 씨 그 사람인데……. 왜 다들 절 죽이지 못해 안달인 거냐고요! 왜!"

가슴 속에서 설움이 북받쳐 올랐다. 양자는 이 설움이 이날 자신이 느낀 것인지 아니면 지금 자신이 느끼고 있는 것인지 확신할 수 없었다.

변함없는 건 똑같이 뜨거운 장면이라는 것이다. 양자의 통곡과 어린 동민의 울음소리, 장작 타는 소리가 한데 어우러져 그때처럼 괴이한 풍경이었다. 때마침 세찬 산바람이 가마터로 불어 닥쳤다. 신선한 공기를 빨아들인 가마가 시뻘건 불길을 날름거렸다.

양자와 동민을 잡아먹을 듯 뻗쳐오는 붉은 기운에 지켜보던 사람들이 전부 비명을 내질렀다. 하마터면 불이 붙을 뻔한 아찔한 상황이었다. 정광복이 더욱 다급하게 외쳤다.

"아무리 억울해도 어린 것이 무슨 죄냐!"

탈진 상태로 팔다리를 축 늘어뜨린 손자를 보고 정광복의 속도 타들어 갔다.

양자는 여전히 가마 앞에서 꼼짝 않은 채 버티고 섰다.

"아버님이 절 죽이려고 하니까! 그러니까 저도 갈 데까지 간 거잖아요!"

양자의 말에 정광복은 펄쩍 뛰며 소리쳤다.

"내가 죽이긴 누굴 죽여!"

"정요에서 쫓겨나는 게 저한테는 죽음이나 마찬가지예요! 전 못 나가요, 절대! 여기서 귀신이 되는 한이 있어도 절대 안 나가요."

"네가 원하는 게 뭐든 다 들어줄 테니까 제발 가마에서만 나와!"

양자는 마치 그 말을 기다렸다는 듯 망설임 없이 내뱉었다.

"그럼 저랑 동민이 미국으로 보내주세요."

생각지 못한 요구에 정광복의 표정이 일그러졌다.

"동민이 고모가 미국에 있잖아요. 거기로 보내주세요."

"걔는 더 이상 내 딸이 아냐! 아들까지 잃은 마당에 손주까지 보내라고? 그건 안 돼! 동민이는 정요의 대를 이어야 해!"

지금까지 침착함을 유지하던 정광복도 결국 참지 못하고 맞받아쳤다.

"왜 동민이 고모가 미국으로 갔는지 알아요. 다 들었다고요."

양자의 말에 정광복의 얼굴이 분노로 더욱 시뻘겋게 달아올랐다.

"아버님도 그날 아내가 죽을 줄 알았다면 도박장에 가지 않으셨겠죠. 그렇죠?"

양자의 입에서 나온 도발적인 말에 상황을 지켜보던 정요의 직원들도 흘끔대며 정광복의 눈치를 살폈다.

이 사실은 정요에서 오래 일한 직원들만 알고 있던 공공연한 비밀이었다. 한때 그의 도박중독은 지독한 문제였다. 이안과 이수가 태어난 뒤에도 정광복은 아이들의 웃는 얼굴보다 전답이 오가는 판의 패를 쪼아 보는 것을 더 좋아했다.

그 탓에 정광복의 아내는 만성적인 폐렴을 안은 채 한겨울에도 남편을 찾아 도박판이 벌어지는 집 대문을 두드려야 했다.

"동민이 고모는 아버님 때문에 어머니가 돌아가셨다고 생각해요."

"그래서! 뭐 어쩌라고? 이미 호적에서 파버린 딸년인데!"

화가 머리끝까지 치민 정광복은 이제 체면도 차리지 않았다.

"동민이가 따님과의 연결고리가 될 거라고요. 바로 동민이가!"

양자는 바짝 타는 아랫입술을 핥았다. 건조한 입안 때문에 말린 입술이 서로 엉겨 붙었다.

"동민이가 성인이 되면, 그때 다시 정요에 오게 해요. 그때 와서 일을 배워도 늦지 않잖아요. 그때까지는 제가 아버님 밑에서 기술을 배울게요. 그럴 수 있다는 거 아시잖아요, 아버님도."

양자는 다시 입술을 말았다. 거짓말을 할 때마다 나오는 오랜 습관이었지만 정광복이 그 사실을 알 리는 만무했다.

"동민이만 미국으로 보내주겠다고 약속하시면 제가, 제가 자리를 마련할게요."

정광복의 눈빛이 흔들리는 걸 보며 양자는 쐐기를 박기 위해 뒤로 몸을 젖혔다.

"이대로 저와 동민이마저 사라지면, 미국에 있는 딸과 연락할 방법은 영영 사라지는 거예요. 정말 그러고 싶으세요?"

그런데 그때, 얌전히 품속에 안겨 있던 동민이 갑자기 젖 먹던 힘을 짜내 버둥거렸다.

그 바람에 양자는 그만 중심을 잃고 뒤로 크게 비틀거렸다. 그리고 가마 속 시뻘건 불길은 기회를 놓치지 않았다. 양자의 싸구려 스웨터

끝자락을 움켜쥔 불꽃은 순식간에 양자의 등을 타고 올랐다.

사람들의 비명과 동시에 양자는 주위를 둘러보았지만 제 등에 붙은 불을 볼 수는 없었다. 사람이 타들어 가고 있는데도, 물동이를 쥔 사내들은 정광복의 지시에 따라 마른침을 삼키며 기다렸다.

매캐한 연기에 이상한 낌새를 눈치챈 것도 잠시. 이내 양자에게 여태껏 느껴보지 못한 고통이 엄습했다. 스웨터를 타고 번진 불길이 양자의 브래지어까지 녹이며 등가죽에 뜨겁게 눌어붙었다.

동시에 그것보다 더 고통스러운 광경이 양자의 눈에 들어왔다. 양자의 품에 매달려 있던 동민의 왼쪽 소매에 불이 붙은 것이다.

양자는 맨손으로 불붙은 동민의 소매를 팍팍 두드려 불을 껐다. 그 순간은 뜨겁다는 생각조차 들지 않았다.

"물! 물!"

양자는 물동이를 들고 있던 남자들을 향해 미친 듯이 달렸다. 곧장 동민의 팔을 물동이 속에 집어넣었다. 자지러지게 울던 동민은 완전히 탈진해 양자의 품에서 축 늘어졌다. 죽은 듯 기절한 어린 동민을 보던 양자의 머리 위로 그제야 찬물이 연거푸 쏟아졌다.

정광복이 득달같이 양자에게서 동민을 빼앗아 들었다. 멸시의 시선으로 그녀를 바라보던 정광복과 사람들이 동민만을 데리고 오솔길을 내려갔다. 홀로 남겨진 양자는 그 자리서 연신 동민의 이름만 되뇌었다.

"동민아……."

이 세상 그 어느 누구라도 자신의 사연을 알게 된다면, 아무도 사랑하지 않을 것이다. 양자는 자신이 그런 저주를 갖고 태어났음을 확신했다. 그래서 그 저주로부터 스스로를 지키기 위해 누구도 사랑하지 않기로 했다.

살아남는 데 필요하다면 누구든 이용할 것이고 언제든 버릴 것이다. 그땐 그렇게 생각했다. 그리고 그게 옳다고 결정했다. 비록 제 피를 나눈 자식에게는 좀처럼 마음을 거두기 어려웠지만, 양자는 이미 사랑하지 않는 척에 도가 트여 있었기에 이겨낼 수 있다고 여겼다.

동민의 상처가 어느 정도 치료되자 정광복은 동민이를 미국으로 보내는 것에 동의했다. 물론 정이안과의 오해를 푸는 자리를 마련하는 것과 동민의 청각 치료가 끝나면 다시 정요로 데려오겠다는 전제 하에 허락한 것이지만, 양자는 뒷일은 나중에 생각하기로 했다.

모든 부모가 그러하듯, 양자는 동민이 자신의 못다 이룬 꿈을 이뤄주기를 바랐다. 이런 시골에서 도자기나 만들 게 아니라, 인간의 삶을 바꾸는 과학자가 되어 세상을 바꾸는 멋진 인생을 살기를 바랐다. 그래서 더욱 정요를 그리워하지 않았으면 했다. 이곳을 잊어주는 것까지는 바라지도 않으니, 그저 다시 돌아오지 않기만을 바랐다.

제 몸만 한 캐리어 옆에서 여덟 살짜리 동민은 양자의 품을 파고들었다. 양자는 그런 동민을 밀치지도 안지도 않았다.

"싫어, 나 안 갈래."

누구 아들 아니랄까 봐. 동민은 또래답지 않게 눈치가 빨랐다.

"미국에 가면 고모가 엄청 멋진 놀이공원에 데려가 줄 텐데? 거기엔 동민이가 기르고 싶어 했던 커다란 강아지도 있고."

"아냐. 나는 엄마랑 있을 거야."

양자는 그런 동민의 등을 쓸어주는 대신 눈높이가 맞도록 앉아 자신의 웃옷을 걷어 등의 흉터를 보여주었다.

"봐봐, 동민이 팔에 있는 것처럼 엄마도 같은 게 등에 있어. 우리는 이걸로 연결된 거야."

"거짓말."

"진짜야."

"할아버지가 이 흉터는 벌이라고 했어."

양자는 아랫입술을 안쪽으로 한 번 말았다. 마음을 굳혔는지 이번엔 매섭게 눈을 뜨며 동민의 작은 어깨를 단단히 잡았다. 그리고 그 상태로 다시 말을 이었다.

"그래, 할아버지 말대로 이건 벌이야. 엄마하고 같이 있었기 때문에 동민이도 벌을 받은 거야."

"왜 벌을 받은 건데?"

결심과 달리 쉽사리 뒷말이 이어지지 못했다. 하지만 지금은 마음을 독하게 먹어야 했다.

"네가 나중에…… 어른이 되면 설명해줄게. 하지만 지금은 엄마하고 있으면 동민이가 또 어떤 벌을 받게 될지 몰라. 그러니까 가. 어서."

동민이 탄 차가 완전히 멀어질 때까지 양자는 꼿꼿하게 선 자세를 풀지 않았다. 눈물도 흘리지 않았다. 그녀에겐 울 시간도 부족했다. 그녀만의 조용한 전쟁의 막이 올랐다.

사방이 적들로 둘러싸인 정요에서 양자가 살아남기 위해서는 지원군이 필요했다. 누구보다도 자신을 우선시 할 사람. 동민이 미국에 도착했다는 소식을 듣자마자 양자는 선묵의 연락처를 수소문했다.

선묵이 일용직 노동직을 전전한다는 소식에 양자는 망설임 없이 그에게 전화를 걸었다.

몇 년 만에 만난 선묵은 양자가 기억하고 있던 모습과 사뭇 달랐다. 절뚝이는 다리는 둘째치고, 고생으로 핼쑥해진 얼굴은 본래의 나이보다 열 살은 더 많아 보였다.

어쩌다 이 지경까지…….

기가 막혔지만 감정에 휩싸여서는 안 되었다. 그를 들이기 전에 복종의 관계를 확실히 세워야 했다. 애초에 그러려고 찾아낸 것이었다.

"앞으로 할 일이 많을 거예요. 보안, 정원 돌보기, 잔심부름까지 해야 할 수도 있어요."

양자는 철저하게 사무적으로 선묵을 대했다.

"다 괜찮습니다. 뭐든 할 수 있어요."

선묵은 비굴할 정도로 양자에게 굽신거렸다.

"정말 그 다리로 할 수 있겠어요?"

양자가 들고 있던 펜으로 선묵의 오른쪽 다리를 가리켰다. 엉성한 의족이 바짓단 끝에 툭 불거져 있었다.

"사람들 시선이 불편한 거지 업무나 생활에 불편할 건 없습니다."

"도둑이나 강도는 어떻게 잡게요?"

"총기 허가증이 있어요."

"그래요?"

양자가 흥미롭단 듯 눈을 치켜떴다.

"어디 한번 지켜보죠."

"고맙습니다…… 미리암."

양자는 싸늘한 눈초리로 선묵을 바라보며 말했다.

"경고하는 거예요. 절대 그 이름으로 부르지 말아요."

냉랭한 양자의 말투에 선묵은 고개를 떨궜다. 바닥을 본 채로 중얼거리듯이 물었다.

"왜 접니까? 아무리 이수가 없다지만 불편할 수도 있는데."

"여기서 일하고 싶으면 과거의 일은 잊어요. 사사로운 감정으로 채용한 게 아니니까."

양자는 냉정하게 대답하고 일어섰다. 나서는 양자의 등 뒤로 선묵의 한마디가 들려왔다.

"그때 했던 약속…… 유효합니다."

약속이라는 단어에 양자의 걸음이 갑자기 무거워졌다. 그리고 곧 밀려드는 과거의 기억들이 뻘처럼 그녀의 발목을 붙들고 늘어졌다. 생각에 생각을 타고 들어가는 기억의 소용돌이에 양자는 몸을 맡겼다.

양자가 눈치챘을 때는 이미 소금기 가득한 그날의 공기가 폐 속으로 깊이 들어오고 있었다. 어느새 눈앞에 갯벌이 펼쳐졌다.

양자가 바다를 실제로 본 것은 갓 스물이 되던 해였다. 처음 본 바다는 아무것도 없었다. 썰물로 바닷물이 빠져나간 자리엔 온통 비릿한 냄새로 가득했다. 바다에 품고 있던 로망과 환상이 전부 부서졌지만, 오히려 실제론 이토록 실망스럽다는 사실이 양자는 마음에 들었다.

해안가와 도로를 나눠둔 난간에 기대어 양자는 하염없이 멀리서 찰박대는 파도를 바라봤다. 함께 온 선묵은 자신이 잘못한 것도 아닌데 양자에게 미안해했다.

"물때를 못 맞췄습니다. 여기까지 원래 다 바다인데……."

"선묵 오라버니는 왜 끝까지 말을 안 놔요? 편하게 하라니까."

양자는 어색한 분위기를 바꿔 보려 괜히 선묵의 팔을 툭 쳤다.

"존댓말이 입에 붙어서……."

"말뚝 박아서 그런 거죠? 이수 오라버니한테 들었어요."

양자의 입에서 이수의 이름이 나오자 선묵의 표정이 급격히 어두워졌다. 양자는 그 표정을 보지 못한 척했다.

"같이 바다 보러 온 건 비밀로 해주세요. 이수 오라버니가 알면 난리가 날 테니까."

선묵은 천천히 고개를 끄덕였다.

사실 양자에게 선묵은 시시한 남자였다. 과묵하고 어딘가 비밀이 있어 보이던 첫 만남에서는 그녀의 호기심을 자극했지만, 양자는 금세 그의 신비주의가 그저 감정표현이 서툰 것에 불과하단 걸 간파해냈다. 심지어 매사 진지한 태도로 임하는 그의 고지식한 면은 사람을 따분하게 만들기까지 했다.

양자는 그런데도 그런 선묵과 지금 이 시간을 함께하고 있다는 사실이 믿기지 않았다. 무언가 고심하는 것 같은 선묵의 옆모습을 보며 양자는 몸을 돌렸다.

"이제 집으로 가요."

"잠깐만요, 십 분만 더요."

선묵은 돌아서는 양자를 부드럽게 잡아 세웠다. 그에게서 볼 수 없던 적극적인 태도라 양자의 가슴이 잠깐 가볍게 뛰었다.

"왜요?"

그는 말없이 양자의 팔을 붙든 채 꿋꿋이 섰다.

양자는 하는 수 없이 그의 말대로 다시 난간에 몸을 기댔다. 왠지 오늘은 집에 가고 싶지 않은 날이기도 했다.

선묵이 갑작스럽게 바다에 가자고 제안했을 때, 양자는 고민 없이 승낙했다. 정이수 때문에 말 못 할 고민으로 끙끙 앓고 있던 차였다.

"저기 봐요."

선묵의 손가락을 따라 양자가 하늘로 시선을 옮겼다. 회색빛이었던 구름들이 일제히 노랗게 빛나기 시작하더니 강렬한 색채를 뿜어 내기 시작했다.

"지금부터가 본편이에요."

노르스름했던 하늘이 붉어지며 점차 짙은 푸른색과 자색으로 어우러졌다. 선묵과 함께 본 그날의 낙조는 양자가 여지껏 살면서 보아온 하늘 중에 단연 으뜸이었다.

총천연색 빛이 사라지고, 어느새 하늘에 밤의 기운이 서렸다. 양자는 시퍼렇게 멍들어가는 하늘을 바라보다 문득 선묵과 눈이 마주쳤다.

그녀의 눈빛에 용기를 낸 듯, 선묵은 자신의 이야기를 꺼냈다.

"저는 부모님께 버려지고 외할머니 손에서 자랐습니다. 당연히 형편은 좋지 않았지만, 할머니는 그래도 제게 최선을 다해 주셨습니다. 그 은혜를 갚고 싶어서 직업군인이 되었죠. 가진 것 하나 없이 몸뚱이뿐인지라, 그래도 죽을힘을 다해 성공해서 할머니 고생을 덜어 드리고 싶었는데."

선묵은 잠시 침묵을 하다 말을 이었다.

"훈련을 나간 사이 할머니는 돌아가셨습니다. 저는 그날을 지금까지도 후회하고 있습니다."

난간을 꽉 잡은 선묵의 등을 보며, 양자는 조심스럽게 그의 어깨에 손을 올렸다. 지독하게 운이 따라주지 않을 때의 기분을 그녀는 누구보다 잘 알았다.

"일어날 일은 일어나게 되어 있어요. 제가 살아보니 그렇더라고요."

양자의 어울리지 않는 어른스러운 말에 선묵이 피식 웃었다. 그러다 곧 진중하게 시선을 가라앉히더니, 몸을 돌려 양자와 마주 섰다.

"오늘 성당 뒤에서 울고 있었던 거 압니다. 정이수 그놈 때문이란 것도 알아요."

양자의 눈동자가 흔들렸다. 그걸 어떻게 알았느냐 묻기 전에 양자는 선묵의 표정을 읽어냈다. 아, 그래. 정이수가 그것까지 얘기한 거구나.

정이수가 이전부터 동갑내기 선묵에게 양자에 대한 모든 것들을 시시콜콜 떠들어대는 건 알고 있었다. 아무리 친한 친구에게라도 해서는 안 되는 양자와의 사적인 이야기까지. 그리고 그 이야기 속에서 그녀가 어떤 식으로 언급되는지도 익히 짐작은 하고 있었다.

"아쉬울 것 없이 자라 세상 물정 모르는 놈 때문에 미리암, 당신이 상처받을 이유가 없어요. 정이수는 그저 당신을 길가의 나뭇가지보다도 못한 존재로 생각하고 있다고요."

"그죠. 이미 한 번 꺾어서 갖고 논 걸 계속 들고 다니진 않겠지."

양자는 정이수가 사는 하숙방에서 번갯불에 콩 굽듯 첫 경험을 치른 순간을 떠올렸다. 그게 고작 지난주 일이었다. 그날 이후 이수는 양자에게 데면데면하게 굴었다.

난간에 살포시 얼굴을 묻은 양자를 보며, 선묵은 안절부절못했다. 그녀를 힘들게 할 생각으로 이 말을 꺼낸 건 결코 아니었다. 그저 위로해주고, 함께 화내주고, 당신이 얼마나 소중한 존재인지 속삭여주면서 당신을 사랑하는 사람이 여기 있다고 말하고 싶었을 뿐이었다.

선묵은 다시 주먹을 쥐며 입을 열었다.

"미리암, 저는 이제 타이밍을 놓쳐서 후회하고 싶지 않습니다. 우린 비슷한 점이 많아요. 이제 더는 상처받고도 아무렇지 않은 척하며 살지 맙시다. 제가 당신의 편이 되어 줄게요."

비록 선묵의 말이 모든 감정을 담아내진 못했지만, 양자는 그래도 선묵의 마음을 알 수 있었다.

그래서 궁금해졌다. 바다까지 데려와 자신의 마음을 밝히는 선묵이 자신을 얼마나 좋아하는지.

"당신은 그와 다르다는 걸 어떻게 알죠?"

선묵은 그렇게 물어봐 주기를 기다렸다는 듯 올곧은 눈빛으로 양자를 바라보았다.

"보여드릴게요."

양자는 선묵의 말에 흔들렸다.

"무슨 일이 있어도 당신의 편일 겁니다. 제 길지 않은 스물일곱 인생을 걸고. 온 마음으로 당신을 지키겠습니다."

다소 낯부끄러운 고백이었지만 양자는 거세게 나부끼던 마음을 접어 그에게 건넸다.

"……그러면 우리, 이대로 도망쳐요."

최선묵은 망설이지 않고 그녀의 손을 잡고 내달렸다. 갈 데가 없는데도, 어디든 갈 수 있다고 발을 박찰 때의 벅찬 감정은 환상에 가까웠다.

그리고 양자는 정확히 다섯 시간 후에 환상에서 빠져나와 굳건하게 버틴 현실을 깨달았다. 이대로 도망간들 둘의 엔딩은 절대로 해피엔딩으로 끝날 수 없단 걸.

싸구려 여인숙에서 쿰쿰한 곰팡내가 진동하는 이불은 뱃속을 거북하게 만들었다. 양자는 벌거벗은 자신을 끌어안은 선묵을 잠시 내려다봤다. 그리고 깊은 잠에 빠진 그를 두고 도망쳤다.

컴컴한 새벽. 이슬을 맞으며 양자는 첫차를 기다렸다. 새벽의 찬바람이 그녀의 머리를 더욱 맑게 씻어줬다.

처음엔 삼촌 집에서 탈출하기 위해선 남자와 결혼하는 수밖에 없다고 생각했다. 정이수에게 접근한 것도 그런 이유가 가장 컸다. 정이수는 남자친구로는 끔찍한 인간이긴 했지만, 집안이 대대로 도예가로 큰 저택을 여러 채 가졌다고 들었다. 그를 잘만 이용한다면 남부럽지 않게 편안한 삶을 살지 않을까. 양자는 꾸역꾸역 정이수를 만나는 동안 그 막연한 기대 하나만을 바라보았다.

양자는 그것이 얼마나 어리석은 생각이었는지 곧 깨달았다. 그런 알량한 심보로는 자기 연민만 불러올 뿐, 어떠한 것도 직접 해결할 수 없었다.

자신을 지켜주겠다는 선묵의 말도 믿을 수 없기는 마찬가지였다. 이 기구한 인생을 펴줄 수 있는 건 정이수도, 최선묵도 아니다. 나, 박양자가 해야 했다.

지긋지긋한 이 동네에서 벗어나는 방법은 단 하나뿐이다. 모든 걸 끊어내고, 나 스스로 독립해 사는 것이다. 그 누구도 대신 해 줄 수 없다. 결의를 다지고, 양자는 그 길로 삼촌 집으로 돌아가 탈출 계획을 세웠다.

숙모가 숨겨둔 금 열쇠를 양자는 제2의 인생 문을 여는 열쇠로 사용하기로 마음먹었다. 이걸 팔아 몸 하나 뉠 공간만 구할 수 있다면, 이후로는 내 한 몸 먹여 살리는 일쯤이야 어렵지 않을 것 같았다.

　새벽 출근하는 사람들 틈바구니에서 양자는 끊임없이 상상했다. 비록 과학자가 되는 꿈은 접어야겠지만, 노력한다면 야간학교에 다닐 수도 있을 것이다. 양자는 얼마든지 악착같아질 자신이 있었다. 심장이 콩콩 뛰었다.

　그러나 날씨가 따뜻해지면 떠나자고 마음먹었던 양자의 계획은 한 달 만에 산산조각 나고 말았다. 임신 테스트기에 선명하게 뜬 두 개의 줄이 양자의 발목을 잡았다.

　"그래서 이수 오라버니가 애 아빠야?"

　예진은 촉각을 곤두세웠다. 양자는 선뜻 대답하지 못했다.

　"아니야? 그럼 누구야?"

　양자는 고개를 푹 숙였다.

　"아니, 애 아빠가 누군지는 알 거 아냐!"

　하도 다그치는 바람에 양자는 결국 실토했다.

　"뭐? 알렉시오? 이수 오라버니가 아니었어?"

　예진은 유난스레 호들갑을 떨었다. 가뜩이나 큰 눈이 더 커져 쏟아질 듯했다.

　"대체 뭐가 어떻게 된 거야?"

　"설명하기 복잡해. 나 정말 어떻게 해야 할지 모르겠어……."

양자가 얼굴을 부여잡고 방바닥에 엎어졌다. 아이가 생겼다는 것도 믿을 수 없었지만, 단 하룻밤의 실수로 발목을 붙잡혔다는 사실이 그녀의 마음을 더욱 괴롭혔다.

"여기 있어. 내가 성당에 가서 선묵 오라버니 데려올게."

"그냥 전화로 하면 안 될까?"

양자는 자신을 혼자 두지 말란 듯 예진의 옷깃을 잡아끌었다.

"애는. 이렇게 중요한 사항을 어떻게 전화로 하니? 길이 엇갈리면 안 되니까 꼼짝 말고 있어. 무슨 일 있으면 전화할게."

"고마워, 예진아. 정말로 고마워."

양자는 예진의 하얀 손을 붙잡고 결국 울음을 터뜨렸다.

시간이 지나면서 예진이 뿌렸던 은은한 향수 냄새도 옅어지고, 해도 노랗게 기울어갔다. 그때까지도 양자는 전화기 앞을 떠나지 못했다. 곁에는 아무도 없었고, 연락도 좀처럼 오지 않았다.

흐르는 시간만큼 차오르는 외로움에 양자는 아무도 없는 집에 혼자 있으면서도 소리를 꾹꾹 눌러가며 조용히 울었다.

전화벨이 울렸다. 양자는 크게 심호흡을 하고 수화기를 집어 들었다.

"여보세요."

"나야. 예진이한테 들었다."

수화기 너머로 들려오는 목소리에 양자의 가슴이 철렁 내려앉았다. 정이수였다.

양자는 떨어지지 않는 입술을 겨우 움직였지만, 텔레비전의 음소

거 버튼이 눌린 것처럼 아무런 소리도 내지 못했다.

"듣고 있는 거지? 너만큼 나도 충격이 컸어. 하지만 걱정하지 마라. 내 실수는 내가 책임진다."

양자는 예상치 못한 이수의 말에 하마터면 수화기를 놓칠 뻔했다.

"다음 주에 성당에서 식 올리고 아버지한테 가자. 양자야, 듣고 있는 거지?"

"……듣고 있어요."

"그래, 일단 쉬고 있어."

달칵하고 이수가 수화기를 내려놓는 소리를 듣고도 양자는 한참이나 뚜, 뚜, 뚜, 반복되는 신호음을 들었다. 머리가 텅 빈 것처럼 한동안 예진이 무슨 짓을 한 건지 몰랐다. 선묵이 아닌 이수에게 임신 사실을 알렸단 걸 알아차린 건 그러고도 좀 더 시간이 지나서였다.

마음속이 제멋대로 소용돌이쳤다. 후회에서 절망으로 놀람에서 분노로 감정의 연쇄 폭발이 일어났다. 자각하기도 전에 양자의 몸은 숙모가 순금열쇠를 숨긴 쌀독을 헤집고 있었다. 손가락 사이사이를 간질이는 쌀알들 사이로 단단한 열쇠의 끄트머리가 느껴지자 양자는 망설임 없이 뽑아 들었다.

삼촌네에서 도망쳐 나온 뒤, 결혼에 필요한 서류들을 처리해 이수가 말한 일주일 뒤까지 몸을 숨긴 채 숨죽이고 지냈다.

성당 앞에서 기다리는 이수와 그 옆에서 어느 때보다 슬픈 얼굴로 바라보는 선묵. 양자는 모든 걸 무시하기로 했다. 선묵의 애타는 시선도, 이수의 죄책감 어린 시선도. 그렇게 양자는 이수를 남편으로 맞이하는 것에 동의했다. 모든 것을 다 알고 있는 예진의 싸늘한 시선이 혼인 성사 내내 양자의 양심을 난도질했지만, 자신과 뱃속의 아이를 제외한 모든 것을 세상에서 지워버리겠단 심정으로 이수의 손을 맞잡았다.

그렇게 도착한 정요는 양자에게 궁궐이나 다름없었다. 열댓 명이 넘는 일꾼에, 현대식으로 개조한 고택만 세 채였다. 자신을 곤경에 빠트리려던 예진에게 고마움을 느낄 정도였다. 이수의 손을 잡고 한 걸음 한 걸음 조심스럽게 계단을 오르며, 양자는 이곳에서 새로 태어나기로 마음먹었다. 새로운 삶을 꾸려나갈 기대에 부풀어 있었던 그 순간이 양자가 정요에서 유일하게 좋았던 기억이었다.

제대로 정착할 줄 알았던 그곳이 제 인생 하나를 위해 세 남자의 인생을 짓밟게 될 곳인 줄 알았더라면 오르지 않았을 것이다. 양자는 한 계단씩 오르며 이수와 선묵과 동민을 떠올렸다.

돌이켜보기도 했다. 양자가 이수에게 사실을 밝히고 결혼하지 않았더라면 선묵은 다시 군대로 돌아가지 않았을 것이다. 그러면 선묵이 다리를 잃지도 않았을 테고, 이수가 그런 흙굴에 묻혀 죽지도 않았을 테고, 어린 동민을 홀로 미국으로 떠나보내지도 않았을 텐데.

세 남자의 인생을 망친 것이 다 제 탓인 것만 같았다. 양자는 계단을 오르다 말고 우뚝 멈췄다.

동민의 목소리가 들렸다.

"어머니?"

양자는 정신을 차리고 고개를 들었다. 분명 조금 전까지 이수의 손을 잡고 계단을 오르고 있었는데, 그 대신 어른의 모습을 되찾은 동민이 양자의 손을 잡고 있었다.

"다시 돌아왔구나."

정요의 풍경이 동민의 등 뒤로 기이하게 어우러졌다. 어린 동민을 떠나보내던 그때부터 지금까지 모든 게 꿈결만 같았다. 어디까지가 기억이고, 어디까지가 상념인지 양자는 쉬이 구분하기 어려웠다.

중얼거리는 양자를, 동민은 천천히 다가와 두 팔로 끌어안았다. 양자는 이 순간 처음으로 동민의 따스한 포옹을 받아보았다.

"마이클은? 안 쫓아왔니?"

"제 디멘시아가 끝나던 때 어머니가 절 데리고 가주셨어요. 어머니의 기억 속으로요. 그놈은 다행히 어머니의 기억까지는 쫓아오지 못했어요."

양자는 동민의 어깨 너머로 허공을 응시하다가 곧 그 의미를 깨닫고 눈꺼풀을 크게 추어올렸다. 그마저 전부 봐버렸구나. 동민에게만큼은 절대로 보여주고 싶지 않았던 기억들이었다.

동민이 서서히 팔을 풀어주자, 양자는 몸에 힘이 풀리는지 계단의 중간에 걸터앉았다. 동민도 따라 양자의 옆에 앉았다.

"여기도 어머니의 기억 속인 것 같아요."

"그래."

"······어머니, 꼭 여기 있지 않으셔도 괜찮아요. 제 기억 중에 다른 곳으로 간다면······."

동민이 조심스레 설득했지만, 양자는 무심하게 고개를 저었다. 제 과거를 숨기고 싶다는 이기심으로 동민이 위험을 감수하게 할 순 없었다. 그러는 동안 어느새 다가온 추위가 두 사람 사이를 파고들었다.

양자는 가만히 동민의 입에서 뽀얀 입김이 흘러나오는 걸 보며 얕은 한숨을 내쉬었다. 동민도 생각이 많은지 조용했다. 대화는 더 이어지지 않았다. 하지만 양자는 침묵만큼 많은 것을 이야기하는 대화도 없다는 걸 느끼고 있었다.

"······가자."

얼마나 더 그리 앉아 있었을까, 긴 까마귀의 울음소리를 들으며 양자는 자리에서 일어났다.

앙상하게 마른 나뭇가지들이 바람에 스산한 소리를 내며 흔들렸다. 양자는 어느새 자신이 손에 쥐고 있는 약병을 보고 이날이 언제인지 깨달았다. 양자는 말없이 계단을 올랐다.

뭔가에 홀린 듯 움직이는 양자를 따라 동민도 불안한 표정으로 뒤따랐다.

동민은, 양자의 의식에 들어와 어머니의 기억을 전부 들여다봤다고 생각했다. 하지만 자신의 목을 찔러 리셋 시킨 이후의 기억들은 전부 동민이 보지 못한 것들이었다. 아니, 볼 생각을 하지 못한 것들이라 해도 무방했다.

양자에게 포팅 시스템을 써 다이버로 뛰어들 때만 해도 동민은 어머니의 의식을 되찾는 것과 아버지의 죽음과 관련된 진실을 확인하고 싶은 마음뿐이었다. 그저 죄책감을 덜고 싶었다. 그리고 지금은 그랬기 때문에 오히려 접근할 수 있었던 양자에 대한 기억에 한계가 있었음을 깨달을 수 있었다. 결국 양자의 기억 중에서도 그가 보고 싶은 것만 보았던 것이다. 양자가 자신을 살리겠다며 제 의식에 침투하지 않았더라면 영원히 알지 못했을 것들이었다.

겨울의 정요는 뼛속까지 시릴 정도로 추웠고, 적막했다. 모든 살아 있는 생명체들은 소리를 내면 얼어붙기라도 할 것처럼 숨죽이며 봄이 오기만을 기다리고 있었다. 계단을 오르는 두 사람의 발소리만 자박자박 울려 퍼졌다.

별채에 도착한 양자는 조용히 문틀을 두드리며 말했다.

"아버님, 저예요. 들어갈게요."

안에선 대답 대신 마른기침 소리가 들려왔다. 동민은 문을 열고 들어서는 양자의 뒤에 바짝 붙었다.

"좀 어떠세요."

양자는 환자용 침대에 누운 정광복 가까이 다가갔다. 앙상하게 마른 발등에 꽂혀 있는 수액주사를 보고 양자는 자신도 모르게 미간을 찌푸렸다. 하필이면 또 이런 순간을 동민에게 보여줘야 한다니.

아들에게 좋은 모습이라곤 조금도 보여주지 못하는 것만 같아 자괴감이 밀려들었다. 이제라도 여기서 나가 동민과 좋은 기억들만 남기고 싶단 욕심이 피어올랐다. 그런 양자의 마음과 달리, 기억 속 몸은 익숙하게 움직였다. 작은 냉장고에서 수액 팩을 꺼내 공중에 매달린 빈 팩을 걷어내고 능숙하게 갈아 끼웠다.

정광복의 엄지발톱은 시커멓게 썩다 못해 두 갈래로 완전히 쪼개져 있었다. 며칠 새 두 번째 발가락마저 보라색으로 퉁퉁 부어올랐지만, 양자는 그 발에 수액주사 바늘을 꽂을 수밖에 없었다.

정광복은 오랜 당뇨 투병으로 여러 합병증에 시달렸고 안 해본 치료가 없었다. 그의 양팔과 손등은 이미 혈관염으로 퉁퉁 부어 쓸 수 없었다. 색이 변한 발가락도 조만간 잘라내야 할지 몰랐다.

양자는 들고 온 약병을 주사기로 뽑아 수액 팩에 주사하며 투여 속도를 조절했다.

"아프다. 이제 그만해라."

동공 안쪽이 뿌옇게 변한 정광복의 눈동자가 허공을 훑었다.

"식사도 안 하시겠다시고, 유동식도 못 드시겠다고 하시니 이렇게라도 해야죠."

양자는 덤덤하게 말하며 커튼을 걷었다. 그날따라 따스한 겨울의 햇살이 별채 안을 가득 채웠지만, 정광복의 시선은 빛이 들지 않는 구석진 천장을 향했다.

"어멈아."

"예, 아버님."

"동민이가 이제 몇 살이지?"

"아직 열다섯이에요."

"내 몸이 이러니 슬슬 한국으로 불러야겠다. 너도 일을 다 익혔으니 어려울 것 없을 게다. 부디 동민이에게 잘 전수하거라."

콜록거리는 정광복에게 양자는 거침없이 쏘아붙였다.

"아버님, 미국에서 공부 잘하고 있는 애한테 갑자기 이 시골에 와서 도자기를 구우라고 하면 그렇게 하겠어요? 저라도 안 해요. 그리고 아직 5년이나 남았잖아요."

정광복은 허연 눈을 치켜뜨며 남은 힘을 짜내 호통을 쳤다.

"내 아들을 잡아먹은 것도 모자라 이제 지 아들까지 쥐락펴락할 셈이야!"

"아버님이야말로 손주 인생을 마음대로 정해두고 거기 맞게 움직이길 바라시잖아요."

양자는 자신의 입에서 술술 쏟아지는 독기 어린 말에 마음 한편이 아렸다. 살날이 얼마 남지 않은 노인네 가슴에 이렇게까지 비수를 꽂을 필요는 없었을 텐데. 그러나 그때의 양자는 깨닫지 못했다.

"네가 시집온 이 집안이 대대로 흙밥 먹고 살아온 세월이 자그마치 이백 년도 훨씬 넘었다. 조선 시대에 천주교 박해를 피해 산으로 도망치면서 시작된 게 바로 이 정가(鄭家)다. 선대들이 지켜온 유구한 역사를, 정동민이가 아니면 누가 잇는다고!"

양자는 더 이상 접히지 않는 수액 팩을 쓰레기통에 던져 넣으며 정광복에게 다가갔다. 흉한 몰골을 빤히 들여다보았다. 깊이 호흡을 한 번 하고 나서 속삭이듯 말했다.

"아버님, 동민이가 어디 이수 씨 닮은 구석이 있던가요?"

"너 지금 무슨 말을……."

"아버님도 진실은 알고 돌아가셔야죠."

불안에 흔들리는 회색빛 눈동자를 똑바로 마주 보며 양자는 한 글자씩 힘주어 말했다.

"우리 동민이, 이수 씨 아들 아니에요."

그렇게 말해놓고 양자는 두 눈을 질끈 감았다. 이다음 모습을 차마 볼 수가 없었다. 반면 덫에 걸린 짐승의 숨통을 완전히 끊어놓듯이 양자의 입은 힘주어 말했다.

"동민이는 정 씨가 아니라고요."

양자의 말을 듣는 내내 정광복의 눈동자가 갈피를 잡지 못하고 이리저리 흔들렸다.

"이수 씨가 알아차리고는 절 그 산으로 데려간 거예요. 대놓고 말하더군요. 죽여버리겠다고."

양자의 믿을 수 없는 말에 정광복은 아무런 말도 하지 못했다. 못한 게 아니라 할 수가 없었다. 갑작스럽게 오른 혈압으로 그의 뇌혈관이 꽉 막혀 금방이라도 터지기 일보 직전이었지만, 그 사실을 양자가 알 리 없었다.

"아버님이 모르는 사실이 하나 더 있어요."

한숨을 내뱉으며 두 눈을 뜨니 정광복은 입을 벌린 채 부들거리고 있었다. 이날 양자는 이 모습을 보며 그의 분노가 극에 달했다고 생각했었다.

시야에 보이지는 않지만, 양자는 제 뒤쪽에 있을 동민의 존재감을 느꼈다. 그리고 곧 내뱉어질 끔찍한 진실도.

양자는 정광복이 누운 환자용 침대의 프레임을 꽉 틀어잡으며 떨리는 목소리로 말을 이었다.

"저는 무너진 굴에서 빠져나와 산에서 길을 잃었던 게 아니에요. 무너진 굴에서 겨우 빠져나온 것까지는 맞는데, 산에서 길을 잃지는 않았죠. 그 작은 산에서 길 잃을 게 뭐 있다고요. 그냥 숨어 있던 거예요. 성당에서 한참을 기다렸죠. 이수 씨가 죽을 때까지."

곧 정광복의 입에서 하얀 거품이 일었다. 그 모습에 양자의 심장이 철렁 내려앉았다. 동시에 그때의 감정이 생생하게 소용돌이쳤다. 덜컥 겁이 나면서, 당혹감과 두려움이 치솟았다.

"안 여사님! 안 여사님!"

서둘러 별채의 문을 부여잡고 바깥을 향해 천안댁을 목이 터져라 불렀다. 갑자기 목구멍이 꽉 막혔다. 불안이 함께 치솟았다. 이러다 자신의 모든 비밀을 들은 정광복이 기적처럼 살아남아 이 나이에 자신을 내쫓기라도 하면? 아니, 정요에서 내쫓기기만 하면 다행이지. 경찰에 신고라도 한다면?

양자의 머리가 팽글팽글 돌았다. 그러다 동민에 대한 모든 지원이 끊어진다면? 미국에서 거의 평생을 산 동민이 무일푼으로 한국에 들어오면 나는 어떻게 해야 하지? 동민을 도와줄 수도 없고, 동민이 날 도와줄 수도 없을 텐데. 파멸에 이르는 길이 눈앞에 생생하게 펼쳐졌다.

시아버지는 원래도 고혈압 환자였다. 언제 혈관이 막혀서 죽을지 모르는 시한폭탄 같은 여생이지 않았던가. 정광복이 살아나면 안 된다는 생각에 양자는 끊임없이 자기합리화의 고리를 이어갔다.

반면에 그녀의 몸은 어째서인지 전화기를 향해 달리고 있었다. 1, 1, 9. 어느새 세 숫자를 힘주어 꾹꾹 누르고 있었다.

"아버님이 지금 거품을 물고 기절하셔서. 아, 네. 여기는 경기도 광주시……."

마치 이런 일이 일어날 걸 알고 있었던 것처럼 양자의 몸은 기계적으로 움직였다. 머릿속은 터질 것처럼 걱정으로 가득 찼지만 몸은 침착하게 움직였다. 양자는 그날의 모순적인 자신의 모습을 돌아보며 문득 한 가지를 깨달았다.

여전히 자신은 끔찍했지만, 그나마 정광복에게는 같은 실수를 두 번 하고 싶지 않았던 것이다. 이수를 두고 그대로 방치하고 내려와 성당에 숨어 있었던 그날처럼 죄책감에 시달리고 싶지 않았다. 지난 십여 년 동안 죄책감으로 무거운 마음을, 커다란 쇳덩이 같은 그 마음을 질질 끌어안고 사는 게 얼마나 끔찍한 일인지 뼈저리게 느껴왔기에 몸이 먼저 반응한 셈이었다.

결과적으로 이날 정광복은 영원히 양자를 벌할 수 없게 되었고, 양자도 더 이상 시아버지를 지극히 모시는 순종적인 며느리인 척하지 않아도 되었다. 그리고 양자는 마지막에 붙잡은 양심 하나로 최소한 시아버지로부터 자유로워졌다. 그녀가 내뱉은 말의 독기에 비해 고작 구급차를 불러준 건 아무것도 아니었지만, 양자는 그의 마지막 순간에 최선을 다했다고 되뇌면서 죽음의 책임으로부터 도망쳤다.

구급차의 번쩍이던 불빛이 사라지고, 사이렌 소리가 점점 들리지 않게 멀어졌을 때, 동민이 양자의 손을 붙잡았다. 주위의 기억이 진득한 액체로 변하며 흘러내렸다. 정요의 풍경은 색채를 잃었다. 양자는 자신의 발목에 엉겨 붙은 기억들에 발목을 잡힌 채 얼굴을 가리고 흐느껴 울었다.

"죄송해요. 잊고 싶으셨을 텐데……."

동민은 차마 양자의 등을 쓸어주지 못했다. 그저 애석한 마음을 담아 사과만을 전했다.

양자가 눈물을 닦고 손을 내리자 잿빛이었던 정요가 다시 초록빛으로 물들기 시작했다. 회색빛이었던 하늘이 파랗게 밝아오더니 순식간에 하얀 뭉게구름을 만들어냈다.

묵직한 여름 구름 사이로 황금색 햇빛이 비쳤다. 산 너머로 넘어간 해가 마지막 발악을 하는 게 꼭 그녀의 인생 같아서 양자는 자꾸만 흘러나오는 울음을 애써 삼켰다.

동민은 그녀의 손을 꽉 잡았다. 양자의 얼굴에 비치는 세월의 그림자를 보며, 자신의 실험이 얼마나 이기적이었는지를 깨달았다.

어머니의 의식을 돌려놓겠다는 그럴듯한 허울 아래에서, 진실을 알겠다는 욕심 하나로 어머니의 기억을 헤집었다. 멋대로 어머니의 삶을 단정 지어놓고, 제 지식욕과 연구욕 하나로 아픈 기억들을 수없이 들쑤셔댔다. 그 일련의 일들이 얼마나 바보 같은 짓이었는지를 동민은 뼈저리게 되새겼다.

"동민아."

양자는 나직이 아들의 이름을 불렀다.

"그날의 일을 보여줘."

동민은 고개를 가로저었다.

"안 돼요. 더 이상은……."

양자는 동민의 어깨를 부드럽게 쓸어내리며 말했다.

"네 기억을 보여줘. 그리고 너의 디멘시아를 끝내자."

양자는 그를 안심시키듯 두어 번 어깨를 토닥이더니, 천천히 뒷걸음질해 정요가 한눈에 내려다보이는 오름 가마터 계단으로 향했다. 동민을 바라보는 양자의 눈은 그저 조용히 지켜보기만 하겠다고 말하는 듯했다.

동민은 양자에 대한 죄책감과 자신을 기다리고 있을 빅토리아 사이에서 망설였다. 두 눈을 질끈 감은 동민에게 양자는 어머니다운 미소를 지으며 말했다.

"괜찮아."

양자의 한 마디가 어물거리는 동민의 등을 떠밀었다. 동민은 별채로 향하면서도 계속해서 뒤를 돌아봤다.

지금의 자신은 완전한 모습을 되찾은 의식이었다. 그렇기에 이대로 디멘시아 속에 녹아들면, 아마 그 자신도 조금 전 어머니가 그러했듯 자신의 행동을 컨트롤 하기 어렵게 될 터였다. 양자가 개입하지 않는 이상 보여주고 싶은 대로 기억의 흐름을 바꿀 수도 없었다.

동민의 손이 파르르 떨렸다. 이곳에 온 뒤 처음으로 두려움을 느꼈다.

머뭇거리던 동민이 문가에서 망설이다 겨우 안으로 들어가자, 양자는 그제야 길게 숨을 뱉어냈다.

동민의 말에 따르면 곧 동민이 보여주게 될 기억은 그녀에게도 다시 떠올리고 싶지 않은 순간이라고 했다. 잊어버렸다고는 해도, 이 기억 또한 박양자 자신의 것이나 마찬가지였다. 분명 이날도 자신이 무슨 짓이든 저질렀을 것이다. 잊어버린다고 자신이 한 일이 없던 게 되지는 않았다.

별채로 누군가 올라오는 소리를 들으며 양자는 이 사실을 받아들이기로 했다.

"안에 있니?"

붉은색 액체가 담긴 두 개의 유리컵을 쟁반에 들고, 양자는 별채 앞에서 초조하게 오른쪽 발 코를 땅에 몇 번 찍었다.

"무슨 일이세요?"

피곤해 보이는 얼굴의 동민이 별채에서 조심스럽게 나왔다.

"너 옛날에 좋아하던 거 만들어왔어."

양자가 토마토 주스를 내밀자 동민은 기대하지 못했는지 약간 놀란 얼굴이었다.

"빅토리아는 자니? 빅토리아 것도 챙겨왔는데."

"지금 막 잠들었어요."

"그래? 바로 갈아낸 거라서 시간이 지나면 맛이 없어질 텐데."

"몇 시간은 괜찮을 거예요. 제가 가지고 있다가 줄게요."

시계를 보던 동민이 쟁반을 받기 위해 손을 내밀었다. 어쩐지 양자
는 몸을 돌려 동민의 손을 피했다.

"아니다. 곧 저녁 시간인데. 잠에서 깨면 편한 시간에 내려오려무나."

"어머니."

어두운 표정으로 자신을 부르는 동민을 보고, 별채를 내려다보던
양자는 가슴이 철렁 내려앉았다. 동민의 디멘시아 속 양자를 죽이기
전 그 자신이 쥐약을 찾고 있었던 게 기억났다. 불길한 생각이 밀려
들었다.

"하고 싶으신 말이 뭔가요."

어쩔 수 없다는 듯 돌아서서 양자가 조심스럽게 속내를 드러냈다.

"한국에 와서 살겠다는 거 진심이니? 아니지?"

"진심이에요."

아들의 얼굴에 단호한 표정이 엿보이자 양자는 한 손으로 얼굴을
쓸었다.

"왜 나랑 상의도 안 하고 멋대로……."

"아니죠. 상의가 아니라 허락이겠죠."

동민이 양자가 들고 있던 쟁반을 잡더니 양자가 숨기던 쪽의 유리잔을 빼앗았다.

"동민아, 안 돼!"

"안채에서 뭐 하셨는지 다 봤어요."

"뭘 봤는지 몰라도 아니야, 그런 거!"

동민은 양자에게서 빼앗은 토마토 주스를 입가로 들어 올렸다.

"이걸 마셔보면 알겠죠."

"안 돼!"

양자가 온 힘을 다해 동민에게 달려들었다. 힘껏 동민의 손을 내치자 유리잔에서 붉은 토마토 주스가 쏟아져 나와 사방에 흩어졌다.

동민이 예상했다는 듯 얼굴을 일그러뜨리며 말을 짓씹어 뱉었다.

"……인간이, 엄마라는 사람이 어쩜 그렇게 끔찍할 수가 있어요? 예?"

양자는 유리잔을 빼앗아 내던지며 말했다.

"엄마라는 존재는 원래 그런 거야. 제 자식을 위해서라면 어떤 끔찍한 일도 저지를 수 있는 존재라고!"

"지금 그게 변명이 될 거라 생각하세요!"

동민이 벌떡 일어나 양자를 내려다보며 말했다.

"이번 건 도가 지나쳤어요. 아니, 다신 제 얼굴 볼 생각하지 마세요."

시끄러운 소리에 잠에서 깬 빅토리아가 미닫이문을 열고 나왔다.

아무것도 모르는 그녀의 모습에 동민의 표정이 삽시간에 어두워졌다. 심각한 분위기에 빅토리아가 금방 걱정스러운 얼굴로 두 사람을 바라보았다. 언어는 알아들을 수 없지만 일촉즉발의 상황이라는 건 분명했다.

"자기, 무슨 일이야?"

"들어가 있어. 내가 나오라고 하기 전까지 거기 있어."

"나 불안하게 그럴 거야? 상황을 설명이라도 해주면……."

"들어가 있으라고!"

동민의 날 선 고함에 두 여자가 동시에 움츠러들었다. 엎친 데 덮친 격으로 소란스러운 소리를 듣고 선묵이 올라왔다.

"무슨 일입니까?"

선묵은 올라오자마자 양자부터 확인했다. 양자는 어지럼증에 선묵의 팔을 잡으며 중얼거렸다.

"오해가 있었어요. 오해가."

동민이 그녀를 똑바로 쳐다보며 말했다.

"모든 일을 망친 건 어머니예요."

동민의 말에 멀리서 지켜보던 양자의 심장이 갈기갈기 찢겼다. 아들의 입에서 저 문장이 나오게 해서는 안 됐었다.

"동민아, 나는……."

"어머니한테 그게 무슨 말버릇입니까."

"남의 집안일에 신경 끄세요."

"이게 어떻게 남의 집안일입니까?"

"최 선생님!"

양자가 더 이상 말하지 말아 달라는 표시로 고개를 완강히 저었다. 눈물이 그렁그렁한 양자의 눈을 보고 마음이 약해진 선묵은 입을 다물었다. 동민이 헛웃음을 터트렸다.

"이건 또 뭡니까? 아직도 말하지 않은 게 남으셨어요?"

"이 정도면 충분히 시끄러웠던 것 같은데. 이제 그만합시다."

"누구 맘대로! 당신은 빠져!"

결국 화를 가라앉히지 못한 동민이 선묵을 밀어냈다.

"날 미국에 버려놓고, 잘되면 얹혀 가고 망하면 아예 잊어버릴 생각이셨던 거예요?"

"아니야! 동민아, 네가 생각하는 그런 게 아냐!"

"그러면 대체 왜! 토마토 주스에 쥐약은 왜 섞으신 건데요!"

동민의 폭로에 선묵도 놀란 눈을 하고 양자를 바라봤다. 두 남자의 시선에 양자가 더는 못 참겠단 듯 속마음을 토해냈다.

"넌 저 여자애를 어떻게 믿니? 고작 몇 년 만난 저 금발의 외국인 말을 어떻게 믿냐는 말이야! 왜 아니라고 하는 내 말은 안 믿어주니, 난 네 엄마야! 저 애도 거짓말을 하는 걸지 어떻게 알아? 뱃속의 애가 진짜 네 애일지 확신할 수도 없는 거고……."

동민은 횡설수설하는 양자에게 위협적으로 다가서며 말했다.

"사랑하니까 믿어요. 내가 유일하게 사랑하는 사람이니까."

양자는 동민의 입에서 나오는 사랑이라는 단어에 말문이 턱 막혔다. 그리고 아들의 입 밖으로 내뱉어진 사랑은 차갑고 날카롭고 무거운 칼날이 되어 양자의 가슴을 찔렀다.

"난 당신을 단 한 번도 사랑한 적이 없어요. 솔직히 나한텐 그냥 정요의 대표. 박양자 씨일 뿐이지."

"정동민!"

선묵이 말릴 새도 없이 양자가 돌아선 동민에게 달려들어 가슴의 옷자락을 움켜쥐었다. 홉뜬 그녀의 눈이 붉게 물들어 있었다.

기억 속 양자는 큰 충격을 받은 양 몸을 덜덜 떨었다. 곧 주체할 수 없이 얼굴이 일그러졌다. 동민의 말 한마디마다 양자의 가슴에 커다랗게 구멍이 뚫리고, 그 구멍 사이사이로 분노가 흘러나왔다. 양자뿐만 아니라 동민 또한 매한가지였다. 별채에 서 있는 모두가 두 사람에게서 흘러넘치는 분노를 힘겨워했다.

"그럼 말해봐요! 정말 어머니가 아버지를 죽였어요? 정요를 독차지하기 위해 할아버지도 죽이신 거예요? 그리고 이젠 제 차례인가요? 말해보시라고요!"

선묵도 어쩌지 못하고 어물거리는 사이, 팽팽하던 동민의 이성도 툭 끊어졌다. 그의 손이 거칠게 양자에게로 뻗어나갔다.

우악스레 옷을 잡아 뜯는 양자를 뿌리치고자 가슴팍을 밀쳤던 것인데, 그 손에 떠밀린 양자의 발이, 하필 계단이 아닌 허공을 디뎠다. 정요에 시집와 수백만 번은 밟았을 그 첫 번째 계단을 그날, 단 한 번을 제대로 딛지 못했다.

쿵.

양자는 그대로 지구 표면 중력의 천 배에 달하는 충격을 고스란히 머리에 받아냈다. 계단 위에서 낱낱이 지켜보던 양자에게도 그 순간 모든 기억과 고통이 밀물처럼 밀려들었다.

양자는 양옆으로 쪼개질 것 같은 두통에 그대로 주저앉았다. 고통 속에서도 모든 것이 마치 슬로 모션처럼 천천히 보였다. 가장 먼저 선묵이 계단 아래로 뛰어 내려갔다. 별채에서 놀라 뛰어나온 빅토리아는 넋이 나간 동민을 흔들어 깨우고는 그와 함께 선묵의 뒤를 따라 내려갔다.

서서히 고통이 가시자 양자는 몸을 일으켰다. 그리고 별채 마당으로 내려가 계단 위에서 피 웅덩이에 머리를 대고 누운 자신을 내려다봤다.

격양된 표정. 미처 다물지 못한 입. 프랜시스 베이컨의 그림 속 얼굴처럼 기괴하게 어그러진 채 쓰러진 모습은 가관이었다. 손수건으로 깨진 머리를 지혈하는 선묵과 떨리는 손으로 119를 누르는 동민과 쓰러진 자신의 목에 손을 대고 맥박을 확인하는 빅토리아를 보며, 양자는 조용히 돌아섰다.

아등바등 살아온 결과가 이렇게 덧없는 것일 줄 알았다면, 조금은 덜 치열하게 살았을까? 수만 가지의 생각 머릿속을 스쳐지나는 동안 멀리서 사이렌 소리가 들렸다. 바닥에 깨진 붉은 토마토 주스 위로 구급차의 붉은 경광등이 비칠 때마다 검게 번뜩였다. 구급대원들은 서둘러 양자를 싣고 세 사람에게 말했다.

"보호자는 한 분만 탑승 가능합니다. 누가 가시겠어요?"

"제가 가겠습니다."

선묵은 망설임 없이 앞으로 나섰다.

"두 분은 여기 계세요. 제가 다녀오겠습니다."

"이게 다 뭔 일이유?"

퇴근 준비를 마치고 나온 천안댁이 눈이 휘둥그레져서 뛰쳐나왔다. 동민과 빅토리아는 금방이라도 울음을 터트릴 것 같은 얼굴을 하고 있었다. 천안댁은 바닥에 흥건한 피 웅덩이와 멀어지는 구급차를 번갈아 보며 물었다.

"설마 사모가……."

양손이 피로 흠뻑 젖은 동민은 대답하지 않았다. 그저 말없이 다시 계단을 올랐다.

양자는 별채 옆으로 몸을 숨겼다. 넋이 나간 동민에게 말을 붙여보려 했지만 차마 입이 떨어지지 않았다. 불행인지 다행인지 동민은 흐리멍덩한 눈으로 양자가 있는 곳을 그대로 지나쳤다. 뒤이어 동민을 따라오는 빅토리아를 보고 양자는 상황을 지켜보기로 했다.

별채에 들어서며 동민이 미닫이문을 붙잡자 문고리와 창호지에 그의 손바닥 모양대로 선명한 핏자국이 찍혔다. 동민은 무의식적으로 핏자국을 지우기 위해 손으로 문질렀지만, 자국은 더욱 짙어졌다.

핏자국을 문지르던 동민이 결국 창호지에 커다란 구멍을 냈다. 동민은 허망한 표정으로 찢긴 창호지를 보더니 중얼거렸다.

"이러려던 게 아닌데."

동민이 마루에 걸터앉았다. 떨리는 몸을 주체하지 못하고 몸을 오므렸다. 빅토리아가 그의 어깨를 감싸며 다독였다.

"피가 많이 흘렀어. 돌아가신 거면 어쩌지? 아니, 살았어도 깨어나지 못한다면⋯⋯."

"바로 지혈했으니까 괜찮을 거야. 최 선생님 혈액형도 마침 같았고."

"어쩌면 이게 내가 진짜로 바랐던 상황일지도 몰라."

동민은 사시나무처럼 떨리는 어조로 고백했다.

"포팅 시스템. 처음부터 없애려고 했던 게 아니라, 어머니한테 사용하려고 정요에 가져왔던 거야. 그랬던 거야, 난⋯⋯."

"아냐, 자기 생각이 너무 멀리 갔어. 이건 우리가 함께 결정한 거잖아."

"그랬으면 미국에서 없앴어야지."

빅토리아가 동민을 꽉 껴안으며 달랬다.

"보험이 필요했잖아. 그래서 그런 거였잖아."

동민의 어깨에 고개를 묻던 빅토리아가 조심스레 고개를 들어 속삭였다.

"정 나쁜 생각이 들면 지금 바로 없애두자. 그러면 돼, 닥터 정."

"⋯⋯지금이라도 늦지 않았겠지?"

동민이 빅토리아를 올려다보며 묻자 그녀는 망설임 없이 고개를 끄덕였다.

"그럼, 당연하지."

동민은 빅토리아의 말에 용기를 얻은 듯 천천히 몸을 일으켰다.

다시 별채 안으로 들어서는 두 사람을 지켜보다, 양자는 이상한 낌새에 서둘러 따라 들어갔다.

무언가 모순이 있었다. 대화 자체는 자연스러웠지만, 정말 동민이 이대로 USB를 부수고자 결심했었다면 어쩌다 다시 자신에게 포팅 시스템을 쓰겠다고 생각을 바꿨는지가 설명되지 않았다. 게다가 다른 누구도 아닌 빅토리아의 설득으로 결심하지 않았나. 양자는 머리가 아플 정도로 생각을 거듭했다.

이곳은 동민의 디멘시아였다. 기억이 변칙적으로 반복되는 동민의 하루. 과거의 기억이 그대로 실현되기도 하지만, 동시에 기억과 완전히 같게 진행되는 것도 아니었다. 불현듯 어린 동민과 기억을 훑던 중 가짜 빅토리아가 동민을 현혹하던 장면이 이 순간과 겹쳐 보였다.

양자는 직감했다. 이건 '진짜 기억의 흐름'이 아니다.

곧 망치를 든 동민이 별채 마루로 나오더니, 마루 안쪽에 자리 잡은 커다란 달항아리 앞에 섰다. 빅토리아의 눈썹이 걱정과 불안을 달래려는 듯 사선으로 기울었다.

동민은 정광복이 생전에 가장 아끼던 달항아리를 향해 망치를 휘둘렀다. 만 마리의 학이 새겨진 달항아리가 산산조각 나기 직전, 양자는 빅토리아의 입술이 미묘한 각도로 올라간 것을 보고 기함해 소리쳤다.

"동민아, 안 돼!"

도기가 깨지는 날카로운 소리에 양자의 고함이 묻혔다. 동민은 양자의 목소리를 듣지 못한 건지 아랑곳 않고 깨진 항아리 조각들 사이를 헤집었다. 그리고 그 속에서 키패드가 달린 USB를 발견하고 다시 한 번 망치를 든 손을 높게 쳐들었다.

하지만 그대로 시간이 멈춘 것처럼 동민의 손은 다시 내려가지 않았다.

"너무 뻔해."

빅토리아의 입에서 남자의 목소리가 흘러나왔다. 석고상처럼 굳어 버린 동민은 눈동자만 겨우 돌려 다가오는 빅토리아를 바라봤다.

양자가 USB를 집어 들려는 빅토리아를 막아보려고 발을 뗐지만, 그녀의 다음 말이 양자를 붙들어 세웠다.

"한 발짝이라도 더 움직이면 동민을 못 움직이게 하는 것뿐 아니라, 세상에서 가장 끔찍한 고통을 느끼게 해줄 테니 각오해요."

돌아보는 빅토리아의 얼굴이 양자가 알고 있던 마이클의 얼굴로 바뀌었다.

"양자 씨 덕분에 시간도 벌고 키도 찾았네요."

마이클은 태연하게 한쪽 눈을 찡긋거리곤 USB를 집어 들었다. 그 가증스러운 얼굴에 대고 양자가 소리쳤다.

"그거 당장 내놔!"

"이게 뭔 줄 알고요?"

마이클이 손가락 사이로 USB를 굴리며 말했다.

"양자 씨한텐 별로 중요하지도 않은 건데요."

"내 아들한테 중요한 건 나한테도 중요한 거야."

마이클은 이해가 되지 않는다는 얼굴로 물었다.

"방금까지 무슨 일이 있었는지 다 봤으면서도 아직도 내 아들, 내 아들 하는 거예요?"

"너 마이클인지 데이빗인지, 당장 동민이를 원래대로 돌려내!"

양자가 이를 뿌드득 갈며 소리치자 마이클이 재밌다는 듯 웃었다.

"유감이네요. 둘 다 틀렸어요."

그가 자신의 얼굴을 손으로 천천히 쓸어내렸다. 그 손길을 따라 이마부터 눈썹, 미간의 잔주름과 살짝 각진 콧대부터 살짝 긴 인중까지 서서히 동민의 얼굴로 바뀌었다.

"프로그램 '마이클 정'. 이게 제 이름입니다."

4부

리부팅
Rebooting

"좋았어!"

빅토리아는 오른발에 감긴 테이프를 뜯어내기 위해 안간힘을 쓰다가 데이빗의 환호성에 고개를 들었다.

"암호 해석까지 이제 십오 분이면 될 것 같은데. 비키, 어때? 우리 그동안 재미나 볼까?"

"집어치워. 원하는 대로 암호 챙겼으면 두 사람 그냥 깨어나게 두면 되잖아."

"이런, 일부러 순진한 척 구는 거야?"

"네가 그 알고리즘으로 시스템을 구축한다고 해도 어차피 지속적인 보수는 필요해. 그러려면 내 남편 도움 없이는 힘들다는 것 알잖아."

빅토리아는 어떻게든 그의 약점을 찾아보려 애썼다. 그러나 데이빗의 반응은 그녀의 기대를 한참이나 벗어났다. 그는 발작적으로 웃음을 터뜨렸다.

"난 이미 훌륭한 조력자와 함께하고 있는걸? 내 사랑스러운 프로그램 '마이클 정'이 닥터 정의 데이터를 전부 백업받고 있거든. 내가 단순히 암호만 가져가려고 하는 줄 알았어?"

빅토리아의 낯빛이 창백하게 변했다.

"그게 무슨 말이야? 마이클은 동민 씨 영어 이름이잖아."

"네 남편이 인공지능 프로그램 '마이클 정'으로 다시 태어난다는 말이지. 철저하게 내 명령에 따라 입맛에 맞게 움직여주는 착한 아이로."

데이빗은 헐겁게 풀린 빅토리아의 오른 발목을 발견하고는 다시 테이프로 단단히 감았다.

"어떻게든 발버둥 치는 꼴이 보기 좋아. 내가 괜히 반했던 게 아냐. 그리고 나는 아시안 혼혈 아기들 좋아해. 까만 동공을 무서워하는 사람들도 있는데, 나는 그게 너무 귀엽더라고."

이번엔 빅토리아가 뱉은 침이 데이빗의 얼굴에 정통으로 맞았다. 그는 손바닥으로 얼굴을 쓸어내리더니 바지에 슥 문질러 닦았다.

"나는 누구랑 달리 사랑과 돈이 넘치는 화목하고 유복한 가정에서 자랐거든. 그래서 이해심이 아주 많고, 아량도 깊지."

데이빗이 손가락으로 빅토리아의 배를 꾹 눌렀다.

"근데 이런 사람이 말이야, 선 한 번 넘으면 얼마나 무서워지는지 알아?"

"하지 마!"

빅토리아는 사지가 묶인 상황에서도 몸을 뒤틀었다. 데이빗의 손길이 닿는 게 너무도 끔찍했다. 더구나 그가 누르는 부분은 태아가 직접 영향을 받을 수 있는 위험한 부위였다. 아이를 보호하려면 어떻게든 해야 했다.

한껏 몸을 수그리는 빅토리아를 보며 데이빗은 손을 뗐다.

"모성애라는 거 참 웃기지. 자기 몸에 기생하는 게 뭐 좋다고."

데이빗은 다시 모니터 앞으로 가 털썩 앉았다.

빅토리아는 숨을 몰아쉬며 목을 길게 빼 동민의 용액이 얼마나 남았는지 확인했다. 어림잡아 한 시간도 채 남지 않아 보였다.

"데이빗! 넌 이미 선을 넘었어."

"알아. 그래서 지금 무섭게 하고 있잖아?"

데이빗이 모니터를 돌려 빅토리아가 볼 수 있게 했다. 암호 해독은 12% 진행되었지만, 동민의 의식을 백업하는 건 거의 80%에 육박하고 있었다. 빅토리아는 생각지 못한 수치에 경악했다.

"그 놀라는 표정은 뭐야. 아니면 정말 멍청한 거야? 내가 설치하라고 준 장치가 단순히 암호 해석을 위한 건 줄 알았다니 실망인데."

데이빗이 다시 모니터를 돌렸다. 그리고 노트 위에 손가락을 들어 올렸다.

"자, 이 노트가 땅이라고 치자. 당신 남편이 이렇게 하늘을 나는 놈이라면."

노트 위를 날던 데이빗의 손가락이 사라졌다. 그리고 데이빗이 반으로 갈라져 있던 노트를 한 손으로 탁 소리 나게 닫았다.

"나는 시간과 거리를 접어서 다니는 시간 여행자야."

데이빗이 의기양양한 얼굴로 모니터를 바라봤다.

"너희들의 그 오만한 짓거리도 이제 더 이상 봐주기 힘들어. 그래 봤자 이제 한 시간 내로 모든 게 다 해결되겠지만 말이야."

"내 남편이 이렇게 쉽게 데이터를 넘길 거라고 생각하면 오산이야!"

데이빗은 못마땅한 듯 한쪽 입꼬리를 당겼다.

"계속 남편, 남편 하는데 솔직히 너도 저 자식한테 질리지 않아? 몸도 무거운 사람한테 인체실험을 맡기는 미친놈이 세상에 또 어디 있어?"

몸을 뒤흔들던 빅토리아가 갑자기 움직임을 멈췄다. 그녀의 입술이 파르르 떨렸다. 완강하게 부정하려는 몸짓이 없자 데이빗은 그 반응을 동요로 여겼다. 정곡을 찔렀다고 여겼던지 뱀 같은 혀를 놀려댔다.

"생각해봐, 정말 너를 생각했다면 이런 실험을 부탁했겠냐고. 게다가 자기가 메인 치프라고 나대던 꼴을 생각하면, 비키 너도 그냥 쓰기 편한 조수라서 곁에 둔 거 아냐?"

빅토리아의 큰 눈이 더욱 커졌다. 의자에 묶인 손도 부르르 떨렸다. 데이빗은 그녀의 침묵을 '반박할 수 없음'으로 받아들였다.

"애초에 미국에 있을 때부터 넌 이용당한 거야. 네 남편한테 뒤통수 맞은 기분이 어때? 내가 너였으면 기분 더러웠을 것 같은데."

빅토리아가 더는 참을 수 없었는지 비명을 질렀다.

"그래! 나도 이제 지긋지긋해. 내 아이의 아빠고, 내가 선택한 사람이니까 어떻게든 이해하려고 했어. 그치만 더 이상은 못 참는다고!"

빅토리아의 폭주에 데이빗이 흥미롭단 듯 눈을 반짝였다.

"나한테는 미국의 모든 연구를 다 버리고 가자고 했으면서 제멋대로 다시 실험을 하겠단 소리나 하고. 실험도 자기가 안전한 장치를 만들어 뒀으니까 믿어달라고 해놓고선 아직도 세타파는 나아지지도 않고. 난 몸도 무거워서 혼자서도 힘든데, 아이 아빠면서 나 혼자 이런 일이나 겪게 만들고……."

어느새 빅토리아의 눈이 글썽였다. 얼마 안 가 굵은 눈물이 후두둑 떨어졌다. 흐느끼는 소리까지 커지자 데이빗은 그제야 원하던 모습을 찾은 것처럼 팔짱을 끼고 감상하는 자세를 취했다. 한껏 입꼬리를 당기다 동정하는 표정을 짓기까지 했다.

"사람이 어쩜 이렇게 무책임할 수 있지?"

데이빗은 작위적으로 눈썹을 시옷 모양으로 만들었다. 그러고는 티슈를 챙겨 울음을 터트리는 빅토리아에게 다가갔다. 아이를 어르듯 그녀의 눈물을 하나씩 찍어냈다.

"오, 비키……."

"남편 잘못 만나서 만삭의 몸으로 의자에 묶여 있기나 하고……."

하지만 티슈 정도로는 이제 북받쳐 눈물을 쏟아내는 빅토리아를 달랠 수 없었다. 점점 서럽게 우는 소리가 소음처럼 귀에 박히자 데이빗은 성가시다는 표정으로 맥가이버 칼을 꺼내 들었다.

"진정해. 진정하라고. 알았어, 왼손만 풀어줄 테니까 제발 그만 울어."

칼날이 빅토리아의 왼손과 테이프 사이를 갈라냈다. 팔걸이와 테이프의 끈끈한 접촉면에서 손목이 겨우 떨어지자 빅토리아도 조금씩 울음을 그쳤다.

"나머진 안 돼."

"고마워……. 정말 고마워."

빅토리아는 왼손으로 눈물을 마저 훔치더니 자신의 배를 쓰다듬었다.

"우리 피치, 미안해, 미안해."

"하, 태명이 피치라니 유치하군. 닥터 정이 지었어?"

데이빗은 혀를 차고 물러나선 빅토리아가 잘 보이는 쪽으로 권총을 내려놓았다. 그의 시선만은 다시 모니터로 향했지만, 언제든 손만 뻗으면 다시 총을 쥐어 쏠 수 있을 위치였다.

빅토리아는 고개를 숙인 채 상황을 살피며 데이빗의 긴장을 완전히 풀어놓는 건 무리라고 판단했다. 그래도 가짜 눈물과 한탄이 먹혀든 건 불행 중 다행이었다.

빅토리아는 몰래 인터폰을 곁눈질로 바라봤다. 인터폰 수화기를 떨어트리기만 해도 선묵을 호출할 수 있었다. 신호만 보낸다면 분명 밖에서도 사람들이 와주겠지. 문제는 타이밍이었다. 신호를 보낸 뒤에도 자신이 안전할 수 있어야 했다. 또, 데이빗이 방심해 다른 사람들이 제압할 수 있는 순간이어야 했다.

데이빗이 모니터에 정신이 팔린 틈을 타 빅토리아는 옆 선반에 올려진 호리병을 잡기 위해 손을 뻗었다. 빅토리아는 부디 데이빗이 눈치채지 못하길 바라며 의자를 조금씩 선반 쪽으로 밀었다.

데이빗은 모니터 속으로 빨려 들어갈 것처럼 머리를 바짝 붙이고 있었다. 빅토리아에겐 신경 쓸 겨를이 없어 보였다. 암호 해독률이 18%에서 그 이상 올라가지 않고 있었다. 동민의 의식 백업이 목적이라고는 했지만, 사실 지금쯤이면 의식 백업보다도 암호 해독이 더 많이 진행되어 있어야 했다. 자신이 생각지 못한 변수가 일어난 게 분명했다.

데이빗은 내려놓았던 총을 한 번 쓰다듬고 다시 키보드 위에 손을 올렸다.

스스로를 마이클 정이라 소개하며 동민의 얼굴을 흉내 냈던 인공지능 프로그램, 마이클.

그는 다시 데이빗의 얼굴로 돌아와 있었다.

"오래 유지하는 건 힘드네요. 완전히 백업된 건 아니라서."

양자는 혼란스러운 나머지 마른 입술을 핥았다. 지금까지 마이클이 여러 인물들로 변신한 건 보았지만 그게 동민이나 양자였던 적은 없었다.

"궁금한 게 많으시죠?"

마이클은 동민에게 다가가 섰다. 동민은 눈을 깜빡이지 못해 벌겋게 충혈되어 있었다. 마이클을 집요하게 노려보다 보니 눈 속에 핏물이 잔뜩 들어차 있는 것처럼 보였다.

마이클은 그의 얼굴로 고개를 들이밀곤 동민의 입술을 톡 건드렸다.

"이 빌어먹을 개자식! 진작 없애버렸어야 했어!"

동민은 입이 자유로워지기 무섭게 소리를 내질렀다. 마이클이 들고 있는 USB를 노려보며 이를 갈았다. 어떻게든 팔다리를 움직이기 위해 애를 썼지만, 목 아래로는 전부 박제라도 된 것처럼 뻣뻣하게 굳어 움직여지지 않았다.

"동민 씨 의식은 곧 제 의식이에요. 멍청한 짓은 하지 맙시다. 그리고 여기가 포팅 시스템 안이라는 걸 잊었어요? 프로그램 속 내 세상이라고요! 비록 나는 당신처럼 바깥에서 움직일 수 있는 팔다리는 없지만, 최소한 당신이 만든 이 시스템 안에서는 신이나 다름없죠."

"내 아들을 풀어줘!"

"그것참, 이해가 안 되는군요. 당신을 죽일 뻔한 사람인데도 말이에요?"

마이클이 도무지 이해할 수 없다는 듯 양자를 보고 고개를 갸웃거렸다. 양자는 아들과 마이클을 번갈아 보며 어떻게 해야 할지 난감해했다.

"네가 이곳의 신이라며. 어차피 네 맘대로 할 수 있다면 풀어줘도 상관없잖아."

마이클이 어쩔 줄 몰라 하는 양자에게 바짝 제 얼굴을 들이밀었다. 잠시 고민하던 표정이더니 동민의 어깨를 가볍게 두드렸다. 거짓말처럼 굳었던 동민의 몸이 풀리며 반동 탓에 앞으로 고꾸라졌다. 동민은 장식용 탁자에 그대로 부딪힌 뒤 바닥에 나뒹굴었다.

"비열한 새끼!"

양자가 바닥에 엎어져 신음하는 동민의 곁으로 가 주저앉았다. 동민은 마이클을 노려보다가도 양자의 걱정 어린 얼굴과는 차마 시선을 맞추지 못해 고개를 돌렸다. 어색한 분위기가 두 사람 사이에 흐르는 것을 보고 마이클은 비웃었다.

"정말 재밌는 모자 관계라니까요."

대놓고 키득거리며 USB를 양손으로 잡고 비틀었다. 그러자 마이클의 주변만 중력이 작용하지 않는 듯 손을 뗐는데도 USB는 그의 눈앞에 떠서 천천히 회전했다. 불필요한 장치들이 떨어져 나가고, 핵심 부품인 앙상한 칩만 덩그러니 남았다. 그리고 얇은 칩은 천천히 마이클의 혓바닥 위에 안착했다. 그는 알약을 먹는 것처럼 칩을 꿀꺽 삼켰다.

"양자 암호는 세계에서 가장 해독하기 까다롭죠. 마치 슈뢰딩거의 고양이가 살아 있는지 죽어 있는지 맞혀보라는 것 같다니까요."

마이클은 칩을 음미하듯 황홀한 표정을 지어 보였다.

동민은 곁에 주저앉은 양자를 보호하려는 것처럼 제 뒤로 물렸다.

"그런데 데이빗, 너 멍청한 건 아직도 여전해."

마이클은 동민의 말뜻을 이해할 수 없어 고개를 기울였다. 그리고 이내 동민의 팔에 채워진 시계를 보고 얼굴이 구겨졌다.

"네 놈이 어머니를 이용하려고 췄던 게 오히려 네 발목을 잡은 거야."

마이클이 행동을 취하기 전에 동민이 먼저 팔목에 차고 있던 시계를 두드렸다.

순식간에 주변 풍경이 검게 변하더니 공간의 위와 아래에서 붉은색 숫자들이 쏟아져 내렸다. 마구 쏟아지던 숫자들이 일사불란하게 정리되더니 00:10:00에서 00:09:59, 00:09:58로 빠르게 변했다. 카운트다운이 시작됐다.

"넌 내 기억에 참견을 너무 많이 했어."

마이클이 뭔가를 알아차렸는지 손을 내뻗으며 흔들었다. 자신의 능력을 사용해 움직이지 못하게 하려는 듯했지만, 이번엔 동민에게 아무런 영향도 끼치지 못했다.

"뭘 한 거예요? 대체 무슨 짓을 한 거냐고요?"

마이클이 동민의 의도를 파악하는 동안 동민은 양자의 어깨를 단단히 붙잡고 말했다.

"지금부터 제 말 잘 들으세요. 저놈이 벌써 제 의식의 80% 넘게 복사한 것 같아요. 저 자식이 침투했단 건 밖에 지금 데이빗이 와 있단 거예요. 빅토리아가 위험에 처해 있어요."

동민이 시계를 들어 양자가 처음 자신의 의식으로 넘어왔을 때와 같은 흰 벽을 만들어냈다.

"나가세요. 나가서 저 대신 빅토리아를 지켜주세요."

양자는 영문을 알 수 없는 말에 동민의 손을 치워내며 되물었다.

"그게 무슨 말이야! 너 대신이라니?"

"이 방법밖에 없어요. 데이빗은 제 뇌에 있는 정보들을 맵핑하고 있을 거예요. 어머니의 의식을 앞세워 들어온 거죠."

동민은 안타까운 표정으로 말을 이었다.

"이제 USB 파괴만으로는 끝나지 않게 되어버렸어요⋯⋯. 다 제가 자초한 일이에요. 저는 의식이 전부 백업되기 전에 제 뇌세포들을 전부 사멸시킬 겁니다."

뒤늦게 사태를 파악한 마이클이 빠르게 줄어드는 숫자를 보며 분노에 차 소리쳤다.

"자기 뇌를 날려버리겠다는 거예요, 지금?"

"동민아!"

양자가 간절하게 불렀지만 동민은 침착했다.

"어머니 손주, 잘 부탁드려요. 어머니는 지켜줄 수 있으시잖아요. 그리고 빅토리아에게는⋯⋯ 일이 이렇게 돼서 정말 미안하다고 전해주세요."

동민은 양자를 밀어냈다.

"어머니가 여기 계시면 제가 하는 모든 일이 무의미해져요. 시간 안에 얼른 나가세요."

동민이 다시 등을 떠밀었지만 양자는 꿈쩍도 하지 않았다. 어느새 양자의 시선은 마이클에게 향해 있었다.

동민도, 마이클조차도 그녀가 무슨 생각을 하는지는 알 수 없었다.

그리고 지금 여기서 그녀의 생각이 무슨 의미가 있는지도 몰랐다. 그러나 양자는 입을 꾹 물더니 움직였다. 마이클을 향해 달려들었다.

그리고 몸을 날려 마이클을 덮쳤다. 사자가 물소의 몸에 올라타듯 마이클의 등으로 뛰어올라선 목에 양팔을 걸고 교차시켰다.

"아직도 모르시겠어요? 이런 식으로는 절 못 죽인다니까요."

양자가 그 어느 때보다 힘껏 그의 목을 졸랐지만 그는 꿈쩍도 하지 않았다. 심지어 양자가 온 힘을 다해 그의 목을 비틀어도 마이클은 조금도 타격을 받지 않았는지 손끝 하나 까딱하지 않았다. 마이클은 매달린 양자를 무시한 채 동민에게 말했다.

"당신이 이런 식으로 자폭을 한다고 해도 나는 백업파일을 통해 소생할 수 있어요. 당신 같은 유기체들은 한 번 죽으면 끝이지만 난 아니죠."

동민은 담담하게 대응했다.

"그래봤자 반문이겠지. 그 프로그램도 뉴런을 전부 복제한다는 전제였을 텐데. 뇌는 뉴런 하나라도 빠지면 모든 게 어그러지는 부위야."

"당신 아내와 딸에게 미안하지도 않나요?"

"너에게 다 빼앗기느니 이러는 편이 덜 미안해. 그리고 프로그램이 감정 운운하는 거 역겨워. 어머니, 빨리 나오세요."

어느새 타이머가 8분대로 접어들자 초조해졌는지 마이클이 협상을 시도했다.

"좋아요, 그럼 이렇게 하죠. 암호 해독을 마치는 대로 떠날 테니 스스로 뇌를 터뜨리는 짓은 그만두자고요."

"애초에 내가 해제할 수 있는 거였으면 너도 할 수 있었겠지. 내가 그렇게 뒀을 것 같아? 어머니, 빨리요! 이제 진짜 시간이 없어요!"

동민의 짜증 섞인 재촉에도 양자는 꼼짝하지 않았다. 그러곤 마침내 결심한 듯 입을 크게 벌리더니, 마이클의 목덜미를 사자처럼 물어 뜯었다.

"어머니한테 이러는 거 의미가 없다고 설명해줄래요?"

어떠한 고통도 느끼지 못하는 마이클이 평온한 표정으로 동민을 바라보았다. 동민도 갑작스러운 양자의 행동에 당황하긴 마찬가지였다.

"어머니?"

단순한 생각에서였다. 마이클이 USB 칩을 먹을 수 있다면, 나도 저 놈을 먹어버릴 수 있지 않을까. 양자는 그렇게 크게 마이클을 또 한 번 베어 물었다.

살면서 이렇게 입을 크게 벌리고, 무엇인가를 물어뜯어 본 적이 있었던가. 처음 이 의식 공간에서 무한한 힘을 느꼈을 때처럼 색다르고 생경한 감각이었다. 으득으득 살을 씹어내던 양자는 다시금 더욱 입을 크게 벌렸다. 으드득, 드디어 마이클에게서 한 입을 뜯어냈다.

맛이라고 보기 어려운 자극이 혓바닥을 통해 전해졌다. 마이클은 그가 말했던 대로 인간과 달랐다. 피부의 질감이라고 할 수 없었고, 그 위에 남아 있을 약간의 소금기조차 느껴지지 않았다. 질긴 근육도 없었고, 끈적한 피도 없었고 단단한 뼈도 없었다. 그저 기억의 파편들이 혓바닥을 통해 아릿하게 전해져 올 뿐이었다.

하지만 그 속에서 단 한 가지 강렬하게 느껴지는 감정이 있었다. 분노. 양자는 동민의 기억 속에서 자신에 대한 분노를 맛봤다. 혀가 마비가 온 것 같은 느낌이 들 정도로 떫은 기억에 양자는 당장이라도 뱉어버리고 싶었지만, 꾸역꾸역 목구멍 속으로 밀어 넣었다.

내내 무표정이었던 마이클의 표정이 그 순간 획 뒤바뀌더니 고개를 꺾어 양자를 향해 소리쳤다.

"내려오세요! 양자 씨!"

뒤늦게 마이클이 팔을 휘저으며 양자를 떼어내려 발버둥 쳤지만, 이미 양자의 두 다리가 그의 허리를 단단히 옥죄고 있었다.

"어머니! 그만두세요!"

"포기하지 마! 동민아, 어서 카운트다운 멈춰!"

양자는 동민의 말을 무시한 채 마이클의 귀를 뜯어 먹으며 소리쳤다.

양자는 자신을 떨어트리기 위해 휘젓는 마이클의 오른손을 붙잡고 그대로 입에 가져갔다. 탐욕스럽고 배고픈 쥐가 게걸스럽게 모든 것들을 먹어 치우는 것처럼, 양자는 마이클의 손을 씹어 삼켰다.

가지런히 잘린 손가락 단면에서 밝은 빛의 액체가 떨어지더니 금방 알 수 없는 숫자들로 산화됐다. 양자에게 산 채로 잡아먹히는 마이클이 버둥거리며 외쳤다.

"그만해요! 그만하라고요!"

마이클이 버둥거릴 때마다 양자는 더욱 빠르게 그를 먹어 치웠다.

고개를 휘젓는 머리를 잡아들고 한 입씩 퍼석거리는 데이터 쪼가리들을 목구멍으로 욱여넣었다. 마이클이 조금씩 뱃속으로 사라질수록 양자는 자신의 기억이 동민의 기억과 혼재되는 걸 느꼈다.

감정의 충돌이 헛구역질을 불러왔지만, 양자는 멈추지 않았다. 근육처럼 질긴 기억의 섬유질들 사이로 양자는 뭉뚝한 이를 갈아 끊어냈다.

"정말 그만하세요, 더 융화되면 어머니의 뇌가 용량을 감당하지 못할 거예요!"

동민은 이 기괴한 광경에 아무런 손을 쓰지 못하고 초조하게 외칠 뿐이었다.

"안 돼!"

단말마의 비명과 동시에 양자는 마이클의 입과 턱을 먹어 치웠다. 머리가 없는 채로 마이클이 양팔을 허우적거리며 막으려 애썼다. 양자는 그의 허리를 다리로 더욱 단단히 붙잡은 채 그의 남은 왼손을 입에 쑤셔 넣었다.

동민은 사방에 펼쳐진 숫자들을 가리키며 애원했다.

"어머니, 이건 한 번 작동시키면 멈출 수 없어요. 이미 작동한 이상 어차피 제 뇌는 망가지게 되어 있어요. 그러니 제발! 제발 어머니라도 나가세요."

애원하는 동민을 보며 양자는 마이클의 팔꿈치를 입에 넣기 위해 그의 팔을 꺾었다. 그 애처로운 모습과 상반되게 자애로운 미소를 입에 걸었다.

"넌 정말 좋은 아버지가 될 거야."

양자는 흘끔 흘러가는 시계를 바라보았다. 5분대에 접어든 시간을 보고 마이클을 먹어 치우는 데 속력을 냈다. 차라리 배가 부른 느낌이면 좋았겠지만, 데이터를 집어삼키는 과정은 작은 포댓자루에 잡동사니들을 터질 듯이 집어넣는 것과 비슷했다.

양자는 금방이라도 정신이 무너질 것 같았지만 아직까지 마이클의 긴 두 다리가 남아 있는 걸 확인하고 입을 멈추지 않았다.

동민은 그 악착같은 모습에 말을 잃었다. 이대로는 누구보다 어머니가 위험해졌다. 어머니가 마이클을 완전히 잠식하면, 어머니의 의식은 더 이상 인간의 의식 범주에 있을 수 없게 된다. 구해야 한다, 그 생각 하나로 겨우 용기를 쥐어 짜내 동민이 양자를 향해 걸음을 뗐다.

하지만 양자는 손을 올려 마이클이 했던 것처럼 동민의 모든 움직임을 '잠갔다'.

"이거 푸세요."

양자는 마이클의 대부분을 먹어 치우고 나서야 꼼짝 못하는 동민에게 다가갔다. 그리고 그의 손에 차고 있던 시계를 풀어냈다. 동민의 말대로 어떻게 해도 카운트다운은 멈추지 않았다.

양자는 다시 마이클의 잔해들로 걸어와 그의 허벅지를 들고 베어 물었다. 이번엔 원망의 맛이 입천장을 통해 흘러들어왔다. 양자가 너무나도 잘 아는 맛이었다.

원망은 융해되어 양자의 기억을 자극했다. 개천 너머에서 불타던 공장이 뱃속에서 이글거렸다. 여섯 살짜리를 다른 집에 맡기고 일을 나가 죽어버린 부모님에 대한 원망이 깊은 곳에서부터 끓어올랐다.

자식은 필연적으로 부모를 원망하게 되는 걸까? 동민이 어머니인 자신에게 느꼈던 원망을 음미하며 대를 넘어 반복된 불행의 고리를 끊고자 재차 턱을 벌렸다. 이젠 턱 근육이 뻣뻣하게 굳어 입을 열었다 닫는 것도 힘겨웠다. 양자는 피같이 뚝뚝 흐르는 빛 덩어리를 통째로 꿀떡꿀떡 삼키며 고통으로 신음했다.

그런 양자를 위로라도 하듯, 마지막으로 동민의 행복한 감정이 식도를 타고 흘러들어왔다.

동민을 미국으로 보내기 전, 함께 시장에 들러 기름에 막 튀긴 뜨거운 호떡을 함께 호호 불며 먹었던 기억이 가슴 속에서 흘러넘쳤다. 그리고 그뿐이었다. 고작 이것 하나가 자신이 아들에게 준 가장 행복한 기억이라는 게 너무도 미안해, 양자는 손바닥으로 제 턱을 밀어가며 데이터들을 씹어 삼켰다.

양자는 문득 굳어가는 턱을 겨우 움직여 마지막 말을 꺼내놓았다.

"이번에도 멋대로 결정해서 미안해."

양자의 신음과 함께 동민의 몸이 탁 풀렸다. 동민은 그 말의 의미를 파악할 새가 없었다. 어떻게든 어머니를 되돌려놔야 했다.

서둘러 다가가려 했지만, 왜인지 발이 꿈쩍도 하지 않았다. 아래를 내려다보자 자신의 발밑에 그가 만들었던 것과 같은 흰 면이 생겨 있었다.

동민의 몸이 서서히 그 공간 속으로 수렁에 빠지듯 꺼져갔다.

"어머니!"

바닥은 늪처럼 동민을 조금씩 집어삼켰다. 안간힘을 쓰며 발을 빼보려 했지만, 동민은 꼼짝하지 못한 채 서서히 바닥으로 빨려 들어갔다.

양자는 조금씩 사라지는 동민을 보며 손에 쥔 마이클의 조각들을 입으로 밀어 넣고 기계적으로 턱을 움직였다.

파편으로 양자의 의식 속을 떠도는 마이클은 어떻게든 살아남기 위해 발악했다. 마치 소용돌이 속에서 지푸라기라도 붙잡으려는 시도와 같았다. 동민은 알 수 없었지만, 양자의 머릿속은 그야말로 광란이었다. 다시 융해된 자신의 몸을 찾기 위해 미친듯이 양자의 머릿속을 헤집었다.

"양자 씨! 어차피 여기서 이래봤자 진짜 바깥세상에서는 아무 일도 안 일어나요. 물론 당신의 진짜 뇌는 이미 터져버렸겠지만요!"

마이클은 양자를 회유하려는 듯 조심스럽게 설득했다.

"우리가 이렇게 얽히면 어떤 괴물이 탄생할지 아무도 몰라요. 지금이라도 늦지 않았어요. 다시 되돌려놔요. 못하겠으면 그냥 나한테 권한을 달라고요!"

어느덧 타이머가 3분대에 다다랐다. 양자는 마지막으로 마이클의 엄지발가락을 입에 털어 넣고 자리에서 일어났다.

마이클의 말도 일리가 있었다. 이미 양자의 머릿속은 데이빗의 프로그램과 동민의 기억으로 뒤죽박죽인 상태였다. 양자는 컴퓨터나 프로그램에 대해서는 문외한이었지만, 희한하게도 지금 이 상태로 동민이 깨어나게 된다면 그의 뇌에 어떤 영향이 생긴다는 것을 자연스레 인지했다.

양자는 어느새 가슴까지 바닥에 잠긴 동민을 바라보다가 결심하며 말했다.

"마지막 변명을 들어줘서 고맙다."

양자는 동민을 지나 뚜벅뚜벅 걸음을 옮겼다. 그러자 검은 배경과 붉은 숫자뿐이던 공간에서 데이터 조각이 퍼져나가는가 싶더니, 양자 앞으로 다시 별채의 풍경을 되돌려놨다.

양자는 별채 한쪽에 세워둔 날카로운 정원 가위를 집어 들었다.

"설마…… 안 돼요. 여기는 제 의식 속이기 때문에 여기서 죽으면 그건 영원히 죽는 거예요!"

"동민아, 이미 난 죽었어."

"물리적인 죽음만 뜻하는 게 아니예요……."

양자는 정원 가위를 들고 다시 타박타박 동민에게 다가갔다.

데이터가 만들어낸 별채 풍경에 선 양자와 흰빛에 서서히 잠겨 드는 동민.

둘 사이는 손 내밀면 닿을 거리임에도 크나큰 간극이 있는 것만 같았다. 양자는 힘겹게 웃어 보이려 애쓰며 동민의 얼굴을 쓰다듬었다.

"알아. 끔찍하고 잔혹한 엄마는 이제 잊어버리렴."

"어머니!"

양자는 동민의 마지막 말과 동시에 정원 가위의 날을 자신의 목에 겨냥했다.

"안 돼!"

데이빗은 과부하로 인해 연기를 뿜어내는 시스템 설비로 달려갔다. 백업 장치를 향해 손을 뻗었지만, 장치는 활활 타오르는 불덩이처럼 뜨거웠다.

챙그랑! 동시에 데이빗의 등 뒤에서 날카로운 소리가 터졌다. 그는 곧장 빅토리아를 향해 총을 겨눴다. 하지만 빅토리아가 던진 호리병이 자신의 발 근처에 떨어졌을 뿐이라는 걸 알아차리곤 총을 거뒀다.

"한심하긴! 그깟 병 따위로 날 막을 수 있을 거라 생각한 거야?"

데이빗은 고개를 내젓고 다시 포팅 기계에 몰두했다. 지금 빅토리아보다 더 급한 건 백업 장치였다. 데이빗은 품에서 손수건을 꺼내 뜨거운 백업 장치를 쥐었다. 단자를 분리하기 위해 연결선을 따라 그 속으로 손가락을 집어넣었지만 손이 델 듯한 뜨거운 열기 때문에 좀처럼 분리할 수 없었다.

빅토리아는 데이빗이 포팅 기계에 정신 팔린 사이, 얼른 오른손에 감긴 테이프를 끊어냈다. 마음이 급했다. 곧 동민에게 투여한 DMN 용액도 바닥나 깨어날 타이밍이었다. 발 쪽의 테이프를 풀기 위해 몸을 숙였지만 잔뜩 부푼 배 때문에 손끝조차 델 수 없었다.

데이빗은 여기저기 녹아내려 제멋대로 엉겨 붙은 전선들을 보고 욕을 내뱉었다.

"씨발!"

데이빗이 총을 완전히 바닥에 내려놓은 것을 보고 빅토리아의 마음은 더욱 다급해졌다. 그녀는 초조한 얼굴로 인터폰을 바라봤다. 흰색의 인터폰 수화기가 떨어져 바닥에 닿을 듯 말 듯 흔들리고 있었다. 호리병은 목표로 던졌던 과녁에 제대로 명중했다.

하지만 선묵이 과연 제때 올 수 있을지 의문이었다. 데이빗이 이렇게 순순히 별채까지 올라온 걸 보면 선묵에게 무슨 일이 생겼을지도 모른단 생각이 들었다. 빅토리아는 피가 나는 것도 모른 채 입술을 깨물고 버텨야 했다.

안절부절못하던 데이빗은 자신의 노트북을 가져와 백업 기계와 강제로 연결시켰다. 모니터로 확인된 80%만이라도 건질 수 있다면 한국까지 고생하며 온 보상 정도는 될 것이었다. 하지만 그의 기대는 산산조각 났다. 역으로 노트북까지 마치 랜섬웨어에 감염된 것처럼 모든 파일이 순식간에 오염되며 파일이 전부 암호화되기 시작했다.

"설마, 안 돼!"

데이빗이 재빨리 노트북과 백업 장치를 분리했지만, 이미 데이빗의 노트북은 바이러스에 잠식당해 재부팅도 할 수 없는 지경에 이르렀다.

"아아악!"

데이빗은 결국 노트북을 집어 던지고 악을 써댔다.

"대체 무슨 짓을 한 거야! 이젠 내 목까지 내놔야 할 판이잖아!"

거의 미치다시피 한 데이빗이 총을 들고 침대로 다가갔다. 동민을 향해 총을 겨누자 빅토리아가 비명을 지르며 소리쳤다.

"쏘지 마! 여기까지만 해! 이대로 도망가면 없던 일로 해줄 테니까!"

"뭐라고?"

데이빗은 여전히 의자에 양다리가 고정되어 있는 빅토리아를 훑어보며 외쳤다.

"너 설마 그 다리 한쪽 없는 노인네 기다려? 한낱 경비가 전문가들 상대로 얼마나 버텼을 것 같아? 1분? 30초? 허튼 생각 말고 네 남편 깨울 생각이나 해!"

"어차피 DMN용액 공급이 중단되면 깨어날 거야. 제발 그때까지만 그대로 둬! 깨어나면 그때 설득해도 늦지 않잖아!"

"난 당장 이 새끼가 필요하다고! 네 남편이 지금 무슨 짓을 했는지 나 알아? 내 생명줄을 잘랐어!"

"그 명줄 붙어 있게 도와줄 테니까 제발 진정해! 먼저 동민 씨가 멀쩡히 깨어나야 할 거 아냐!"

"나한테 제대로 협조하지 않으면 다 죽을 줄 알아……!"

분노한 데이빗이 권총을 장전하자 빅토리아는 배를 잡고 신음했다. 과한 스트레스가 태아에게도 영향이 미친 건지 복부 깊은 곳에서부터 아찔한 통증이 밀려 올라왔다.

그때 빅토리아의 귀에 아주 조그맣게 퍼석거리는 소리가 들어왔다. 작은 종이를 찢는 소리는 창호지가 발린 창문 사이에서 들린 것이었다. 고개를 숙인 채 눈만 치켜들어 주위를 살피니 데이빗의 등 뒤로 검은 총구가 반짝이는 걸 발견했다.

빅토리아는 그의 시선을 끌기 위해 다시 그를 올려다보며 소리쳤다.

"알았으니까 제발 그 총 내려놔. 동민 씨가 깨어나면 내가 어떻게든 설득해볼게, 제발."

별채 밖에서 사락, 풀 소리가 들렸다. 그 소리는 빅토리아도, 데이빗도 모두 들었다. 둘 다 움직이던 동작을 멈췄다. 데이빗이 휙 고개를 돌리며 신경질적으로 소리쳤다.

"밖에 누구야!"

고함에 풀벌레도 놀란 건지 바깥이 삽시간에 조용해졌다.

빅토리아는 지금 무슨 일이 벌어지고 있는지 몰라 긴장했다. 다만 데이빗은 자신에게 향한 총구를 알아차리지 못한 듯했다.

"누군지 몰라도 이 집 안으로 한 발짝이라도 들어오면 여기 있는 모든 사람들 다 죽여버리겠어! 들어오기만 해봐! 여기 뱃속의 태아부터 쏴버릴 거니까!"

데이빗은 이제 발작하듯 날뛰었다. 경고를 하려는 건지 총구가 동민에게 향하다 빅토리아에게 향하길 반복했다. 빅토리아의 복부에서 느껴지는 고통이 서서히 참기 힘들어졌다.

"데이빗……."

"닥쳐! 안 되겠어, 이 새끼 강제로라도 깨워야겠어."

데이빗은 빅토리아를 노려보다 동민을 향해 몸을 돌렸다. 그때 검은 총구가 움직이기 시작했다. 빅토리아와 동민을 넘어 데이빗의 다리에 맞춰졌다. 거기서 총구가 정지하자 이내 총알이 날아와 다리에 꽂혔다.

"아악!"

빅토리아와 데이빗의 비명이 동시에 울렸다. 플라스틱 탄두로 만들어진 저살상탄은 데이빗의 다리를 관통하지 않고 그대로 박혔다.

곧이어 데이빗의 총을 쥔 손에, 어깨에 그리고 다시 두 허벅지에 연이어 총알이 박혔다.

빅토리아는 꼼짝도 못 한 채 바닥에 쓰러져 비명을 내지르는 데이빗을 지켜봤다.

데이빗이 완전히 속수무책이 되어서야 간절히 기다리던 목소리가 들렸다.

"괜찮습니까?"

문가를 돌아보니 선묵이 문틀에 기대어 서 있었다. 빅토리아는 그 한 마디만으로도 모든 긴장이 풀렸는지 눈물을 왈칵 쏟았다.

"어떻게 된 거예요?"

피투성이가 된 선묵이 목발을 짚고 절뚝거리며 다가왔다.

그와 동시에 별채의 모든 문과 창이 활짝 열리며 완전무장한 특수기동대가 일제히 진입했다.

"인질들은 모두 무사합니다. 불법 총기 소지 용의자 신병 확보했습니다."

내부가 소란스러워지면서 상황은 순식간에 종료되었다.

이 모든 상황이 빅토리아에게는 슬로 모션처럼 보였다. 어수선한 와중에도 두 사람은 아무것도 모른 채 평온하게 잠들어 있었다.

선묵은 빅토리아 앞에 꿇어앉아 테이프를 제거하며 담담히 대답했다.

"저 친구가 끌고 온 사람들에게 호되게 당했죠. 혼자선 안 되겠다 싶어 힘을 좀 썼습니다. 인터폰으로 신호를 준 덕에 움직일 수 있었어요. 무서웠을 텐데, 고마워요."

"아뇨…… 이 정도는."

빅토리아가 서둘러 두 손으로 눈가를 닦아내며 희미하게 웃었다.

양쪽 다리에 피를 철철 흘리던 데이빗은 곧 요원들에 의해 밖으로 끌려나갔다.

다리가 자유로워지자 그녀는 한 손으로 배를 받친 채 동민의 침대로 다가갔다.

"무리하지 말아요. 천천히."

"안 돼요. 남편, 남편의 상태를 확인해야 해요."

뒤늦게 들어온 구급대원들이 휠체어에 빅토리아를 앉혔지만, 그녀의 몸은 동민 쪽으로 자꾸만 기울었다.

"남편이 깨어날 시간이 됐어요."

보다 못한 선묵이 휠체어를 끌어 빅토리아를 모니터 앞에 앉혔다.

하지만 온통 읽을 수조차 없는 암호화된 화면을 보자 빅토리아는 좌절했다.

"어떡해……."

두 사람의 바이탈 신호도 잡히지 않는 걸 확인하고 빅토리아는 양손에 얼굴을 파묻었다.

선묵도 절망적인 얼굴이었다. 빅토리아가 아무것도 하지 못하는 걸 보면서 지금 둘의 상태가 얼마나 심각한지 짐작할 수 있었다. 선묵이 차마 더 볼 수 없어 고개를 돌리려는데, 동민의 손가락이 까딱거리는 게 눈에 들어왔다.

"움직여요!"

선묵이 흥분해 외치자 빅토리아도 휠체어에서 일어났다. 동민이 아주 천천히, 느리게 눈을 뜨며 깨어나고 있었다.

날카로운 가위의 날이 양자의 목을 완전히 통과했음에도 피는 한 방울도 나지 않았다.

심지어 고통도 없었다. 양자는 몇 번이고 가위를 두 손으로 고정한 뒤 목을 조준하여 찔러댔다. 아무런 일도 일어나지 않았다.

동민은 차마 그 모습을 볼 수 없어 눈을 질끈 감았다. 실존하는 어머니가 아니라 해도 어머니 스스로 자해하는 광경은 맨정신으로 보고 있기가 힘들었다.

"이러실 필요까지는 없잖아요. 이러면……."

어느새 목까지 파묻힌 동민은 말을 잇지 못했다. 깊은 수렁 속에서 한쪽 팔만 겨우 양자를 향해 뻗어 있었다. 양자는 동민의 말에 가위를 멀리 내던졌다.

"이러면 네 기억 속에서 나라는 존재가 영영 사라지겠지."

"잊고 싶지 않아요."

동민이 참았던 울음을 터뜨렸다. 어린 동민을 미국으로 떠나보낼 때 이후로 처음 보는 아들의 눈물이었다.

"단 한 번도 사랑한 적 없었단 거 거짓말이에요. 어떻게 그럴 수 있겠어요. 하나뿐인 엄만데. 미운 만큼 사랑했어요. 사랑하니까 미웠어요. 이제 겨우 알게 되었단 말이에요, 이제야⋯⋯. 이제 겨우 어머니를 알게 되었는데."

원래의 양자였다면 동민의 고백에 흐느끼고 말았을 것이다. 울고 또 울고 지칠 때까지 울었을 것이다. 마침내 자신의 삶을 진정으로 껴안으며 홀가분해졌을지 몰랐다. 그러나 지금의 양자는 감정이 완벽하게 메마른 것처럼 어떻게 하면 죽을 수 있을지 궁리하기 바빴다.

동민이 무사히 깨어나려면 그가 걸어둔 카운트다운의 여파를 자신이 모두 감당해야 했다. 마이클을 흡수한 자신이 죽어야만 동민의 의식을 집어삼키던 마이클도 완전히 사라질 수 있었다. 서로의 힘으로 완전히 소멸해야 했다. 그래야 동민이 살았다.

"그의 말이 맞아. 이런 식으로는 죽지 않아."

양자는 중얼거리며 정요를 훑었다. 더 이상 이곳엔 천안댁도, 선묵도, 빅토리아도 없었다. 자신을 죽이려던 정이수도, 저주를 일갈하던 시아버지도.

텅 빈 정요에는 오로지 양자와 이제 검은 공간 속에서 얼굴만 겨우 남겨둔 동민뿐이었다.

동민마저 떠나면, 이제 양자에게 남은 것은 아무것도 없을 터였다.

양자는 크고 징그럽고 시커먼 쥐를 떠올렸다. 그토록 혐오하고 역겨워하던 시궁쥐의 인생과 자신의 인생이 뭐가 다른가 싶었다. 삶의 아주 조그마한 가능성을 위해서라면 쥐약도 먹을 수 있었다. 그렇게 양자가 했던 모든 거짓말들이 독약처럼 몸에 쌓여 있었다. 이제 와 솔직함으로 해독하기엔 너무 늦어버렸다.

양자는 시아버지의 말씀도 하나 떠올렸다. 죽은 쥐를 산속에 묻으면 배고픈 동족들이 달려와 그 시체를 뜯어 먹으며 또다시 종족을 번식한다. 그러니 쥐를 처리할 땐 확실하게 태워 없애야 한다며 펄펄 끓는 가마 속으로 쥐의 시체를 던져 넣었더랬다.

그 기억과 동시에 양자는 자신의 발바닥에서부터 열기가 스멀스멀 기어 올라오는 것을 느꼈다. 한 걸음마다 피어오르는 작은 불꽃은 물방울이 사방으로 튀어 오르듯 하얗게 튀었다.

"어머니……!"

동민은 단말마의 마지막 한 마디와 함께 완전히 흰 면 아래로 잠겼다. 동민은 정요가 아닌 곳으로 사라졌다. 양자는 사라진 동민의 자리를 보며 그제야 덤덤하게 웃었다.

조심스럽게 주위를 훑으며 걸음을 옮기자 양자가 지나온 자리가 하얗게 타들어 갔다.

양자는 별채 기둥에 손을 올렸다. 손에서부터 뻗어나간 불길이 순식간에 나무 기둥에 옮겨붙었다.

소나무 장작처럼 재 한 줌 남기지 않고 다 타버리자는 마음으로 양자는 별채에서 안채로 내려갔다. 불길은 돌계단도 흔적 없이 태웠다. 별채를 다 집어삼킨 불이 비탈길을 따라 파도처럼 넘실대며 안채를 향해 달려왔다.

"서둘러라, 서둘러. 빠르면 빠를수록 좋지."

몸이 넘실대며 가볍게 느껴졌다. 오십을 앞둔 몸이 아니라, 아직 젊고 활기 넘치던 그 시절의 몸으로 돌아간 듯했다. 양자는 가벼운 발걸음으로 안채의 마당을 뛰었다. 하얗다 못해 눈에 다 보이지 않을 정도로 밝게 타오르는 불꽃을 밟으며 양자는 어린아이처럼 신나게 깡충깡충 뛰었다.

"자! 내 인생의 모든 발자취를 태워버리자!"

양자는 자신의 두 손을 내려다봤다. 이젠 양손이 활활 타고 있었다. 더는 두렵지 않았다. 손목을 타고 올라오는 불꽃이 오히려 따뜻하게 느껴졌다.

모든 것은 양자에게 달려 있었다. 양자는 죽음을 목전에 두고 그 사실을 깨달았다. 상황에 떠밀려, 남의 손에 떠밀려 어쩔 수 없었다고 여긴 그 모든 순간에도 앞날을 정할 선택지는 양자의 손에 있었다.

그래놓고 비겁한 선택을 당연하단 듯이 했다. 불쌍한 인생이라며 스스로를 자위하고, 생존을 위해서라는 변명 속에서 남에게 상처 주는 일을 서슴지 않았다.

그 모든 선택의 종착지가 유일하게 사랑한 아들의 기억에서 지워지는 것이라니. 죽음보다 더 끔찍한 형벌 앞에서 양자는 목 놓아 웃었다. 어느새 화염이 양자의 몸을 타고 회오리치며 얼굴을 휘감았다.

노을처럼 타오르는 새빨간 불꽃이 그녀의 두 눈을 녹였다. 실성한 그녀의 웃음소리가 밀물처럼 커졌다가 썰물처럼 멀어졌다. 일렁이던 화염이 마침내 그녀의 입을 앗아갔다.

고요한 죽음이 섬광처럼 다가오자 양자는 두려움보다 평온함을 먼저 느꼈다. 오래도록 묵은 고통이 진정되고 있었다. 영원한 소멸의 순간에 찾아온 행복을 양자는 있는 힘껏 껴안았다.

"여보!"

상체를 일으키며 깨어나는 동민을 보자 빅토리아가 울먹이며 소리쳤다.

동민은 몸을 반쯤 일으키다 어지러운지 무거운 머리를 팔로 받친 채 한참 동안 꼼짝도 하지 않았다.

"괜찮아?"

빅토리아가 걱정스러운 얼굴로 동민의 얼굴을 들여다봤다.

동민은 같은 자세로 꼼짝 않고 있다가 머리의 인공와우 전원을 켰다. 뇌 속을 파고드는 것 같은 이명이 들리자 동민은 다시 머리를 감싸 쥐었다.

옆에서 동민과 빅토리아를 바라보던 선묵은 양자에게로 시선을 돌렸다. 곧 양자의 낯빛이 시커멓게 죽어 있음을 깨닫고는 안도하던 얼굴이 삽시간에 굳었다.

"미리암!"

다급히 손을 뻗어 만져도 양자의 몸은 이미 차갑게 식어 있었다. 그녀의 시신을 앞에 두고 선묵은 목발도 던져버린 채 침대를 붙잡고 무너져 내렸다.

빅토리아가 얼른 양자에게 다가와 목의 맥을 짚고는 소리쳤다.

"CPR! 여기 CPR 좀 해주세요!"

구급대원들이 이미 장비를 챙겨 들어서고 있었다.

"비키세요!"

양자의 손을 잡고 있던 선묵이 구급대원들에 의해 떨어져 나갔다.

구급대원이 양자의 몸 위에 올라타 온 힘을 다해 심장 마사지를 시작했다. 힘찬 펌프질이 이어지다 갈비뼈가 부러지는 소리가 들리자 선묵은 그 고통을 대신 느끼는 것처럼 고개를 돌렸다.

동민은 서서히 고개를 들어 아래위로 몸을 격하게 움직이는 구급대원을 멍하니 바라봤다.

"자기야, 괜찮은 거 맞아?"

눈가가 촉촉한 빅토리아가 동민의 얼굴을 쓸어내렸다. 동민은 목

뒤에서 느껴지는 불편한 기분에 손을 뒤로 뺐다. 촘촘하게 연결된 케이블이 손에 닿았다.

그리고 그의 시선이 자신의 몸에서 연결된 튜브로 향했다가, 케이블을 따라 포팅 기계로 향하고, 마지막으로 심폐소생술 중인 양자로 옮겨갔다.

땀을 뚝뚝 흘리던 구급대원이 이내 가망이 없음을 판단하고 고개를 저으며 내려왔다.

"더 해! 더 하라고! 몇 번이나 했다고 내려오는 거야, 더 해!"

선묵이 구급대원의 멱살을 쥐고 흔들다 균형을 잃고 크게 휘청거렸다. 그 모습을 지켜보던 동민이 침착하게 물었다.

"피실험자가 죽은 건가?"

양자를 보며 내뱉는 말에 별채 안이 순식간에 고요해졌다. 침묵을 깬 건 빅토리아였다.

"지금 뭐라고 그랬어?"

"소용없어요. 갈비뼈도 부러졌고, 저 정도로 CPR 들어갔으면 가망 없다고 봐야 합니다. 구급대원 판단이 정확해요."

선묵이 머리를 흔들더니 동민에게 소리쳤다. 이성을 잃은 것처럼 격앙된 목소리였다.

"어떻게 미리암에게 그딴 식으로 말할 수가 있어!"

"우리가 신도 아니고, 이미 죽은 사람을 어떻게 살립니까?"

동민에게 달려들려다 선묵은 그 자리에 주저앉았다. 그의 통곡이 이어졌다.

빅토리아가 동민의 어깨를 쓸어내리며 침착하게 물었다.

"동민 씨, 지금이 몇 년도 몇 월 며칠인지 기억나?"

동민은 잠시 숨을 고르고 대답했다.

"2023년 3월 24일."

"당신 이름은?"

"정동민. 빅토리아, 나한테까지 굳이 원칙대로 할 필요 없어. 나중에 내가 다 기록해둘 거니까."

"당신은 다이버로서 실험에 참여했어. 기억나?"

동민은 못 말린다는 표정으로 고개를 끄덕였다.

"왜 이 실험을 하게 된 건지는 기억나?"

"당연하지. 이 실험은……"

동민은 그 뒤의 말을 더 잇지 못했다. 어떤 실험이었는지 정확하게 기억나지 않았다.

"이 실험은……"

동민은 갑자기 두통이 오는지 머리를 감싸 쥐었다.

"피실험자와의 포팅. 보아하니 실패로 끝난 것 같지만."

"뭐?"

빅토리아가 믿을 수 없다는 표정으로 동민을 쳐다보았다. 동민은 그렇게 말하고 나서 의료용 침대에 누워 생을 마감한 중년의 여자를 보았다. 푹 꺼져버린 가슴뼈 위로 잠든 것처럼 평온한 얼굴에선 어떠한 고통이나 괴로움도 엿보이지 않았다.

"예상보다 상황이 심각해 보이는데, 내가 들어가 있는 동안 뭐가 어떻게 된 거야?"

빅토리아는 충격에 말을 잇지 못했다. 동민이 제 어머니를 전혀 기억하지 못하는 것이다. 얼굴을 직접 봤는데도 양자가 자신의 어머니라는 사실을 전혀 인지하지 못하고 있었다. 아예 어머니라는 존재 자체를 머릿속에서 지워버린 것만 같았다. 원래라면 그는 깨자마자 어머니를 가장 먼저 찾아야 했다.

빅토리아는 이 상황을 그에게 어떻게 설명해야 좋을지 알 수 없었다. 한참이나 말을 고르던 빅토리아가 우선은 그가 받아들일 수 있을 정보부터 차근히 말해주었다.

"데이빗이 중간에 실험을 망치려고 했어."

"그 새끼 끝까지!"

동민은 주먹으로 침대를 내리쳤다.

"심지어 백업 장치를 통해 당신의 뇌를 맵핑하려고 했어."

"그래서? 데이빗은 어떻게 됐어?"

"최 선생님 덕분에 막아냈는데……."

빅토리아는 뒷말을 삼켰다. 오히려 동민에게 묻고 싶은 게 가득했다. 대체 안에서 무슨 일이 있던 건지, 그토록 깨우고 싶어 했던 어머니는 왜 기억하지 못하게 된 건지. 궁한 게 너무 많았지만 물어볼 엄두가 나지 않았다.

그녀가 할 수 있는 것이라곤 그 모든 것을 함축하는 질문 하나였다.

"괜찮은 거야?"

빅토리아의 질문에 동민은 가만히 고개를 끄덕였다.

"정말로 괜찮아?"

동민은 빅토리아를 빤히 보며 미간을 찌푸렸다.

"난 괜찮아. 약간 머리가 무거운 거 빼면."

"어머니가…… 돌아가셨잖아."

어머니? 이질감이 느껴지는 단어에 동민은 눈썹만 한 번 들어 올리고는 침대에서 내려섰다. 그리고 태연하게 모니터 앞에 앉았다.

모든 것을 지켜본 선묵도 그제야 동민이 심상찮은 상태라는 걸 눈치챘다. 목발을 짚고 절뚝거리며 빅토리아에게 다가갔다. 도저히 믿을 수 없는 동민의 태도에 선묵도 반쯤 넋이 나가 있었다.

"동민 씨도 PTSD(외상 후 스트레스 장애)처럼 잠시 기억을 잊은 걸 수 있어요. 설명해주면 기억해내겠죠."

빅토리아는 비틀거리는 선묵을 옆에서 부축했다.

동민은 컴퓨터가 전부 먹통이 된 걸 알고 빅토리아를 바라봤다.

"이건 내 계획과 다른 건데. 빅토리아, 제대로 브리핑해줘."

연구자로 돌아온 동민을 보며 결국 빅토리아는 기계적으로 입을 열었다.

"이 프로젝트의 목표는 혼수상태에 빠진 피실험자, 당신의 어머니인 박양자의 의식을 다시 불러오는 거였어. 어머니는 이미 의식 상실로 인한 디폴트 모드여서, 다이버인 당신에게만 DMN용액을 사용해 포팅을 시도했고. 실험 초중반까지는 안정적이었어. 다이버와 피실험자간의 유전자 매칭도 포팅에 큰 영향을 미쳤다고 생각해."

"그런데?"

"그런데 포팅이 되자마자 피실험자의 뇌에 세타파가 지속되면서 피실험자가 디멘시아 상태에 빠졌어. 데이터를 봐선 아마 어머니한테 치매 증세가 있으셨나 봐. 중간에 데이빗이 난입해서 백업 장치를 통해 당신의 뇌를 통째로 맵핑하기 시작했고, 그 때문인지 당신도 디멘시아 상태에 빠졌어."

"잠깐만. 우리는 왜 피실험자로 치매 환자를 골랐지?"

빅토리아는 동민의 물음에 잠시 어물거렸다.

"당신도 사전에 들은 바가 없었던 것 같아. 어디까지나 추정일 뿐이니까, 피실험자가 정확히 치매였던 건지 포팅의 부작용이었던 건지는 부검을 해봐야 정확히 알 것 같아."

빅토리아는 부검이라는 단어를 매우 조심스럽게 뱉었지만, 동민은 망설임 없이 전화기를 찾았다.

"우리 협력 대학병원 있지? 연락해. 당장 부검하게."

"정동민!"

동민이 놀란 얼굴로 선묵을 돌아봤다. 눈물이 번진 그의 눈동자가 슬픔과 분노로 젖어 있었다.

"지금은 어머니를 애도하는 게 먼저잖아. 그래야 하잖아!"

"최 선생님? 무슨 말씀이세요?"

선묵은 제 가슴을 치며 울분을 터트렸다.

"미리암을 데리고 오겠다며! 구해낼 수 있다고 당당히 말하던 건다 허세였나? 처음부터 실험 상대로밖에 보지 않았냐고! 네 어머니를……!"

동민은 여전히 영문을 모르겠다는 얼굴로 선묵을 보고만 있었다.

선묵은 흔들리지 않는 동민의 눈동자에서 그가 진심으로 양자를 기억해내지 못한다는 것을 읽어냈다. 그의 마음이 다시 한번 무너졌다.

지금까지 선묵은 품속에 있는 서류를 동민에게 보여줘야 할지 말지 수천 번이나 망설였다. 양자가 혼수상태에서 벗어나 의식을 찾았더라면 이딴 서류 따위 필요 없었겠지만.

그러나 동민의 세계에서 양자라는 존재가 완전히 사라진 이 순간에는 더더욱 불필요한 종이 쪼가리가 되고 말았다. 선묵은 서류를 꺼내지 않기로 마음먹었다.

"이제 더 이상 내가 여기 있을 이유가 없어."

그는 모든 걸 체념한 듯 다시 목발을 단단히 겨드랑이 사이에 끼었다. 그리고 마지막으로 양자의 잠든 것 같은 얼굴에 이마를 맞대고 속삭였다.

"결국 이렇게 또 멀어지는군요……. 미안해요."

선묵은 절뚝거리며 별채 밖으로 나갔다.

선묵의 뒷모습을 지켜보던 동민은 미세한 두통을 느꼈다. 작은 손들이 머릿속의 기억들을 뒤죽박죽 마구 헤집는 듯했다. 누구의 것인지 모를 파편들이 파도에 밀리는 모래알처럼 쉼 없이 휩쓸렸다.

"방금 최 선생님이 뭐라고 한 거야?"

"응?"

전화기를 들고 부검실을 섭외하던 빅토리아가 되묻자 동민은 고개를 저었다. 최선묵이 했던 말이 뭔가 단서가 될 것 같았다.

"아저씨!"

동민은 별채를 뛰쳐나와 선묵에게 달려갔다.

"방금 뭐라고 하신 거예요?"

선묵은 무시한 채 절뚝거리며 계단을 내려갔다. 불안한 모습에 동민이 옆에서 팔을 붙잡았지만 선묵은 그의 팔을 뿌리치며 말했다.

"이거 하나만 기억해라. 미리암, 박양자의 인생은 이렇게 쉽게 기억에서 지워지면 안 돼."

선묵은 눈물이 흐르기 전에 소매로 훔쳐냈다.

"그러기엔 너무 슬픈 인생을 살았어, 그 사람."

천천히 계단을 절뚝거리며 내려가는 선묵을 망연히 바라보다, 동민은 계단 위에 그대로 주저앉았다. 문득 한눈에 들어오는 정요의 풍경을 훑었다. 머리가 쪼개지는 것만 같은 두통이 엄습해오자 동민은 두 손으로 머리를 감싸 쥐었다. 그리고 어찌할 수 없는 고통에 비명을 토하며 몸부림쳤다.

구급대원들이 동민에게 달려왔지만, 그들이 무엇을 해도 동민의 머릿속에서 일어나고 있는 뜨거운 소용돌이를 막아줄 수는 없었다.

거친 파도처럼 순식간에 양자 없는 양자의 기억들이 밀려들었다. 동민의 사고회로가 과부하를 막고자 의식을 빠르게 차단했지만, 그 찰나의 순간에 동민은 하얗게 불타는 사람의 환영을 보았다.

광채로 덮인 사람의 형태는 날개처럼 두 팔을 벌려 동민을 껴안았다. 따사로운 여름의 햇살처럼 감미로운 사랑의 감정과, 검은 폭풍우가 지나간 자리처럼 밀려드는 슬픔이 동시에 그에게로 몰아쳤다.

이날 이후, 양자는 동민의 머릿속에서 영원히 사라졌다.

에
필
로
그

"……비록 프로젝트 과정에서 피실험자가 사망하는 불상사가 있었지만, 포팅 시스템이 제대로 작동했다는 자료가 여기에 남아 있습니다. 자세한 사항은 저희 브레인맵 사이트에서 열람해보실 수 있습니다. 그리고 다시 말씀드리지만, 익명의 제보자는 DMN용액은 특수 약물로 철저하게 관리되어야 하며, 포팅 시스템 또한 의료목적 이외의 방법으로는 사용되지 않도록 범국제적인 시스템을 구축해야 한다고 강조하였습니다. 제보자의 요청에 따라 법적인 시스템이 구축되면, 모든 알고리즘을 오픈 소스로 활용할 수 있게 게시할 것입니다."

발표자의 말이 끝나기 무섭게 청중들이 웅성거렸다. 그는 마이크를 고쳐 쥐었다.

"덧붙여 익명의 제보자가 특허를 포기한 만큼 환자들에게 돌아가는 비용이 적어져야 한다는 점을 특히 강조하였습니다. 부디 국제연

합 기구는 철저한 관리 체계 구축에 대해 빠르고 적극적으로 응답해 주시기를 바랍니다. 빠른 시일 내로 포팅 시스템이 전 세계의 트라우마나 코마 상태로 고통받는 환자들과 가족들에게 새로운 삶을 줄 수 있게 되기를 희망합니다. 이것으로 양자 프로젝트(Yangja Project) 결과 발표를 마치겠습니다."

수많은 플래시 세례와 함께 객석에 앉아 있던 많은 사람들이 질문을 위해 손을 길게 뻗었다. 발표자는 그 누구의 질문도 받아줄 생각이 없는 듯 무대에서 내려왔다.

"익명의 과학자가 포팅 시스템의 기술 특허와 막대한 이익을 포기했다는 게 정말 사실입니까?"

"코마 상태인 자기 어머니를 실험 대상으로 삼았다는 건 윤리위원회에 회부될 정도로 충격적인 사건인데, 익명으로 제보했다는 건 실험 담당자가 처벌이나 고소를 피하기 위해 발뺌하는 것 아닙니까?"

"양자라는 이름은 본명입니까? 그렇다면 한국인입니까, 중국인입니까?"

참을성 없는 기자들이 너도나도 입을 열었지만 발표자는 약속한 대로 입을 꾹 다문 채 무대 뒤로 들어갔다.

"네, 브레인맵 연구소장 윌리엄 박사님의 발표 잘 들었습니다. 다음은 연방 국립보건원의 테네시 차관님의 말씀이 있겠습니다."

사회자가 어수선한 상황을 정리해보려고 새로운 연사를 소개했지만 웅성거리는 소리에 묻혔다.

"깐깐한 테네시 차관이라 다행이네."

스마트폰으로 중계를 보던 동민은 화면을 껐다. 윌리엄 소장은 동민이 요구했던 대로 발표를 잘 마쳤다. 그것만으로도 충분히 첫 삽을 잘 떴다고 볼 수 있었다.

데이빗이 미연방수사국에 인도된 이후 연구소 브레인맵이 쑥대밭이 될 거라 예상했지만, 우습게도 사건은 데이빗의 단독 범죄로 일단락됐다. 이에 배후의 비밀 후원자들이 만만치 않음을 실감한 동민과 빅토리아는 그들이 다시 찾아오기 전에 직접 먼저 연구소를 찾아갔다.

우려와 달리 소장 윌리엄은 그동안의 꼭두각시 노릇에 지쳐 있었고, 연구소의 연구소장으로서 마지막 자존심을 지키고자 동민의 제안을 받아들였다. 연구 성과는 브레인맵의 업적으로 남겨주되 익명으로 연구 내용을 공개하고, 동민의 모든 연구 자료는 국립보건원에 양도하여 전담 관리되도록 하는 것이 조건이었다.

양자 프로젝트가 세상에 공개되자 동민은 묵은 숙제를 털어낸 듯 속이 다 시원했다. 공개적으로 발표된 이상 비밀 후원자도 섣불리 연구소를 건들지 못할 것이다. 기자들과 청중들의 반응 또한 예상했던 대로였으며, 대본대로만 움직인다면 지금의 논란 정도는 가볍게 잠재울 터였다.

게다가 연방 국립보건원의 테네시 차관은 말단일 때부터 철칙과 원칙 빼면 시체란 소리를 들을 정도로 고지식한 인물이었다. 그런 사람이 남용될 우려가 있는 약물과 장치를 아무런 조건 없이 통과시킬

리 없었다.

강력한 법으로 제정만 된다면 소수만 이권을 누리는 기술이 아닌, 전 세계 모두가 평등하게 기회를 가질 수 있는 장치가 개발될 것이다. 게다가 수많은 과학자가 동민의 실험 내용을 바탕으로 더 안정적인 기술을 만들어낸다면 그것으로도 동민은 자신의 역할을 다했다는 생각이 들었다.

동민은 손수건을 꺼내 흐르는 땀을 닦아내며 숨을 가다듬었다. 숲속인데도 한여름에 도끼를 휘두르고 있자니 땀이 비 오듯 쏟아졌다. 하지만 장마가 시작되기 전에 별채 주변의 썩은 나무들을 미리 베어내야 했다. 이제 더 이상 인부들을 쓸 정도로 넉넉한 상황은 아니었기에, 전부 동민이 손수 작업해야 했다.

기자들의 질문대로 기술을 기업에 팔았다면 전 세계 부자 순위를 바꿨을지도 모른다. 하지만 그렇게 어머니의 영혼과 맞바꾸고 싶진 않았다. 비록 무엇 하나 기억나지 않는 어머니라고 할지라도.

동민은 물려받게 된 정요를 보육원으로 탈바꿈시켰다. 이제 소수를 위한 예술작품으로서의 도자기를 제작하지 않고, 아이들의 생계와 보육원의 유지를 위한 수단으로 옹기를 만들었다.

동민은 보육원으로 탈바꿈한 정요를 운영하면서, 갈 곳 없는 아이들이 너무 많다는 사실에 놀라야 했다. 갓난쟁이부터 청소년까지, 어린 나이에 버림받은 상처로 일찌감치 철이 들어버린 아이들은 하나같이 눈에 생기가 없었다.

동민과 빅토리아는 그 아이들의 눈에 다시 빛나는 별을 심어주기 위해 갖은 노력을 들였다. 동민은 자원봉사자들과 함께 정요 전반의 시설 관리를 맡았고, 빅토리아는 섬세한 손놀림을 이용해 한국의 전통 옹기를 빚었다. 빅토리아가 빚은 옹기는 꽤 유명세를 탔다. '이국적인 얼굴에 서린 한국의 얼'이란 타이틀로 올해의 도자기 잡지 표지를 장식하기도 했다.

동민은 이마를 닦던 손수건을 집어넣고 다시 도끼를 높이 치켜들었다. 썩은 나무가 쩍쩍 갈라지는 소리 사이로 산새 소리 같은 목소리가 들렸다.

"파파!"

이제 막 뛰기 시작한 세 살짜리 동민의 딸 메리였다. 메리는 고사리 같은 손가락으로 물병을 꼭 쥐고 어기적어기적 열심히 계단을 올라왔다. 그 모습을 황홀하게 쳐다보며 동민은 활짝 웃었다.

"여긴 위험하다니까."

"누구 닮았는지 고집이 말도 못 해."

메리를 뒤따라오던 빅토리아가 계단을 전부 오르자 아이를 번쩍 들어 안았다.

"오늘은 새로운 멤버들이 도착할 예정이야."

동민은 메리가 건네준 물병을 받아 단숨에 들이켰다.

"몇 명?"

"다섯 명인데, 그중엔 막 성인이 된 아이도 있어."

"사연은?"

"일가친척도 없이 보육원을 전전하다가 우리가 인터넷에 올린 홍보 자료를 보고 왔대."

"그럼 후원 프로그램 쪽보다는 자립 프로그램 쪽으로 넣는 게 낫겠다."

"안 그래도 그쪽으로 신청서 쓰라고 하고 왔어. 여기 서류들."

빅토리아는 겨드랑이에 껴둔 서류를 내밀었다. 세 사람은 뙤약볕을 피해 나무 그늘에 기대앉았다. 그들이 등을 기대고 앉은 소나무는 기둥 굵기를 보아서도 족히 백 년은 더 산 듯 보였다. 정요를 대대적으로 개편하는 과정에서 동민이 남겨둔 유일한 소나무였다.

메리는 우둘투둘한 소나무 겉껍질을 만지다 그 사이사이를 휘젓고 다니는 개미들에게 정신이 쏙 빠졌다. 세 살짜리 어린아이의 눈에는 세상 모든 게 신기한 것 천지인지 온종일 눈과 코와 입과 손이 바빴다.

동민은 자신의 왼팔에 들러붙은 화상 흉터를 가만히 매만졌다. 강박적으로 긁는 행위는 그만두었지만, 이상하게 흉터를 만지면 마음이 안정되는 것 같았다.

"이거! 이거!"

소나무를 뒤적이던 메리가 뭘 발견했는지 두 사람을 불렀다. 소나무 아래 뉘어진 작은 비석을 보고 동민이 씁쓸한 웃음을 지었다.

"메리, 이건 할머니야. 아빠의 엄마."

"할마?"

발음이 서툰 메리의 애교에 동민이 사르르 녹았다.

"그래, 메리의 할마."

동민을 바라보던 빅토리아가 걱정스러운 얼굴로 물었다.

"오늘은 좀 기억나?"

동민은 고개를 저었다.

그때로부터 벌써 4년이나 지났지만, 여전히 동민의 머릿속에는 어머니 박양자에 대한 모든 것들이 비어 있었다. 마치 기억상실증에 걸린 사람처럼 모든 기억에 구멍이 숭숭 뚫려 있었다. 희한한 건, 정작 동민이 경험하지 못했던 기억들은 파편처럼 남아 있단 것이었다.

비석을 바라보던 메리가 음각으로 새겨진 글씨에 쌓인 흙을 후볐다. 글자의 뜻을 알려면 아직 오 년은 더 있어야 하겠지만, 메리는 빅토리아와 동민을 따라 코를 찡그리며 슬픈 표정을 따라했다.

'박양자 미리암 1974년 3월 1일 – 2023년 3월 24일'

가만히 비석을 바라보고 있다, 동민은 이내 메리와 장난치기 위해 거꾸로 안아 들었다. 신난 어린아이의 꺄르륵 거리는 웃음소리가 산속에 울려 퍼졌다. 더할 나위 없이 완벽한 풍경에 동민은 마음껏 미소 지었다.

하루하루가 이토록 행복했지만, 그러면서도 드문드문 사라진 선묵과 양자에 대한 기억을 떠올리면 마음이 자꾸만 슬픔으로 기울었다. 지금까지 두 사람 없이도 잘 지내왔는데, 두 사람의 부재는 어딘가 허전한 구멍을 만들어냈다.

"참, 그리고……."

메리를 데리고 안채로 내려가려다 빅토리아가 조심스레 챙겨온 서신을 동민에게 건네주었다. 일전에 흥신소에 의뢰했던 결과가 도착한 모양이었다.

동민은 접혀 있던 종이를 펼쳐 내용을 확인했다. 안에는 어느 카페의 주소만 적혀 있었다. 그 주소를 꼼꼼히 확인하더니, 다시 고이 접어 주머니에 넣었다.

"갈 거야?"

"응."

"여긴 걱정 말고 다녀와. 아이들 맞이는 내가 자기보다 더 잘해줄 수 있으니까."

빅토리아는 동민의 등을 부드럽게 쓸어주었다.

동민은 빅토리아의 손을 맞잡았다가, 조심스레 놓으며 정요 밖으로 향했다.

동민은 자신에게 남은, 양자의 것으로 추정되는 기억의 파편들과 정요 내의 모든 단서들을 찾아 사라진 선묵과 어머니 박양자의 인생 전반을 쫓았다.

화재로 불탔다던 스테인리스 공장, 지금은 아파트가 들어찬 과거의 판자촌, 양자와 선묵이 다녔었던 정음성당, 고아가 된 어머니를 거둬줬다는 삼촌이라는 사람과, 지금에 이르러 그의 자식 중 하나인 박예진까지. 특히 박예진은 여러 수소문 끝에 간신히 만나볼 수 있었다.

"양자가 죽었어?"

동민이 만난 박예진은 제 나이보다 더 늙어 보이는 얼굴을 가진 여자였다. 몸에 밴 것이 부지런함인지 불안함인지는 몰라도 카페에 앉아 이야기를 나누는 동안 쉴 새 없이 뜨개질로 털수세미를 떴다.

"어쩌다? 그 독종, 바퀴벌레 같은 명줄일 줄 알았더니."

예진은 투덜거리면서 동민의 눈치를 봤다. 그를 아래위로 슥 훑더니 재빠르게 뜨개질 코를 돌려 수세미를 완성했다.

"그래서 최선묵을 찾는다고?"

박예진이 눈을 샐쭉하게 뜨더니 가방에서 작은 쪽가위를 꺼내 실을 잘라냈다. 기억은 없어도 감정은 남은 건지 동민은 박예진과 함께 있는 것이 퍽 불편했다.

"현금 있니?"

박예진이 동민에게 마지막 남긴 말은 이것이었다.

동민은 카페를 나오며 주머니에서 박예진이 억지로 쑤셔 넣은 촌스러운 색 조합의 수세미를 꺼냈다. 까칠한 실을 만지작거리다 카페 앞 쓰레기통에 던졌다. 만 오천 원짜리 수세미였지만 박예진에게서 받아낸 정보만큼 값지진 못했다.

동민은 그대로 차를 몰아 박예진이 알려준 주소로 향했다. 서쪽 바다 해안가 부근의 여인숙 이름을 내비게이션에 찍었다. 운전을 하는 내내 선묵을 마주하면 어떤 이야기부터 해야 할지 입 속으로 몇 번이나 되뇌었다.

하지만 역시나 실제로 마주하니 연습했던 모든 문장이 게 눈 감추듯 사라졌다.

선묵은 의족을 착용하지도 않고 바짓단을 중간에 아무렇게나 매듭 지어둔 채, 해안가를 구분하는 난간에 팔을 올려 기대었다. 그 자세로 썰물이 된 바다에 지는 태양을 하염없이 바라보고 있었다.

동민은 바다와 선묵이 어우러진 이 풍경이 어딘가 낯설지 않게 다가왔다. 분명히 처음 보는 것임에도 기이한 데자뷔를 느꼈다.

옆에 나란히 선 동민을 보고도 선묵은 아무런 말도 하지 않았다. 동민 또한 그저 말없이 분홍빛으로 변하는 하늘을 바라봤다. 그렇게 한참을 서서 해가 떨어지고, 달이 떠오를 때까지도 두 사람은 말이 없었다.

먼저 침묵을 깬 건 동민이었다. 그저 머릿속에 문득 생각나는 말을 읊었을 뿐이었다. 그 한마디에 선묵의 주름진 눈가에 매달려 있던 눈물이 툭 떨어졌다. 떨어진 눈물은 그간 깎지 않아 덥수룩한 수염 사이로 스며들어 사라졌다.

"일어날 일은 일어나게 되어 있어요. 제가 살아보니까 그렇더라고요."

동민은 그 말이 양자가 선묵에게 했던 문장이라는 걸 영원히 알지 못할 것이다. 하지만 선묵만은 그 말을 통해 알 수 있었다. 양자는 분명 동민의 어딘가에 살아있었다.

그것이 종교에서 말하는 영혼의 형태인지, 과학자들이 말하는 원자의 형태인지는 모르겠지만. 선묵은 분명 그녀가 이 세상에 존재한다는 것을 느끼며 자신의 어깨에 올린 동민의 손을 맞잡았다.

여전히, 모든 것은 양자의 손에 달려 있었다.